21
श्रेष्ठ कहानियाँ

आचार्य चतुरसेन

डायमंड बुक्स

प्रकाशक : डायमंड पॉकेट बुक्स (प्रा.) लि.

X-30 ओखला इंडस्ट्रियल एरिया, फेज-II

नई दिल्ली- 110020

फोन : 011-40712200

ई-मेल : ebooks@dpb.in

वेबसाइट : www.diamondbook.in

---

21 Shreshth Kahaniyan

By - Acharya Chatursen

भूमिका

आचार्य चतुरसेन शास्त्री का जन्म केवलराम ठाकुर और नन्हीं देवी के एकमात्र पुत्र के रूप में, 26 अगस्त 1891 ई॰ को उत्तर प्रदेश के बुलन्दशहर जिले के चांदोख में हुआ था।

उनका मूल नाम चतुर्भुज था। अपनी प्राथमिक शिक्षा अपने गाँव के पास स्थित सिकन्दराबाद के एक स्कूल में समाप्त करने के बाद उन्होंने जयपुर, राजस्थान के संस्कृत कॉलेज में प्रवेश किया जहाँ से उन्हें सन 1915 में आयुर्वेद में आयुर्वेदाचार्य तथा संस्कृत में शास्त्री की उपाधि प्राप्त हुई। उन्होंने आयुर्वेद विद्यापीठ से आयुर्वेदाचार्य की उपाधि भी प्राप्त की।

चतुरसेन बहुत ही भावुक, संवेदनशील और स्वाभिमानी प्रवृति के थे जिसके कारण दीन-दुखियों तथा रोगियों के प्रति उनके मन में असाधारण करुणा भाव था। शिक्षा पूरी करने के बाद वे आयुर्वेदिक चिकित्सक के रूप में कार्य करने के लिए दिल्ली आ गए और यहाँ अपनी खुद की आयुर्वेदिक डिस्पेंसरी खोली, लेकिन इस प्रयास के असफल होने के कारण इसे बन्द करना पड़ा। इसके चलते उनकी आर्थिक स्थिति इतनी अधिक बिगड़ गयी कि उन्हें अपनी पत्नी के जेवर तक बेचने पड़े। इस आर्थिक स्थिति से उबरने के लिए उन्होंने प्रति माह 25 रुपये के वेतन पर एक अमीर आदमी के धर्मार्थ औषधालय में कार्य करना शुरू किया।

सन 1917 में, डीएवी कॉलेज, लाहौर में आयुर्वेद के वरिष्ठ प्रोफेसर के रूप में आचार्य चतुरसेन का चयन हुआ। लेकिन यहाँ के प्रबंधन के अपमानजनक और अवमाननीय व्यवहार के कारण उनको इस्तीफ़ा देना पड़ा। इसके बाद वे अपने ससुर जी के कल्याण ओषधाल्य में मदद करने के लिए अजमेर आ गए। यहाँ कार्यरत रहकर उनकी आर्थिक स्थिति में भी काफी सुधार आया। इसके साथ ही उन्होंने लिखना शुरू किया और जल्द ही एक कहानीकार और उपन्यासकार के रूप में प्रसिद्ध हो गए। आचार्य चतुरसेन बचपन से ही समाज-सेवी प्रवृति के थे और इसी के चलते उन्होंने अनाज मंडी, शाहदरा में स्थित अपन घर दिल्ली पब्लिक लाइब्रेरी बोर्ड को दान कर दिया था, जहाँ आज एक विशाल लाइब्रेरी परिचालित है।

चतुरसेन शास्त्री हिन्दी के उन साहित्यकारों में हैं जिनका लेखन-क्रम साहित्य की किसी एक विशिष्ट विधा में सीमित नहीं किया जा सकता। शास्त्रीजी ने जीवन के संघर्षो के बीच अपनी रचनाधर्मिता जारी रखी। लगभग पचास वर्ष के लेखकीय जीवन में सृजित उनकी 186 रचनाएँ प्रकाशित हुई हैं। इनका अधिकांश लेखन ऐतिहासिक घटनाओं पर आधारित है। आचार्य चतुरसेन का कथा-साहित्य हिन्दी भाषा के लिए एक गौरव है। श्री आचार्य जी ने किशोरावस्था से ही हिन्दी भाषा में कहानी और गीतिकाव्य लिखना आरम्भ कर दिया था। बाद

में उनका साहित्य-क्षितिज फैलता गया और वे उपन्यास, नाटक, जीवनी, संस्मरण, इतिहास तथा धार्मिक विषयों पर लिखने लगे।

वे मुख्यत: अपने उपन्यासों के लिए चर्चित रहे हैं। परन्तु उपन्यासों के अलावा प्राय: साढ़े चार सौ कहानियाँ लिखीं हैं। गद्य-काव्य, धर्म, राजनीति, इतिहास, समाजशास्त्र के साथ-साथ स्वास्थ्य एवं चिकित्सा पर भी उन्होंने अधिकारपूर्वक लेखन किया है। इनमें से अनेक कहानियां अमर हो गईं। हिन्दी भाषा और साहित्य का इतिहास (सात खंड), अक्षत, रजकण, वीर बालक, मेघनाद, सीताराम, सिंहगढ़ विजय, वीरगाथा, लम्बग्रीव, दुखवा मैं कासों कहूं सजनी, कैदी, आदर्श बालक, सोया हुआ शहर, कहानी खत्म हो गई, धरती और आसमान, मेरी प्रिय कहानियां उनकी सर्वप्रसिद्ध कहानियों में से हैं। 'दुखवा मैं कासे कहूं' ऐसी ही एक कालजयी कहानी है, जो सदियों तक याद रखी जायेगी। वास्तव में आचार्य चतुरसेन कथा-शिल्प में अपना अनूठा स्थान रखते हैं और उनके उपन्यास तथा कहानियां निश्चय ही साहित्य की अमूल्य धरोहर हैं।

आचार्य चतुरसेन के उपन्यास रोचक और दिल को छूने वाले होते हैं। उनका पहला उपन्यास "हृदय की परख" नाम से प्रकाशित हुआ जिसके बाद उन्होंने सत्याग्रह और असहयोग विषय पर गांधीजी पर केन्द्रित आलोचनात्मक पुस्तक लिखी, जो काफी चर्चित रही। साढ़े चार सौ कहानियों के अतिरिक्त उन्होंने बत्तीस उपन्यास तथा अनेक नाटक लिखे। साथ ही इतिहास, धर्म, राजनीति, समाज, स्वास्थ्य-चिकित्सा आदि विभिन्न विषयों पर उन्होंने लेखन कार्य किया।

उनके उपन्यासों में "वैशाली की नगरवधू", "सोमनाथ", "वयं रक्षाम:", "सौना और खून", "आलमगीर" इत्यादि प्रसिद्ध हैं। शास्त्रीजी के उपन्यासों में ग्रामीण, नगरीय, राजसी जीवनशैली की झलक देखने को मिलती है। वे पुराण, इतिहास, संस्कृत, मानव साहित्य और स्वास्थ्य विषयक साहित्य पर बड़ी गम्भीरता और ईमानदारी से लिखते रहे।

शास्त्रीजी केवल एक सफल अध्येता ही नहीं, कुशल चिकित्सक भी थे। उन्होंने आरोग्य शास्त्र, स्त्रियों की चिकित्सा, आहार और जीवन, मातृकला तथा अविवाहित युवक-युवतियों के लिए भी उपयोगी पुस्तकें लिखीं।

चतुरसेन जी ने "यादों की परछाई" अपनी आत्मकथा में 'राम' को ईश्वर रूप में न बताकर मानव रूप में बताया। समाज और मनुष्य के कल्याणार्थ लिखा गया उनका साहित्य, सभी के लिए उपयोगी रहा है।

'आचार्य चतुरसेन की 21 श्रेष्ठ कहानियाँ' उनका चर्चित कहानी संग्रह है जिसमें मुगल काल के इतिहास की झलक देखने को मिलती है। इस कहानी संग्रह में उस दौर की राजनीतिक

और मनोवैज्ञानिक धारणा विभिन्न सामाजिक संरचना, चाहे वे धार्मिक हो या सामाजिक, वर्णीय और वर्गीय राजाओं का पाखण्ड हो या वीरता, उच्च बलिदान या नीचता, उन तमाम बिन्दुओं को लेखक ने रेखांकित किया है जिनसे समाज प्रभावित होता है।

यही नहीं लेखक दुनियाभर की जानकारी भी रखता है। इस संदर्भ को समझने के लिए उनकी एक कहानी 'जार की अत्त्योष्टि' भी महत्त्वपूर्ण है। सच्चा गहना, हल्दी घाटी में जैसी कालजयी कहानियों ने इस संग्रह को महत्त्वपूर्ण बना दिया है।

अनुक्रम

सच्चा गहना

(आचार्य चतुरसेन की सबसे प्रथम कहानी, जो गृहलक्ष्मी मासिक पत्रिका में सन् 1917-18 में छपी)

शशिभूषण के पिता आसाम में एक बड़ी रेशम की कोठी के स्वामी थे। इनका लेन-देन चीन, जापान, यूरोप आदि देशों में सब जगह था। सैकड़ों मुनीम, कारिन्दे, गुमाश्ते, नौकर-चाकर इनके यहाँ रहा करते थे। लाखों का कारोबार था। रुपयों की छनछनाहट के मारे कान नहीं दिया जाता था। चारों तरफ कारोबारी लोगों की दौड़-धूप से ऐसी धूमधाम रहती थी, मानो कोई विवाह-उत्सव हो। मिज़ाज भी उनका अमीरों का-सा था। सभी अमीर दिल के भी अमीर नहीं होते। दीन-दुखियों के लिए एक कौड़ी भी अपनी टेंट से देते इन कंजूसों की नानी मरती है। शशि के पिता ऐसे नहीं थे। गरीब-मोहताज विधवाओं के वह ईश्वर थे। उनका ऐसे सुकर्म में किया गया दान लम्बी-लम्बी तारीफों के साथ अखबारों में नहीं छपता था और न ऐसी वाह-वाही लूटने को ही वे ऐसा करते थे। वह तो स्वभाव से ही दयालु और सज्जन थे। बात के ऐसे धनी थे कि एक बार जो मुँह से निकल गयी तो फिरने वाली नहीं है, चाहे इधर की दुनिया उधर हो जाए। शील उनमें कूट-कूटकर भरा था। बड़े मुनीम जी से लेकर साधारण चपरासी तक से वह एक-सा ही 'तुम' कहकर प्रेमपूर्वक सम्भाषण करते थे। इतने बड़े करोड़पति होने पर भी उनका जीवन सुख-शान्ति और सादगी में आदर्श था। अब शशि के पिता को मरे कोई ढाई साल हुए होंगे; पर तब से अब तक में, उनके कारबार में कुछ न कुछ उन्नति ही हुई है। इसका यही कारण है कि शशि बाबू भी गुणों में अपने पिता से किसी भाँति कम नहीं हैं। अपने पिता के ज़माने के नौकरों तक को शशि बाबू बुजुर्गों की तरह मानते हैं। सच तो यों है कि शशि को ऐसा दयालु पाकर, चाकर लोगों ने इन्हीं थोड़े दिनों में उनके पिता को भी भुला दिया।

एक बार कारबार के ही विषय में उन्हें दिल्ली जाना हुआ और उसी एक काम में इन्हें 12 लाख का मुनाफा हुआ। वहीं विदेशी कोठियों के भी तार मिले जिन सबमें उस बार लाभ ही लाभ की बात थी।

शशि बार अपनी स्त्री श्यामा को बड़ा प्यार करते थे। श्यामा को देवी जैसा रूप भी मिला था। उसका सुन्दर-स्वच्छ मुख देखकर गुलाब का भ्रम होता था। श्यामा जैसी सुन्दरी थी, वैसे ही शौकीन भी परले सिरे की थी। ईश्वर की दया से उसे कमी ही क्या थी? नयी-नयी साड़ी, बढ़िया-बढ़िया जेवर, बेशकीमती सामान श्यामा के इशारा करते ही शशि बाबू ला दिया करते थे। भोजन करके जब शशि लेट रहते और श्यामा को निकट पाकर अपने सुख-स्वप्न में डूब जाते, तो वह तन्मय हो जाते थे। श्यामा को पाकर शशि अपने को महाभाग्यवान समझते थे।

हाँ, तो जब शशि बाबू दिल्ली जाने लगे तो श्यामा ने हीरों का हार और मोतियों की एक माला लाने की फरमाइश की थी। आज तीन महीने में शशि लौटे हैं। ये तीन महीने बड़ी कठिनता से श्यामा ने काटे हैं। कुछ तो उछाह से और कुछ लज्जा से श्यामा का कलेजा धक्-धक् हो रहा है। शशि के पास जाने में उसे कुछ भय-सा लगता है। हल्के फिरोजी रंग की रेशमी साड़ी पहने श्यामा अपने कमरे में खड़ी पति के पास जाने की बात सोच रही थी। घड़ी-घड़ी उसके माथे पर पसीना आ रहा था, जिसे वह रूमाल से पोंछ रही थी कि अचानक स्वयं शशि ही उसके पास जा पहुँचे। श्यामा इतने दिन बाद उन्हें देखकर सिकुड़कर इतनी-सी हो गयी। उसके नेत्रों के सुनहरे परदे एक बार ऊपर को उठे और एक बार शशि के मुख पर अपने हृदय का उज्ज्वल प्रकाश डाल तुरन्त नीचे आ रहे। लज्जा के भारी आवरणों को वे सहन न कर सके।

शशि ने श्यामा का हाथ पकड़कर कहा, "क्यों श्यामा! क्या हमें पहचाना नहीं? यहाँ तो आओ; कुछ बोलोगी नहीं क्या?"

श्यामा का मुख लाल हो गया। उसे पसीना आ गया। कुछ कहते न बना। क्या बोलूँ- श्यामा यही सोचती रही। शशि ने उसे धीरे-धीरे गोद में बैठाकर उसका पसीना पोंछते-पोंछते कहा, "क्यों श्यामा! यह कैसी नाराज़गी है?"

पति से इस प्रकार दुलार पाकर श्यामा बड़ी सुखी हुई। बारम्बार स्वामी के प्रबोध करने पर श्यामा को कुछ बोलने का साहस हुआ। और उसका मुख खुला। खुलते ही मुँह से निकल पड़ा, "हमारी माला और हार क्यों नहीं लाये?" प्यारी की इस अटपटी और सरल वाणी को सुनकर शशि से न रहा गया। उसने अनगिनत बार श्यामा का मुख चूम डाला।

"लाये हैं सरकार! न लाते तो कहाँ रहते?" कहकर हार, माला तथा जवाहरात की अन्य चीज़ों का डिब्बा सामने रख दिया।

माला और हार को पाकर श्यामा बड़ी प्रसन्न हुई। सुख और प्रसन्नता से सारी सुध-बुध खोकर श्यामा पति की छाती पर झुक गयी। उस दिन शशि ने सब दाम भर पाये। ये सब जेवर उसने कोई साढ़े तीन लाख के खरीदे थे।

एक वर्ष बाद वह हारमोनियम पर मधुर ध्वनि से गा रही थी। शशि मुग्ध होकर एकचित्त उस चन्द्रमा से बहते अमृत को पी रहे थे। उनकी आँखें उसी चन्द्र-मुख पर थीं। इससे अधिक सुन्दरता हो सकती है या नहीं शशि यही सोच रहे थे। अचानक उनका सोच एकदम भंग हो गया। सामने से उनके बड़े मुनीम दौड़े हुए आये। उनके मुख की हवाइयाँ उड़ रही थीं। आते ही उनके मुख से निकला, "सर्वनाश, सर्वनाश हो गया!" शशि धीरज से बोले, "हुआ क्या?

बात तो बोलो?" मुनीम जी ने एक तार उनके सामने पटककर कहा, "वह हमारे तीनों जहाज़ जो चीन से आ रहे थे, डूब गये; और साढ़े उनचास लाख पर पानी फिर गया।"

हैं!" शशि के मुख से यही निकला और सूखे वृक्ष की तरह धड़ाम से पलंग पर गिर पड़े।

श्यामा यह सब देखकर अवाक् रह गयी। उसकी गोरी-गोरी उँगलियाँ बाजे के परदों पर पड़ी की पड़ी रह गयीं। उससे कुछ भी करते न बन पड़ा। अब भी उसकी छाती पर वही हार और माला सुशोभित थी।

श्यामा ने एकदम अपने को सम्भाला। तुरन्त पति के पास पहुंची। किसी प्रकार से कुछ मुस्कराहट भी उसके मुँह पर आ गयी। श्यामा ने समझा, प्यारे पति के दु:ख में यह मुस्कराहट अच्छी औषधि होगी। ऐसे दु:ख में सरला श्यामा को मुस्कराते देखकर शशि को हँसी आ गयी। उन्होंने चुपचाप श्यामा को पकड़कर छाती से लगा लिया। उनकी आँखों में दो बून्द आँसू छलछला आये।

श्यामा ने उन्हें ढाढ़स देकर सब हालचाल जानने को कोठी में भेजा। बाहर आते ही उन्हें एक तार अपने आढ़ती का मिला कि साढ़े सात लाख का बिल कल चार बजे तक अवश्य अदा करना पड़ेगा। शशि को काठ मार गया। वापस घर आकर चारपाई पर पड़ गये। अचानक इस दु:ख को शशि सह न सके। उनका हृदय विदीर्ण होने लगा। एकाएक कुछ सोच वह उठ खड़े हुए। एक बार श्यामा ने रोकना चाहा, पर वह उन्मत्त की तरह चले ही गये।

कुछ सोचकर श्यामा ने एक जौहरी को बुलाया और अपने सारे जेवर साढ़े सात लाख में बेच डाले। एक छल्ला भी बाकी न छोड़ा। और वेश बदलकर स्वयं बैंक में जाकर साढ़े सात लाख का बिल चुका दिया। तब वह चुपचाप अपने घर आ बैठी। देखा शशि अभी नहीं लौटे हैं। वह अपने मित्रों से सहायता लेने निकले थे, पर कोई तो घर नहीं मिला, किसी का मिज़ाज ठीक नहीं था। मतलब यह कि निराश हो वह बैंकर के पास गये और कहा, "महाशय! कल मैं यह बिल किसी प्रकार अदा नहीं कर सकता!" बैंकर ने आश्चर्य से उसकी ओर देखा और कहा, "महाशय, एक स्त्री आपका बिल चुका गयी है।"

"स्त्री चुका गयी?" शशि ने आश्चर्य से उसकी ओर देखकर पूछा, "हाँ महाशय! बिल चुक गया है।" शशि बाबू बड़े असमंजस में पड़े कि किसने ऐसा किया? श्यामा ने? इसी विचार में शशि घर आ रहे थे। द्वार पर पहुँचते-पहुँचते मुनीम उनको बुला कोठी में ले गया और एक तार देकर कहा, "ईश्वर का धन्यवाद है कि वे जहाज़ सिर्फ भटक गये थे। एक में कुछ हानि हुई है पर वह बीमा किया हुआ है। अब वे बम्बई पहुँच गये हैं और बंगाल बैंक के नाम से दस लाख का चेक है।" शशि ने अचकचाकर सब सुना। एक ही दिन में ऐसा परिवर्तन

देख शशि पागल-से हो गये। धीरे-धीरे सम्भलकर घर आये। श्यामा तब भी धीरे-धीरे बाजा बजा रही थी।

धीरे-धीरे शशि श्यामा के पीछे जा खड़े हुए। उन्होंने श्यामा के मोढ़े पर हाथ रखकर कहा, "श्यामा! इधर आओ!" एक कोच पर दोनों बैठ गये। शशि ने श्यामा के दोनों हाथ पकड़कर कहा, "श्यामा! तुमने चोरी की है; बोलो सच्ची बात है न?" सरलता से श्यामा हँसकर बोली, "तुम्हारी बात कभी झूठ हो सकती है? हमने तुम्हें ही न चुराया है? इसी की सजा देने आये हो? अच्छा, क्या सजा दोगे, कहो!" "इधर आ पगली! बड़ी व्याख्याता हो गयी है।" कहकर शशि ने श्यामा को छाती से लगाकर दाब दिया। फिर उसको गोद में लिटाकर उसके बाल सुधारते हुए बोले, "अच्छा कहो, क्या सचमुच तुम ही ने बिल चुकाया है? कहाँ से चुकाया? बताना; रुपया कहाँ से मिला?"

बात सुनकर श्यामा पहले ताली बजाकर हँस पड़ी। फिर दोनों हाथों को शशि के गले में डालकर कहा, "मिलता कहाँ से। हमारे एक प्रेमी ने हमें गहने बनवा दिये थे, उन्हीं को बेचकर चुका दिया है।"

अचकचाकर शशि बोले, "अरे क्या, जेवर बेच दिया? इतना साहस? यह क्या सूझी? क्या माला और हार भी...?"

श्यामा, "दोनों अँगूठी भी।"

शशि की आँखों में पानी भर आया। वह उसे छाती से लगाये कुछ देर खड़े रहे। फिर, "किसे बेचा है" पूछकर बाहर आये। सीधे जौहरी के पास गये। उन जवाहरात को देखकर वह खुश हो रहा था। सचमुच बड़ा लाभ का माल था। तभी शशि पहुँच गये। कुछ मुनाफा देकर सब वापस ले लिया और घर आकर श्यामा के गले में अपने हाथ से जेवर पहनाकर कहा, "पगली! ऐसे अमूल्य जेवर तने कैसी बेरहमी से बेच दिये?" श्यामा ने दोनों हाथ पति के गले में डालकर आँखों में आँखें भरकर कुछ शर्म से अपने सिर को पति की छाती पर टेककर कहा, "प्यारे पति से बढ़कर स्त्री के लिए और कौन-सा आभूषण है?"

***

बड़ी बेगम

दिन ढल गया था और ढलते हुए सूरज की सुनहरी किरणें दिल्ली के बाज़ार में एक नयी रौनक पैदा कर रही थीं। अभी दिल्ली नयी बस रही थी। आगरे की गर्मी से घबराकर बादशाह शाहजहाँ ने जमुना के किनारे अर्द्धचन्द्राकार यह नया नगर बसाया था। लाल किला और जामा मस्जिद बन चुकी थी और उनकी भव्य छवि दर्शकों के मन पर स्थायी प्रभाव डालती थी। फैज़ बाज़ार में सभी अमीर-उमरावों की हवेलियाँ खड़ी हो गयी थीं। इस नये शहर का नाम शाहजहानाबाद रखा गया था, परन्तु पठानों की पुरानी दिल्ली की बस्ती अभी तक बिल्कुल उजड़ नहीं चुकी थी बल्कि कहना चाहिए कि इस शाहजहानाबाद के लिए बहुत-सा मलबा और समान पुरानी दिल्ली के महलात के खण्डहरों से लिया गया था, जो पुराने किले से हौज़ खास और कुतुबमीनार तक फैले हुए थे।

नदी की दिशा को छोड़कर बाकी तीनों ओर सुरक्षा के लिए पक्की पत्थर की शहरपनाह बन चुकी थी, जिसमें बारह द्वार और सौ-सौ कदमों पर बुर्ज बने हुए थे। शहरपनाह के बाहर 5-6 फुट ऊँचा कच्चा पुरवा था। सलीमगढ़ का किला बीच जमुना में था जो एक विशाल टापू प्रतीत होता था और जिसे बारह खम्भों वाला पुख्ता पुल लाल किले से जोड़ता था। अभी इस नगर को बने तीस ही बरस हुए थे, फिर भी यह मुगल साम्राज्य की राजधानी के अनुरूप शोभायमान नगरी की सुषमा धारण करता था।

शहरपनाह नगर और किले दोनों को घेरे थी। यदि शहर की उन बाहरी बस्तियों को-जो दूर तक लाहौरी दरवाजे तक चली गयी थीं और उस पुरानी दिल्ली की बस्तियों को, जो चारों ओर दक्षिण-पश्चिम भाग में फैली थीं-मिला लिया जाए तो जो रेखा शहर के बीचो-बीच खींची जाती, वह साढ़े चार या पाँच मील लम्बी होती। बागात का विवरण पृथक् है, जो सब शहज़ादों, अमीरों और शहज़ादियों ने पृथक्-पृथक् लगाये थे।

शाही महलसरा और मकान किले में थे। किला भी लगभग अर्द्धचन्द्राकार था, इसकी तली में जमुना नदी बह रही थी। परन्तु किले की दीवार और जमुना नदी के बीच बड़ा रेतीला मैदान था जिसमें हाथियों की लड़ाई दिखाई जाती। यहीं खड़े होकर सरदार, अमीर और हिन्दू राजाओं की फौजें झरोखे में खड़े बादशाह के दर्शन किया करते थे। किले की चहारदीवारी भी पुराने ढंग के गोल बुर्जों की वैसी ही थी जैसी शहरपनाह की दीवार थी। यह ईंटों और लाल पत्थर की बनी हुई थी इस कारण शहरपनाह की अपेक्षा इसकी शोभा अधिक थी। शहरपनाह की अपेक्षा यह ऊँची और मज़बूत भी थी; उस पर छोटी-छोटी तोपें चढ़ी हुई थीं, जिनका मुँह शहर की ओर था। नदी की ओर छोड़कर किले के सब ओर गहरी खाईं थी जो जमुना के

पानी से भरी हुई थी। इसके बाँध खूब मज़बूत थे और पत्थर के बने थे। खाईं के जल में मछलियाँ बहुत थीं।

खाईं के पास ही एक भारी बाग था, जिसमें भाँति-भाँति के फूल लगे थे। किले की सुन्दर इमारत के आगे सुशोभित यह बाग अपूर्व शोभा-विस्तार करता था। इसके सामने एक शाही चौक था जिसके एक ओर किले का दरवाजा था, दूसरी ओर शहर के दो बड़े-बड़े बाज़ार आकर समाप्त होते थे।

किले पर जो राजा, रज़वाड़े और अमीर पहरा-चौकी देते थे, उनके डेरे-तम्बू-खेमे इसी मैदान में लगे हुए थे। इनका पहरा केवल किले के बाहर ही था। किले के भीतर उमरा और मनसबदारों का पहरा होता था। इसके सामने ही शाही अस्तबल था, जिसके अनेक कोतल घोड़े मैदान में फिराये जा रहे थे। इसी मैदान के सामने ही तनिक हटकर 'गूजरी' लगती थी, जिसमें अनेक हिन्दू और ज्योतिषी नजूमी अपनी-अपनी किताबें खोले और धूप में अपनी मैली शतरंजी बिछाये बैठे थे। ग्रहों के चित्र और रमल फेंकने के पासे उनके सामने पड़े रहते थे। बहुत-सी मूर्ख स्त्रियाँ सिर से पैर तब बुरका ओढ़े या चादर में शरीर को लपेटे, उनके निकट खड़ी थीं और वे उनके हाथ-मुँह को भली भाँति देख पाटी पर लकीरें खींचते तथा उंगलियों की पोर पर गिनते उनका भविष्य बताकर पैसे ठग रहे थे। इन्हीं ठगों में एक दोगला पोर्चुगीज़ बड़ी ही शान्त मुद्रा में कालीन बिछाये बैठा था; इसके पास स्त्री-पुरुषों की भारी भीड़ लगी थी, पर वास्तव में यह गोरा धूर्त बिल्कुल अनपढ़ था। उसके पास एक पुराना जहाजी दिग्दर्शक यन्त्र था और एक रोमन कैथोलिक की सचित्र प्रार्थना-पुस्तक थी। वह बड़े ही इत्मीनान से कह रहा था, "यूरोप में ऐसे ही ग्रहों के चित्र होते हैं!"

पीछे जिन दो बाजारों की यहाँ चर्चा हुई है, जो किले के सामने मैदान में आकर मिले थे, वहीं एक सीधा और प्रशस्त बाज़ार चाँदनी चौक था, जो किले से लगभग पच्चीस तीस कदम के अन्तर से आरम्भ होकर पश्चिम दिशा में लाहौरी दरवाजे तक चला जाता था। बाज़ार के दोनों ओर मेहराबदार दुकानें थीं, जो ईंटों की बनी थीं तथा एक मंजिला ही थीं। इन दुकानों के बरामदे अलग-अलग थे, और इनके बीच में दीवारें थीं। यहीं बैठकर व्यापारी अपने-अपने ग्राहकों को पटाते थे, और माल-असबाब दिखाते थे। बरामदों के पीछे दुकान के भीतरी भाग में माल-असबाब रखा था तथा रात को बरामदे का सामान भी उठाकर वहीं रख दिया जाता था। इनके ऊपर व्यापारियों के रहने के घर थे, जो सुन्दर प्रतीत होते थे।

नगर के गली-कूचे में मनसबदारों, हकीमों और धनी व्यापारियों की हवेलियाँ थीं, जो बड़े-बड़े मुहल्लों में बँटी हुई थीं। बहुत-सी हवेलियों में चौक और बागीचे थे। बड़े-बड़े मकानों के आस-पास बहुत मकान घास-फूस के थे जिनमें खिदमतगार, नानबाई आदि रहते थे।

बड़े-बड़े अमीरों के मकान नदी के किनारे शहर के बाहर थे, जो खूब कुशादा, ठण्डे, हवादार और आरामदेह थे। उनमें बाग, पेड़, हौज और दालान थे तथा छोटे-छोटे फव्वारे और तहखाने भी थे, जिनमें बड़े-बड़े पंखे लगे हुए थे। और खस की टट्टियाँ लगी थीं। उन पर गुलाम-नौकर पानी छिड़क रहे थे।

बाज़ार की दुकानों में जिन्सें भरी थीं; पश्मीना, कमख़ाब, जरीदार मण्डीले और रेशमी कपड़े भरे थे। एक बाज़ार तो सिर्फ मेवों ही का था, जिसमें ईरान, समरकन्द, बलख, बुखारा के मेवे-बादाम, पिस्ता, किशमिश, बेर, शफतालू, और भाँति-भाँति के सूखे फल और रूई की तहों में लिपटे बढ़िया अंगूर, नाशपाती, सेब और सर्दे भरे पड़े थे। नानबाई, हलवाई, कसाइयों की दुकानें गली-गली थीं। चिड़िया बाज़ार में भाँति-भाँति की चिड़ियाँ-मुर्गी, कबूतर, तीतर, मुर्गाबियाँ बहुतायत से बिक रही थीं। मछली बाज़ार में मछलियों की भरमार थी। अमीरों के गुलाम-ख्वाजासरा व्यस्त भाव से अपने-अपने मालिकों के लिए सौदे खरीदे रहे थे। बाज़ार में ऊँट, घोड़े, बहली, रथ, तामझाम, पालकी और मियानों पर अमीर लोग आ-जा रहे थे। चित्रकार, नक्काश, जड़िये, मीनाकार, रंगरेज़ और मनिहार अपने-अपने कामों में लगे थे।

इस वक्त चाँदनी चौक में एक खास चहल-पहल नज़र आ रही थी। इस समय बहुत-से बरकन्दाज, प्यादे, भिश्ती और झाड़ बरदार फुर्ती से अपने काम में लगे हुए थे। बरकन्दाज और सवार लोगों की भीड़ को हटाकर रास्ता साफ कर रहे थे। झाड़ बरदार सड़कों का कूड़ा-कर्कट हटा रहे थे। दुकानदार चौकन्ने होकर अपनी-अपनी दुकानों को आकर्षक रीति पर सजाये उत्सुक बैठे थे। इसका कारण यह था कि आज बड़ी बेगम की सवारी किले से इसी राह आ रही थी।

:: 2 ::

बादशाह की बड़ी लड़की जहाँआरा, शाही हल्कों में बड़ी बेगम के नाम से प्रसिद्ध थी। वह विदुषी, बुद्धिमती और रूपसी स्त्री थी। वह बड़े प्रेमी स्वभाव की थी, साथ ही दयालु और उदार थी। बादशाह ने उसके जेब खर्च के लिए तीस लाख रुपये साल नियत किये थे तथा उसके पानदान के खर्चे के लिए सूरत का इलाका दे रखा था, जिसकी आमदनी भी तीस लाख रुपये सालाना थी। इसके सिवा उसके पिता और बड़े भाई अपनी गर्ज के लिए उसे बहुमूल्य प्रेम-भेंट देते रहते थे। उसके पास धन-रत्न बहुत एकत्रित हो गया था और वह खूब सज-धज कर ठाठ से रहती थी। वह अंगूरी शराब की बहुत शौकीन थी, जो काबुल, फारस और काश्मीर से मँगाई जाती थी। वह अपनी निगरानी में भी बढ़िया शराब बनवाती-जो अंगूरों में गुलाब और मेवाणात डालकर बनायी जाती थी। रात को वह कभी-कभी नशे में इतनी डूब जाती थी कि उसका खड़ा होना भी सम्भव न रहता और उसे उठाकर शय्या पर-डाला जाता

था। शाहजहाँ के शासन-काल में वही तमाम साम्राज्य पर शासन करती थी, इससे उसका नाम बड़ी बेगम प्रसिद्ध हो गया था। शाही मुहर इसी के ताबे रहती थी।

बड़ी बेगम पालकी पर सवार थी, जिस पर एक कीमती जरवफ्त का परदा पड़ा था, जिसमें जगह-जगह जवाहरात टंके थे। पालकी के चारों ओर ख्वाजासरा मोरछल और चंवर डुलाते पालकी का घेरा डाले चल रहे थे। वे जिसे सामने पाते उसी को धकेलकर एक ओर कर देते थे। बहुत-से जार्जियाना गुलाम सुनहरे-रुपहले डंडे हाथों में लिये ज़ोर-ज़ोर से 'हटो बचो, हटो बचो' चिल्लाते जा रहे थे। उनके आगे भिश्ती तेजी से दौड़ते हुए सड़क पर पानी का छिड़काव करते जाते थे। मोरछलों और चंवरों की मूठ सोने-चाँदी की जड़ाऊ थी। पालकी के साथ सैकड़ों बांदियाँ सुनहरी पात्रों में जलती हुई सुगन्ध लिये चल रही थीं। सबसे आगे दो सौ तातारी बांदियाँ नंगी तलवारें हाथ में लिये, तीर-कमान कन्धे पर कसे, सीना उभारे, सफ बाँधे चल रही थीं और सबके पीछे एक मनसबदार घुड़सवार रिसाले के साथ बढ़ रहा था। यह मनसबदार एक अति सुन्दर युवक था। उसका रंग अत्यन्त गोरा, आँख काली और चमकदार तथा बाल घुंघराले थे। वह बहुमूल्य रत्नजटित पोशाक पहने था-और इतराता हुआ-सा अपने रिसाले के आगे-आगे चल रहा था। उसका घोड़ा भी अत्यन्त चंचल और बहुमूल्य था। यह तेजस्वी सुन्दर मनसबदार नजावत खाँ था, जो शाहे-बलख का भतीजा और बुखारे का शहज़ादा मशहूर था और बादशाह शाहजहाँ का कृपापात्र मनसबदार था।

इस समय बहुत-से अमीर-उमरा चाँदनी चौक की सैर को निकले थे। इन अमीरों के ठाठ भी निराले थे। किन्हीं के साथ दस-बीस, किन्हीं के साथ इससे भी अधिक नौकर-चाकर-गुलाम पैदल दौड़ रहे थे। अमीर घोड़े पर सवार ठुमकते, धीरे-धीरे पान कचरते हुए अकड़कर चल रहे थे। कुछ चलते-चलते ही पेचवान पर अम्बरी तम्बाकू का कश खींच रहे थे। साथ-साथ खवास गंगाजमनी काम की फर्शी हाथों हाथ लिये दौड़ रहे थे। गुलामों में किसी के पास पानदान, किसी के पास उगलदान, किसी के पास इत्रदान। कोई सरदार की जड़ाऊ तलवार लिये चल रहा था और इस प्रकार अमीर का बोझ हल्का कर रहा था। परन्तु ये अमीर चाहे जिस शान से जा रहे हों, ज्योंही बेगम की पालकी उनकी नज़र में पड़ती उनकी सब शान हवा हो जाती। जो जहाँ होता तुरन्त घोड़े से उतरकर सड़क के एक कोने में अपने आदमियों सहित हाथ जोड़कर अदब से खड़ा हो जाता और पालकी की ओर मुँह करके तीन बार कोर्निश करता जिसकी सूचना तुरन्त बेगम को पालकी के भीतर दे दी जाती।

इस प्रकार सूचना देने के लिए जो तरुण सरदार पालकी के साथ चल रहा था, वह एक प्रकार से किशोर वय का था। अभी पूरा तारुण्य उसके मुख पर प्रकट नहीं हुआ था। वह एक सुकुमार-सुन्दर, और सजीला किशोर था। वास्तव में यह शहज़ादी की उस्तानी का बेटा था जिसका बचपन शहज़ादी के साथ महल-सरा में बीता था और जिसे प्यार से शाही हरम में

'दूल्हा भाई' कहते थे। यद्यपि इसकी हैसियत एक सेवक ही की थी, पर शहज़ादी की कृपादृष्टि से यह ढीठ हो गया था और अपने को किसी शहज़ादे से कम न समझता था। उसके सब ठाठ-बाठ भी शहज़ादों ही के समान थे।

धीरे-धीरे सवारी आगे बढ़ती जा रही थी। इसी समय सामने से एक हिन्दू सरदार की सवारी आ गयी। यह हिन्दू सरदार बून्दी का हाड़ा राजा राव छत्रसाल था। इसकी अवस्था छब्बीस से अधिक न होगी। उसका उज्ज्वल श्यामल मुख, मूंछों की पतली ऐंठी हुई रेखा, बड़ी-बड़ी काली आँखें, गठीला शरीर, बाँकी छटा देखते ही बनती थी। वह कमर में दो तलवारें बाँधे था और उसके साथ पचासों सवार, पैदल सिपाही और नौकर-चाकर-सेवक और मुसाहिब चल रहे थे। दिल्ली में रहने वाले दरबारी उमरावों से इसकी छटा ही निराली थी। ज्योंही बेगम की सवारी उसकी दृष्टि में पड़ी, वह रास्ते से एक ओर हटकर घोड़े से उतरकर सड़क के एक कोने में दो सौ कदम के अन्तर से खड़ा हो गया और ज्योंही बेगम की सवारी उसके निकट आयी, उसने ज़मीन तक झुककर तीन बार कोर्निश की। नकीब ने पुकार लगायी और दूल्हा भाई ने बेगम को इसकी सूचना दी। शहज़ादी ने तुरन्त अपनी सवारी आगे बढ़ना रोक दिया और एक रत्नजड़ित कमखाब की थैली में रखकर पान का बीड़ा उसके पास भेजकर कहलाया कि वह भी सवारी के साथ रहकर उसे रौनक बख्शे। राव छत्रसाल ने फिर पालकी की ओर रुख करके सलाम किया, पान का बीड़ा आदरपूर्वक लिया और दो कदम पीछे हटकर खड़ा हो गया।

सवारी आगे बढ़ी और यह हिन्दू सरदार भी पालकी के पीछे-पीछे अपने सवारों के साथ चला। दुल्हा भाई ने बेगम को इस बात की इत्तला दे दी।

जो मनसबदार पालकी के साथ-साथ चल रहा था उसकी आँखों में इस हिन्दू सरदार को देखते ही खून उतर आया। परन्तु इस तरुण राजा ने उसकी तनिक भी परवाह नहीं की। अपने घोड़े को एड़ देकर और चार कदम आगे बढ़ वह पालकी के पीछे चलने लगा।

किला और शहर के बीच-आज जहाँ दिल्ली का रेलवे स्टेशन और कम्पनी बाग है, वहाँ इस बेगम ने एक सराय बनवायी थी। यह सराय उस समय भारतवर्ष-भर में श्रेष्ठ इमारत थी। इसकी सारी इमारतें दुमंज़िली थीं और ऊपर बड़े-बड़े आलीशान सुसज्जित कमरे बने थे, जिनमें देश-देश के लोग ठहरते और तफरीह करते थे। सराय में नहाने के लिए पक्के हौज, नल और बड़े-बड़े बावर्ची खाने बने थे। इस सराय के इन्तज़ाम के लिए बेगम ने योग्य कर्मचारी नियुक्त किये थे। इस समय तक भी सराय समूची बनकर तैयार नहीं हो पायी थी और हज़ारों कारीगर-मिस्त्री उसमें चित्र-विचित्र काम कर रहे थे।

इस वक्त बेगम की सवारी इसी सराय की ओर जा रही थी। इसकी सूचना सराय के दारोगा को भी मिल चुकी थी और वहाँ बेगम की अवाई की धूमधाम मची थी। सब राह-बाट साफ करके छिड़काव किया गया था। बहुत-से खोजे, दास-दासी अपने-अपने काम में लगे थे। इस समय सराय का वह भाग जहाँ बेगम तशरीफ़ रखने वाली थीं और जहाँ एक खूबसूरत छोटा-सा बगीचा था, भली भाँति सजाया गया था। बगीचे के बीच संगमरमर की बारहदरी थी, वहीं बेगम की सवारी उतरी।

शाम की भीनी सुगन्ध हवा में भर रही थी। बाग के माली ने सारी बारहदरी को फलों से सजाया था। हुज़ूर शहज़ादी आज रात इसी बारहदरी में आराम और तफरीह करना चाहती थीं। ख्वाजासरा और बांदियों ने मसनद, चाँदनी और गांव तकिये लगा दिये। बेगम मसनद पर लुढ़क गयीं। कुछ देर आराम करने पर बेगम ने दूल्हा भाई को हुक्म दिया, "वह हिन्दू राजा, जो सवारी के साथ है, उसे हुक्म दो कि हमारे यहाँ मुकीम रहने तक अपने पहरे-चौकी रखे और अमीर नजावत खाँ सराय के बाहरी हिस्से में अपने सिपाहियों सहित चला जाए!"

शहज़ादी का हुक्म दोनों उमरावों को पहुँचा दिया गया। दोनों ने भेद-भरी निगाहों से एक-दूसरे को देखा। तलवार की मूठ पर दोनों का हाथ गया और क्षण-भर दोनों एक-दूसरे को खूनी नजरों से देखने लगे। नजावत खाँ ने बालिश्त-भर तलवार म्यान से खींच ली और गुस्से-भरी आवाज़ में शेर की तरह गुर्राकर कहा, "खुदा की कसम, मैं यह हरगिज बर्दाश्त नहीं कर सकता कि एक काफ़िर को मुसलमान के बराबर रुतबा दिया जाए। मैं चाहता हूँ कि इसी वक्त तेरे दो टुकड़े करके तेरा गोश्‌त कुत्तों को खिला दूं।"

"चाहता तो मैं भी यही हूँ कि इसी वक्त तुम्हारा सर भुट्टे-सा उड़ा दूँ। मगर बेहतर यही है कि अभी आप जनाब शहज़ादा नजावतअली खाँ बहादुर, चुपचाप अपनी नौकरी ठण्डे-ठण्डे बजा लाएँ, जैसा कि हुज़ूर शहज़ादी का हुक्म हुआ है और सुबह तक भी आपके यही इरादे और दमखम रहे, तो फिर हम दोनों को अपने-अपने इरादे पूरे करने की बहुत गुंजाइश है!"

नजावत खाँ ने इसका कोई जवाब नहीं दिया। वह गुस्से से होंठ चबाता हुआ चला गया। राव छत्रसाल तनिक हटकर अपने घोड़े पर बैठ गया।

:: 3 ::

चाँदनी रात थी और बारहदरी के बाहरी चमन में शहज़ादी अपनी खास लौंडियों के बीच मसनद पर पड़ी अपनी प्रिय अंगूरी शराब पी रही थीं। यों तो उसके लिए फ़ारस, काश्मीर और काबुल से कीमती शीराजी और इस्तम्बोल मँगायी जाती थी, परन्तु उसकी अपने शौक की प्रिय वस्तु वह थी, जो खास उसी की नजरों के सामने अंगूर में गुलाब और बहुत-सी मेवे

डालकर बनायी जाती थी। यह अति सुगन्धित और स्वादिष्ट होती थी और बेगम जब खुश होती-इस शराब के जाम पर जाम चढ़ाती थी।

आज वह खुश तो न थी; बहुत-सी चिन्ताएँ उसके मस्तिष्क को परेशान कर रही थीं- इतनी बड़ी मुगल सल्तनत की राजनीति में वह सक्रिय भाग लेती थी, उसी का सरदर्द थोड़ा न था, परन्तु इस समय तो उसे अपनी ही चिन्ता ने आ घेरा था। इसी से मुक्त होने के लिए वह किले के भारी वातावरण को छोड़ यहाँ चली आयी थी।

अकबर बादशाह के समय ही से यह दस्तूर चला आ रहा था कि मुगल बादशाहों के खानदान की शहज़ादियाँ शादी नहीं कर पाती थीं; इससे इनके गुप्त प्रेम होते रहते और मुगल हरम का वातावरण हमेशा दूषित रहता था।

परन्तु दारा शहज़ादी का विवाह नजावत खाँ से करने की इच्छा प्रकट कर चुका था। वह शहज़ादी को प्रेम करता था। बहुत दिन से बल्ख-बुखारा और मुगल खानदान में चख-चख चल रही थी। वह चाहता था कि यदि दोनों खानदानों में रिश्ता हो जाए तो यह पुरानी शत्रुता भी जाती रहे। परन्तु इस शादी में बहुत बाधाएँ थीं। प्रथम तो बादशाह ही यह शादी करने को राजी नहीं होते थे। उन्हें उनके साले शाइश्ता खाँ ने समझा दिया था कि यदि यह शादी कर दी गयी तो अवश्य ही नजावत खाँ को शहज़ादों का रुतबा देना पड़ेगा, जब कि इस समय वे चाकर से अधिक दर्जा नहीं रखते हैं। फिर शाहे-बलख के लड़ने के मंसूबे भी अभी थे और इसके राजनीतिक कारण बने ही हुए थे।

दूसरी बड़ी बाधा यह थी कि शहज़ादी हिन्दू राजा बून्दी के छत्रसाल को चाहती थी। उन दिनों राजपूतों से मुगल खानदान में रिश्ते होते थे। अभी तक अनेक राजाओं की बेटियाँ मुगल हरम में आयी थीं, परन्तु कोई मुगल शहज़ादी किसी राजपूत के घर नहीं गयी थी। अब तक किसी राजपूत सरदार का खुल्लमखुल्ला शादी करके रनिवास में एक शहज़ादी को ले जाना बहुत ही कठिन और अव्यवहार्य था, फिर मुगल अदब-कायदे तो ऐसे थे कि बड़े से बड़े हिन्दू राजा को मुगल शहज़ादियों के सामने भी उसी तरह झुकना पड़ता था, जैसे बादशाह के सामने। ऐसी हालत में इन शादियों से मुगल रुआब में भी कमी आने को थी। परन्तु प्रीति की कटारी का घाव जब खा लिया जाता है तो फिर इन सब बातों पर विचार नहीं किया जाता। शहज़ादी इस राजपूत के प्रेम में दीवानी थी और यह बात नजावत खाँ और छत्रसाल दोनों ही जानते थे, इसी से वे एक-दूसरे को खूनी आँखों से देखते थे।

इसी मामले में एक तीसरा शिगूफा भी था दूल्हा भाई, जो शायद अभी बेगम से उम्र में कुछ ही कम था, परन्तु बेगम की मुहब्बत का दम भरता था। वह इतना मूर्ख था कि शहज़ादी के विनोद और कृपाओं को प्यार की नज़र से देखता था। वह सोचा करता था कि बेगम से

शादी कर लेने पर सम्भव है वही बादशाह बन जाए। कभी-कभी वह डींगें भी हाँकता और उसकी हँसी भी बहुत होती थी।

एक बार शहज़ादी ने उसे खानज़ादा का खिताब दिया और उसकी ज़िद से उसे इलम और शाही मरातिब रखने का अधिकार भी दिया तथा उसे शाही सिपहसालारों की भाँति पदवी देकर सवारों का सरदार बना दिया था। एक दिन वह बेगम के महल को जा रहा था कि सामने से महावत खाँ सिपहसालार आते मिल गये। जब वे दोनों पास-पास से गुजरे, तो जुलूस के सैनिकों में झगड़ा हो गया। उधर महावत खाँ ने उसके झण्डे को देखा तो अपना इलम तह कर लिया और बिना झण्डे के शाही हुजूर में जा पहुँचा। जब बादशाह को इसकी सूचना मिली, तो उसने इसका कारण पूछा। महावत खाँ ने कहा, "हुजूर जहाँपनाह, हमारा समय तो बीत चुका। अब तो मरतब इलम उड़ाते हैं।" जब बादशाह को सब बातें मालूम हुईं, तो क्रोध में आकर उन्होंने खानजादा साहब का इलम तुड़वा दिया। खानज़ादा ने शहज़ादी के सामने बहुत रोना रोया पर उसका कोई फल न निकला। फिर भी वह शहज़ादी का प्रिय पार्षद बना हुआ था और शहज़ादी उस सुन्दर मूर्ख को अपनी इच्छाओं की पूर्ति का माध्यम बनाये हुए थी। वह शहज़ादी के खानगी मामलों का दारोगा अफ़सर था।

दैवयोग ही कहिए कि इस समय शहज़ादी के ये तीनों चाहने वाले एक ही स्थान पर हाज़िर थे। तीनों ही इस समय शहज़ादी की विशेष कृपा के इच्छुक थे।

:: 4 ::

बारहदरी समूची संगमरमर की बनी थी। उसका फर्श काले और सफेद पत्थर का बना था। दीवारों पर रंग-बिरंगे पत्थरों की सुन्दर पच्चीकारी की गयी थी। थोड़ी ऊँचाई पर कदे-आदम आईने लगे थे। फर्श पर नर्म ईरानी कालीन बिछे थे। उन पर हाथी दाँत के काम का छपरखट था, जिसके ऊपर, जरवफ्त का चंदोवा तना था, जिसमें मोतियों की झालर टँगी थी। पलंग पर मखमली गद्दा, तोशक और मसनदें लगी थीं, जिन पर गिहायत नफीस जरदोजी को काम हो रहा था। सामने करीने से चौकियों पर ढेर के ढेर फूल, इत्र और अनेक प्रकार की सुगन्ध तथा श्रृंगार की वस्तुएँ रखी हुई थीं।

मसनद पर अलसायी देह लिये शहज़ादी अकेली बैठी थी। बाहर नंगी तलवार लिये तातारी बांदियों का पहरा था। इसी समय हँसते हुए दूल्हा भाई ने आकर सोने के प्याले में शीराजी पेश की।

बेगम ने आँखें तरेरकर कहा, "यह क्या ? वह हमारी पसन्द की चीज़ अंगूरी शराब कहाँ है ?"

"हजरत, एक प्याला इस शीराजी का भी तो पहले नोश फर्मा कर ईरान के बादशाह को ममनून की जिए जिसने यह कीमती शराब बड़े शौक से काबुल के अमलदार के मार्फत हुजूर की खिदमत में भेजी है।"

"यह क्या हमारी उस नियामत से बढ़कर है जिसे खास हमारे हकीम अंगूर में गुलाब डालकर और मुकब्बी अदबियात मिलाकर तैयार करते हैं? तुम तो उस नियामत को चख चुके हो दूल्हा मियाँ!"

"हुजूर के तुफैल से, वह नायाब शराब मैंने पी है। बेशक उसका मुकाबला तो आबेहयात भी नहीं कर सकता। मगर हुजूर शहज़ादी, ज़रा उस कमबख्त शाहे-ईरान का भी तो दिल रखिए। बड़ी-बड़ी उम्मीदें बाँधकर उस मरदूद ने यह कीमती तोहफा भेजा है।"

शहज़ादी ने हँसकर कहा, "शाहे-अब्बास ऐसा बादशाह नहीं है जिसे मरदूद कहा जाए। बस, हमें उसकी खातिर बसरोचश्म मंजूर है! इसके अलावा हम तुम्हें भी ममनून किया चाहती हैं। इसी से बखुशी यह प्याला मंजूर करती हैं!"

"शुक्र है खुदा का कि शहज़ादी को इस गुलाम का भी इस कदर ख़याल है, मैं तो एकदम नाउम्मीद हो गया था!"

"किस अम्र में?"

"जांबख्शी पाऊँ, तो अर्ज़ करूँ कि हुजूर शहज़ादी की नजरें-इनायत इस कमनसीब पर अब पहले जैसी नहीं हैं।"

"तो दूल्हा मियाँ, अब तुम बड़े भी हो गये, बच्चे नहीं हो! फिर हम तो तुमसे खुश हैं!"

शहज़ादी ने प्याला खाली किया और दूल्हा मियाँ ने उसे दुबारा भरकर शहज़ादी के आगे बढ़ाते हुए कहा, "बेअदबी माफ हो बेगम, गुलाम बड़ा हो तो यह खुदा की कारस्तानी है, कुछ गुलाम की तकसीर नहीं! और अब तो गुलाम को यह समझ भी आ गयी है कि हुजूर जो इस नाचीज पर खुश होने की इनायत करती हैं, वह बहुत नाकाफी है! जांनिसार ज्यादा की उम्मीद रखता है।"

शहज़ादी खिलखिलाकर हँस पड़ी। उसने कहा, "तो बेहतर है... तुम अपने दिल का इजहार खुलकर करो, हम उस पर गौर करेंगी।"

"तो अर्ज़ करता हूँ हुजूर शहज़ादी, कि उस तुर्क मरदूद नजावत खाँ की आँखें मुझे कतई पसन्द नहीं हैं, और न वह काफ़िर हिन्दू राजा मुझे पसन्द है जिसे आज सवारी के वक्त बीड़ा शाही इनायत करके और सवारी के साथ रहने का हक देकर सरफराज किया है। उसने तीसरा प्याला शहज़ादी की ओर बढ़ाया।

शहज़ादी ने हँसती हई आँखों से उसकी ओर देखकर कहा, "वल्लाह, तो तुम इन दोनों नापसन्द आदमियों के साथ किस तरह पेश आना चाहते हो?"

"मैं दोनों से दो-दो हाथ करना चाहता हूँ। इश्क के मैदान में एक-दो-तीन नहीं रह सकते शहज़ादी!"

"बेहतर! तुम्हारी तजवीज़ हम पसन्द करती हैं और इस अम्र में उन दोनों बदबख्तों को जरूरी हुक्म देना चाहती हैं। बस, तुम अमीर नजावत खाँ को इसी वक्त हमारे हुज़ूर में भेज दो और खुद बइत्मीनान आराम करो!"

शहज़ादी ने मुस्कराकर दूल्हे मियाँ की ओर देखा। दूल्हा मियाँ, जो शहज़ादी की विनोद-वस्तु था और अपने को शहज़ादी के प्रेमियों में समझता था, इस बात से खुश नहीं हुआ। उसने धीरे से कहा, "क्या हुज़ूर शहज़ादी को एक प्याला अंगूरी शराब का पेश करूँ, जिसकी कि हुज़ूर हद दर्जे शौकीन हैं?"

"यकीनन वह प्याला दूल्हा मियाँ तुम्हारे हाथ से हम नोश फर्मायेंगे।"

दूल्हा खुश हो गया। उसने प्याला शहज़ादी को पेश किया और शहज़ादी ने प्याला हाथ में लेकर इशारे ही से उसे कह दिया कि हुक्म की तामील हो।

विवश दूल्हा मियाँ उस आनन्ददायक सोहबत को छोड़कर उठे और जाकर अमीर नजावत खाँ को बेगम का हुक्म सुना दिया। बेगम ने धीरे-धीरे प्याला खाली किया और मसनद पर लुढ़क गयी। इस वक्त वह मौज में थी और अच्छे-अच्छे विचार उसके हृदय को आनन्दित कर रहे थे। वह सोच रही थी, नम्बर एक रुख सत हुए और नम्बर दो की आमद है।

इसी समय नजावत खाँ ने आकर शहज़ादी को कोर्निश की और दोजानू होकर शहज़ादी के सामने बैठ गया। यद्यपि यह मुगल दस्तूर और अदब के विपरीत था, लेकिन प्यार-मुहब्बत के मामलों में अदब का लिहाज चलता नहीं है।

शहज़ादी ने अमीर को पान देकर कहा, "अमीर खुशवख्त, इत्मीनान से बैठिए।"

नजावत खाँ उसी तरह दोजानू बैठा रहा। उसने पान लेकर शहज़ादी को सलाम किया और कहा, "शहज़ादी, अब कब तक मैं जलता रहूँ?"

"तुम्हें तकलीफ क्या है दिलवर?"

"अब वादा पूरा होना चाहिए और शरअ की रू से इस नाचीज़ को शहज़ादी को प्यार करने का हक मिलना चाहिए।"

"ओह, तुम्हारा मकसद निकाह से है?" शहज़ादी ने एक फूल के गुच्छे से खेलते हुए कहा।

"बेशक, हुज़ूर शहज़ादी और वालिदे-अहद ने मुझसे वादे किये हैं।"

"लेकिन ये सब तो पुरानी बातें हैं जानेमन! मुगल शहज़ादियों की शादी नहीं होती है।"

"क्यों नहीं होती है?"

"क्या आपने नहीं सुना कि मामू शाइस्ता खाँ ने जहाँपनाह को इसकी वजह बताते हुए कहा था कि अगर ऐसा हुआ तो जिस अमीर से शादी की जाएगी उसे शहज़ादों की बराबरी का रुतबा देना पड़ेगा?"

"लेकिन ख़ुदा के फजल से मैं भी बल्ख का शहज़ादा हूँ।"

"तो शहज़ादा साहेब, हमें इससे कब इन्कार है? हमारी नजरें-इनायत पर आप शाकी न हों।"

"शाकी नहीं।"

"मगर जो बात हो ही नहीं सकती उसके लिए हम बादशाह सलामत से अर्ज़ भी कैसे कर सकती हैं"

"लेकिन शहज़ादी, आप तो सल्तनत की मालिक हैं; जहाँपनाह क्या आपकी बात टाल सकते हैं?"

"फिर भी एक मनसबदार से हिन्दुस्तान के बादशाह की लड़की की शादी गैर मुमकिन है।"

"तो फिर गुनाह से फायदा?"

"क्या तमाम हिन्दुस्तान के बादशाह की शहज़ादी भी गुनाह कर सकती है?"

"शहज़ादी, हिन्दुस्तान के बादशाह के ऊपर एक दीनो-दुनिया का बादशाह है।"

"वह आम लोगों के लिए है-क्या यह भी कभी मुमकिन है कि मुगल शहज़ादी एक अदना मनसबदार की ताउम्र लौंडी बनकर रहे?"

"लेकिन शहज़ादी..."

"बस खामोश, हम ऐसी बात सुनने के आदी नहीं। बस, हम अपनी खुशी से जिस कदर इनायत तुम पर करें, उतने ही में आसूदा रहो।"

"मगर मेरी भी कुछ ख्वाहिशात हैं।"

"होंगी, हम फिलहाल इस अम्र पर गौर नहीं कर सकतीं। तुम्हारी इल्तजा से हमने आज यहाँ बारहदरी में मुकाम किया और तुमसे मुलाकात की। हम चाहती हैं कि आइन्दा अपने इरादों को काबू में रखो।"

"तो हुज़ूर, मेरी एक अर्ज़ है।"

"अर्ज़ करो।"

"मुझे भी अमीर मीरजुमला के साथ दकन भेज दीजिये। ताकि अपनी आँखों से मैं वह सब न देख सकूँ जिसे देखने का मैं आदी नहीं हूँ।"

"तुम्हारा मकसद क्या है?"

"शहज़ादी, वह काफ़िर हिन्दू राजा, जिसमें हुज़ूर खास दिलचस्पी ले रही हैं, मैं उसे कल कत्ल करूँगा और दकन चला जाऊँगा और फिर आपको मुँह न दिखाऊँगा।" नजावत खाँ तेजी से उठकर चल दिया।

बाहर आकर उसने देखा-खानज़ादा साहेब सामने हाज़िर हैं। खानज़ादा ने आगे बढ़कर कहा, "आदाब अर्ज़ है मनसबदार साहेब, कहिए शहज़ादी से शादी तय हो गयी?"

नजावत खाँ ने घृणा और क्रोध में भरकर कहा, "मरदूद, नामाकूल, तेरा सर धड़ से अलहदा करूँगा।"

"बखुशी, मनसबदार साहेब, मगर शादी का जुलूस देख लेने के बाद।" वह हँसता हुआ एक ओर चला गया और नजावत खाँ ताव-पेंच खाता दूसरी ओर।

:: 5 ::

शहज़ादी कुछ देर फूलों के एक गुलदस्ते को उछालती रही। कुछ देर बाद उसने दस्तक दी।

चाँदनी खूब चटख रही थी और बेगम अंगूरी शराब के नशे में मस्त थी। उसका शरीर मसनद पर अस्तव्यस्त पड़ा था। आँखें नशे में झूम रही थीं। उसकी प्यारी विश्वासिनी बांदी हुस्नबानू और खास ख्वाजासरा रुस्तम उसकी खिदमत में हाज़िर थे। इस समय आधी रात बीत रही थी और ठण्डी सुगन्धित हवा चल रही थी। उसने एक बार घूर्णित नेत्रों से इधर-उधर देखा और रुस्तम की ओर रुख कर कहा :

"वह हिन्दू राजा चौकी पर मुस्तैद है न?"

"जी हाँ खुदावन्द!"

"तो उसे हमारे रू-ब-रू हाज़िर कर। अपनी मेहरबानियों से हम उसे सरफराज किया चाहती हैं।"

रुस्तम सिर झुकाकर चला गया। बेगम ने गर्दन झुकाकर हुस्नबानू की ओर तिरछी नज़र से देखा और कहा, "क्या तू उस हिन्दू राजा की बाबत कुछ जानती है?"

"सिर्फ इतना ही कि वह एक दयानतदार और नेक रईस है।"

"बस?"

"खूबसूरत और बाँका भी एक ही है।"

"हरामज़ादी, क्या तेरी तबीयत उस पर मायल है?" बेगम ने उत्तेजित होकर हाथ का गुलदस्ता बांदी पर दे मारा।

"बांदी ने ज़मीन तक झुककर बेगम को सलाम किया और कहा, "एक प्याला शीराजी दूँ सरकार?"

"दे। गुलाब और इस्तम्बोल भी मिला।"

बांदी ने स्वादिष्ट शराब का प्याला तैयार कर बेगम के हाथ में दिया।

शराब पीकर बेगम ने कहा, "तू किसी ऐसे मुसब्बिर को जानती है जिसने इस तेरे बांके हिन्दू छैला की तस्वीर बनायी हो?"

"जानती हूँ ख़ुदावन्द।"

"तो सुबह गुस्ल के बाद उसे मय तस्वीर के हाज़िर करना, जा भाग।"

बेगम ने प्याला फिर उस पर फेंका और मसनद पर उठंग गयी। इसी समय रुस्तम ने राव छत्रसाल के साथ आकर सलाम किया। छत्रसाल ने आगे बढ़कर बेगम को कोर्निश की।

बेगम ने तिरछी नज़र से ख्वाजासरा की ओर देखा। ख्वाजासरा चुपचाप सलाम करके वहाँ से खिसक गया। अब एकदम एकान्त पाकर बेगम ने कहा, "खुदा का शुक्र है, बैठ जाइये।" उसने मसनद की ओर इशारा किया। पर यह तरुण राजपूत एक कदम आगे बढ़कर ठिठककर खड़ा रह गया। उसने कहा, "शहज़ादी, बेहतर हो मुझे अपनी नौकरी बजाने का हुक्म हो जाए।"

"मेरे प्यारे राजा, यह तुम क्या कह रहे हो! तुम्हारी ऐसी ही बातों से मेरा दिल टुकड़े-टुकड़े हो जाता है।" शहज़ादी ने अपनी बड़ी-बड़ी आँखें उठाकर राजा की ओर देखा और मीठे स्वर में कहा, "आज हम बहुत खुश हैं और उम्मीद है, उस चमेली-सी चटखती चाँदनी का लुत्फ़ उठाने में राव छत्रसाल देरग न करेंगे।"

तरुण राजा अपनी जगह पर ही खड़ा रहा। शहज़ादी की शराब से लाल आँखें और भी लाल हो गयीं, परन्तु उसने मन के गुस्से को रोककर कहा, “जानेमन, हमारे पास यहाँ मसनद पर बैठकर हमें सेहत बख्शो।”

“मुझे अफसोस है शहज़ादी, मैं ऐसा नहीं कर सकता।”

“क्यों नहीं कर सकते दिलवर?”

“यह मेरे दीनो-ईमान के खिलाफ है।”

“लेकिन हमारी खुशी है, हम तुम्हें दिल से चाहती हैं।”

“मैं नाचीज राजपूत हुजूर शहज़ादी की इस इनायत का हकदार नहीं हैं।”

“तो तुम हमारी हुक्मउदूली की जुर्रत करते हो?”

“हुक्म दीजिए कि मैं चला जाऊँ।”

“इस चाँदनी रात में, इस फूलों से महकती फिजा में प्यारे राजा, क्या तुम नहीं जानते कि हम दिल से तुम्हें चाहती हैं, तुमसे दिली मुहब्बत रखती हैं? तुम्हें डर किस बात का है, जानेमन? कहो हम वही करें जिसमें तुम्हें खुशी हो।”

“शहज़ादी, मुझे चले जाने की इजाजत दीजिये और फिर कभी ऐसा कलमा जबान पर न लाइए-मैं यही चाहता हूँ।”

“और हमारी मोहब्बत?”

“उस पर शायद मनसबदार नजावत खाँ का हक है।”

“ओह, समझ गयीं। तुम्हें रश्क हो सकता है दिलवर, लेकिन हम तुम्हें चाहती हैं, सिर्फ तुम्हें । तुम मेरे दिलवर हो। जिस दिन मैंने पहली बार झरोखे से तुम्हें घोड़े पर सवार आते देखा-जिसकी टाप ज़मीन पर नहीं पड़ती थी और तुम उस पर पत्थर की मूर्ति की तरह अचल बैठे थे-तभी से तुम्हारी वह मूर्ति हमारे मन में बस गयी है दिलवर। उस दिन तुम्हें देख हम अपने को भूल गयीं। तभी से हमारा दिल बेचैन है। हम तुम्हें अपने आगोश में बैठाकर खुशहाल होना चाहती हैं। हरचन्द हमने तुम्हें बुलाया और तुमने इन्कार कर दिया मेरे खतूत और तोहफे तुमने लौटा दिये। आज हमने तुम्हें पाया है। अब हमारे पास आकर बैठो। हम अपने हाथ से तुम्हें इत्र लगाएँ, तुम्हें प्यार करें और अपने दिल की आग को बुझाएँ।”

“हज़रत बेगम साहिबा, इस वक्त आपकी तबीयत नासाज है, मैं जाता हूँ।”

बेगम शेरनी की तरह गरज उठी।

“तुम्हारी यह हिमाकत, हमारी आरजू और मुहब्बत को ठुकराओ! क्या तुम नहीं जानते कि हमारे गुस्से में पड़कर बड़ी से बड़ी ताकत को दोज़ख की आग में जलना पड़ता है।”

लेकिन राजा पर इस बात का भी कोई असर नहीं हुआ। उसने बेगम की किसी बात का जवाब नहीं दिया। उसने मस्तक झुकाकर बेगम का अभिवादन किया और तेजी से चल दिया बेगम पैर से कुचली हुई नागिन की भाँति फुफकारती हुई मसनद पर छटपटाने लगी।

राजा के बाहर आते ही दूल्हा ने सलाम करके हँसते हुए कहा, “मुबारक राजा साहेब, मुबाकर, शहज़ादी का प्रेम मुबारक।” राजा का हाथ तलवार की मूठ पर गया और दूल्हा भाई हँसता हुआ भाग गया।

***

हल्दी घाटी में

वर्षा ऋतु थी, लेकिन पानी नहीं बरसता था। हवा बन्द थी। बहुत गर्मी और उमस थी। एक पहर दिन चढ़ चुका था। कभी-कभी धूप चमक जाती थी। आकाश में बादल छाये हुए थे। अरावली की पहाड़ियों में, हल्दी घाटी की दाहिनी ओर एक ऊँची चोटी पर, दो आदमी जल्दी-जल्दी अपने शरीर पर हथियार सजा रहे थे। एक आदमी बलिष्ठ शरीर, लम्बे कद, चौड़ी छाती वाला था। उसकी घनी और काली मूंछें ऊपर को चढ़ी हुई थीं और आँखें सुर्ख अंगारे की तरह दहक रही थीं। वह सिर से पैर तक फौलादी जिरह-बख्तर से सजा हुआ था। इस आदमी की उम्र कोई चालीस वर्ष की होगी। उसका बदन ताम्बे की भाँति दमक रहा था।

दूसरा आदमी भी लम्बे कद का था, किन्तु वह पहले आदमी की अपेक्षा दुबला-पतला था। वह अपनी दाढ़ी को बीच में से चीरकर कानों में लपेटे हुए था। उसके सिर पर कुसुम रंग की पगड़ी बँधी हुई थी। उसके शरीर पर भी लोहे के जिरह बख्तर थे। एक बहुत बड़ी ढाल उसकी पीठ पर थी और दो सिरोहियाँ उसकी कमर में बँधी हुई थीं। पहला व्यक्ति अपने सिर पर फौलादी टोप पहने हुए था, परन्तु वह ठीक जंचता नहीं था। दूसरे व्यक्ति ने आगे बढ़कर कहा, "घणीखम्मा अन्नदाता! आज का दिन हमारे जीवन के लिए बहुत महत्त्व का है। यदि आज नहीं, तो फिर कभी नहीं!" उसने आगे बढ़कर पहले आदमी के झिलमिले टोप को ठीक तरह से कस दिया, और फिर एक विशालकाय भाला उठाकर उस व्यक्ति के हाथ में दे दिया।

पहले व्यक्ति ने मर्मभेदिनी दृष्टि से अपने साथी को देखा। उसने मज़बूती से अपनी मुट्ठी में भाले को पकड़ा और मेघगर्जना की भाँति गम्भीर स्वर में कहा, "ठाकरां, तुम ने ठीक कहा-आज नहीं तो फिर कभी नहीं!"

वह पहला व्यक्ति मेवाड़ का राणा, हिन्दू-पति प्रताप था और दूसरा सरदार ग्वालियर का रामसिंह तंवर था। सरदार ने अपनी कमर में दूध की भाँति सफेद पटका बाँधते हुए कहा, "अन्नदाता! आज हमारी तलवार अपनी बहुत दिनों की अभिलाषा पूरी करेगी। आज हम अपनी स्वाधीनता के युद्ध में अपने जीवन को सफल करेंगे, जीतकर या हारकर!"

प्रताप ने कहा, "बिलकुल ठीक, यही होगा! मैं आज उस भाग्यहीन राजपूत कुल-कलंक को, जिसने अपनी वंश की आन को नहीं, राजपूत-मात्र के वंश को कलंकित किया है, इस अपराध के लिए दण्ड दूंगा!" वह एक बार फिर अपनी पूरी ऊँचाई तक तनकर खड़ा हो गया और उसने एक बार अपने उस विशालकाय भाले को अपने विशाल भुजदण्ड पर तौला।

सरदार ने अचानक चौंक कर कहा, "अन्नदाता! आपकी यह मणि तो यहीं पर रह गयी।" यह कहकर उसने पत्थर की चट्टान पर पड़ी हुई एक देदीप्यमान मणि उठाकर प्रताप के दाहिने

भुजदण्ड पर बाँध दी। वह सूर्य के समान चमकती हुई मणि थी। उसे देख प्रताप ने हँसकर कहा "वाह, इस अमूल्य मणि को तो मैं भूल ही गया था! परन्तु ठाकरां, सच बात तो यह है कि अब भूलने के लिए मेरे पास बहुत कम चीजें रह गयी हैं।"

सरदार ने हाथ जोड़कर विनीत स्वर में कहा, "स्वामी, आपका जीवन और आपका यह भाला जब तक सुरक्षित है, तब तक आपको संसार की किसी बहुमूल्य वस्तु की चिन्ता करने की जरूरत नहीं। हमारे जीवन की सबसे बहुमूल्य वस्तु तो हमारी स्वतन्त्रता है! अगर हम उसकी रक्षा कर सकें, तो हमें ऐसी छोटी-मोटी मणियों की कोई आवश्यकता नहीं रहेगी।"

राणा ने मुस्कराकर वृद्ध सरदार की ओर देखा। सरदार बड़े मनोयोग से वह मणि राणा के दाहिने भुजदण्ड पर बाँध रहा था। प्रताप ने मुस्कराकर कहा, "किन्तु ठाकरां, क्या सचमुच आपको इस किंवदन्ती में विश्वास है कि जो कोई इस चमत्कारी मणि को पास में रखेगा, वह युद्ध में अजेय और सुरक्षित रहेगा!"

सरदार ने गम्भीरता से कहा, "अन्नदाता, बूढ़े लोगों से यही सुनते आये हैं!"

प्रताप ने एक बार फिर अपने भाले को हिलाया, "तब ठीक है, आज इस बात की परीक्षा हो जाएगी! परन्तु ठाकरां, इस बात का फैसला कैसे होगा कि इस मणि का प्रभाव सबसे अधिक है या मेरे इस मित्र का?" उसने गर्वपूर्ण दृष्टि से अपने भाले की तरफ देखा, उसे एक बार फिर हिलाया। सूर्य के उस धुन्धले प्रकाश में, उसकी बिजली के समान चमक उसकी आँखों में कौंध मार गयी। उसने अपने होठों को सम्पुट में कस लिया और एक बार फिर भाले को अपनी मुट्ठी में कसकर पकड़ा और कहा, "मेरे प्यारे सरदार, जब तक यह वज्रमणि मेरे हाथ में है, मुझे किसी दूसरी मणि की परवाह नहीं!"

पर्वत की उपत्यका से सहस्रों कण्ठ-स्वरों का जयघोष सुनाई पड़ा। राणा ने कहा, "सेना तैयार दीखती है। अब हम लोगों को भी चलना चाहिए।" वह आगे बढ़ा और बुड्ढा सरदार राणा के पीछे-पीछे।

बीस हज़ार राजपूत योद्धा उपत्यका के समतल मैदान में व्यूह-बद्ध खड़े थे। घोड़े हिनहिना रहे थे और योद्धाओं की तलवारें झनझना रही थीं। उस समय धूप कुछ तेज हो गयी थी, बादल फट गये थे, सुनहरी धूप में योद्धाओं के जिरह-बख्तर और उनके भालों की नोकें बिजली की तरह चमक रही थीं। वे सब लौह-पुरुष थे. युद्ध के सच्चे व्यवसायी. जो मृत्यु के साथ खेलते थे और जिन्होंने जीवन को विजित कर लिया था। वे देश और जाति के पिता थे। वे वीरों के वंशधर थे और स्वयं भी वीर थे। वे अपनी लोहे की छाती की दीवारें बनाये निश्चल खड़े हुए थे। चारण और बन्दीगण कड़खे की ताल पर विरुद्ध गा रहे थे। धौंसे बज रहे थे। घोड़े और सिपाही-सभी उतावले हो रहे थे।

सेना के अग्रभाग में एक छोटा-सा हरियाली का मैदान था। उसमें 17 योद्धा सिर से पैर तक शस्त्रों से सजे हुए खड़े थे। उनके घोड़े उन्हीं के पास थे और वे सब भी जिरह-बख्तर से सुसज्जित थे। सेवक उनकी बागडोर पकड़े हुए थे। वे मेवाड़ के चुने हुए सरदार थे, जो अपने राणा की प्रतीक्षा में खड़े हुए थे।

सिंह की भाँति राणा ने उनके बीच पदार्पण किया। सहस्रों सरदार पृथ्वी पर झक गये। उनकी तलवारें खनखना उठीं और पीठ पर बंधी हई बड़ी ढालें हिल पड़ीं। सेना ने महाराणा को देखते ही वज्रध्वनि से जयघोष किया। प्रताप ने एक ऊँचे टीले पर खड़े होकर, अपने सरदारों और सेना को सम्बोधित करके कहा, "मेरे प्यारे वीरों के वंशधरो! आज हम वह कार्य करने जा रहे हैं, जिसे हमारे पूर्वजों ने हमेशा किया है। हम आज मरेंगे अथवा विजय प्राप्त करेंगे। हमारा इस युद्ध में कोई स्वार्थ नहीं है। हम केवल इसलिए युद्ध कर रहे हैं कि हमारी स्वतन्त्रता में हस्तक्षेप हो रहा है। क्या यहाँ पर कोई ऐसा राजपूत है, जो पराया गुलाम बना रहना पसन्द करे? उसे मेरी तरफ से छुट्टी है, वह अपना प्राण लेकर यहाँ से अलग हो जाए। परन्तु जिसने क्षत्राणी का दूध पिया, उसके लिए आज जीवन का सबसे बड़ा दिन है! आज उसे अपने जीवन की सबके बड़ी साध पूरी करनी चाहिए।"

इसके बाद प्रताप ने एक ललकार उठायी और उच्च स्वर से पुकार-कर कहा, "वीरों! क्या तुम्हारे पास तलवारें हैं?" राणा ने फिर उसी तेजस्वी स्वर में कहा, "और तुम्हारी कलाइयों में उन्हें मजबूती से पकड़े रखने के लिए बल है?"

सेना ने जयनाद किया। हज़ारों कण्ठ चिल्लाकर बोले, "हम जीते जी और मर जाने पर भी अपनी तलवारों को नहीं छोड़ेंगे, हममें यथेष्ट बल है!"

राणा ने सतेज स्वर में कहा, "तब चलो! हम अपनी स्वाधीनता के युद्ध में अपने जीवन और अपने पुरखों के नाम को सार्थक करें।"

इस गगनभेदी वाणी से सारा वातावरण उत्साह से भर गया। प्रताप उछलकर घोड़े पर सवार हो गये और सरदारों ने तुरन्त उन्हें चारों ओर से घेर लिया। पहाड़ी नदी के तीव्र प्रवाह की भाँति वह लौह-पुरुषों का दल अग्रसर हुआ। धौंसा बज रहा था और कड़खे के ताल पर चारण और बन्दीगण सिपाहियों की प्रत्येक टुकड़ी के आगे उनके पूर्वजों की विरुदावलियाँ ओज-भरे शब्दों में गाते हुए चल रहे थे।

मुगल सैन्य एक लाख से अधिक था, जिसमें 60 हज़ार चुने हुए घुड़सवार थे। उसमें तुर्क, तातार, यवन, ईरानी और पठान, सभी योद्धा थे। सवारों के पीछे हाथियों का दल था और उन पर धनुर्धारी योद्धा सवार थे। दाहिनी तरफ मानसिंह तीस हज़ार कछवाहों को लिये हुए खड़े थे, बायीं तरफ सेनापति मुज़फ्फर खाँ 30 हज़ार मुगलों के साथ था। हरावल में दस

हज़ार चुने हुए पठानों की फौज थी। बीच में एक ऊँचे हाथी पर शहज़ादा सलीम अपने छह हज़ार शरीर-रक्षकों के साथ युद्ध की गतिविधि देख रहा था। दोनों सेनाएँ सामना होते ही भिड़ पड़ीं। प्रताप अपनी सेना के मध्य भाग में चल रहे थे। उनके दाहिने भाग में सलूंबरा सरदार थे और बायीं ओर विक्रमसिंह सोलंकी। प्रताप ने सोलंकी को शत्रु के बायें पक्ष पर जमकर आक्रमण करने की आज्ञा दी। इसके बाद तुरन्त ही उन्होंने सलूंबरा सदार को मुगल-पक्ष में दाहिनी ओर से घुस जाने का आदेश दिया, और फिर वह स्वयं तीर की भाँति अपने चुने हुए वीरों के साथ मुगल-सैन्य के हरावल पर टूट पड़े।

प्रताप का दुर्द्धर्ष वेग मुगल-सैन्य न सह सका। हरावल टूट गया और सेना के प्रबन्ध में तुरन्त गड़बड़ी पैदा हो गयी। सलीम ने अपनी सेना को भागते हुए देखकर अपने हाथी के पैरों में जंजीर डाल दी। शहज़ादे को दृढ़ता से खड़ा देखकर मुगल सेना फिर से लौट आयी। अब युद्ध का कोई बन्धन न रहा। तेगे से तेगा बज रहा था। दुधारें खड़क रही थीं, खून के फव्वारे बह निकले थे। घायलों और मरते हुओं का चीत्कार सुनकर कलेजा कॉपता था। वीर.योद्धा लोग दर्प से उन्मत्त होकर घायलों और अधमरों को अपने पैरों से रौंदते हुए आगे बढ़ रहे थे। प्रताप अप्रतिम तेजस्वी और देदीप्यमान थे और वे दुर्द्धर्ष शौर्य से मुगल-सैन्य में घुसते जा रहे थे। सरदारों ने उनको रोकने के बहुत प्रयत्न किये, परन्तु उनका क्रोध निस्सीम था, वे बढ़ते ही चले गये। सरदारों ने उनके अनुगमन की चेष्टा की, परन्तु प्रताप उनसे दूर होते चले गये।

युद्ध का बहुत कठिन समय आ गया था। प्रताप के चारों तरफ लोथों के ढेर थे, परन्तु शत्रु उनकी तरफ उमड़े चले आ रहे थे। उनका चेतक हवा में उड़ रहा था। वे सलीम के हाथी के पास जा पहुंचे। उन्होंने चेतक को एड़ दी और उछलकर भाले का एक भरपूर हाथ हौदे में मारा। पीलवान मरकर हाथी की गर्दन पर झूल पड़ा। सलीम ने हौदे में छिपकर जान बचाई। फौलाद के मज़बूत हौदे में टक्कर खाकर प्रताप का भाला भन्ना-कर टूट पड़ा। प्रताप ने खींचकर दुधारा निकाल लिया। हज़ारों मुगल उनके चारों तरफ थे। हज़ारों चोटें उन पर पड़ रही थीं। प्रताप और उनका चेतक बराबर आगे बढ़ते चले जा रहे थे। प्रताप ने आँख उठाकर देखा तो वे अपनी सेना से बहुत दूर चले आये थे। उन्होंने जीवन की आशा छोड़ दी और दोनों हाथों से तलवारें चलाने लगे। लाशों का तूमार लग गया। चीख-चिल्लाहट के मारे आकाश रो उठा। प्रताप का सुनहरे काम का झिलमिला टोप धूप में सूर्य की भाँति चमक रहा था और उनके भजदण्ड में बँधा हुआ वह अमूल्य रत्न आँखों में चकाचौंध कर रहा था। इन्हीं चिह्नों से उन्हें पहचानकर मुगल यौद्धा उन पर टूट पड़े थे। प्रताप के शरीर में बहुत घाव हो गये थे। वे शिथिल होते जा रहे थे। उनके शरीर का बहुत सारा रक्त निकल चुका था। उन्होंने थकित दृष्टि से अनन्त तक फैले हुए मुगल-सैन्य की ओर देखा, एक ठण्डी सांस ली और अपने हृदय में एक वेदना की टीस का अनुभव किया। अब वे मृत्यु से आँख-मिचौली खेल रहे थे।

सलूंबरा सरदार ने दूर से देखा। वे शत्रुओं के दाहिने पक्ष का लगभग बिलकुल विध्वंस कर चुके थे। कछवाहों से उन्होंने खूब लोहा लिया था। उन्होंने दूर से देखा, प्रताप का अकेला झिलमिला टोप और वह अमूल्य मणि मुगलों के अनन्त सैन्य-समुद्र में डूबती हई नौका के समान एक क्षणिक झलक दिखा रहे हैं। उनके हृदय में हाहाकार मचने लगा। उन्होंने कहा, "अरे! मेवाड़ का सूर्य तो यहीं अस्त हो रहा है!" बुड्ढे बाघ ने अपने घोड़े को एड़ दी, उसकी बाग मोड़ी और अपने योद्धाओं को ललकारकर कहा, "हिन्दूपति महाराणा की जय हो! वह देखो, महाराणा ने शहजादे के हाथी को घेर लिया है। आओ चलो, आज हम प्राण देकर महाराणा का अनुगमन करें!" वीरों ने हुँकार भरी। बिजली की तरह तलवारें चमकने लगीं और तलवार के जादू से मुगल-सैन्य-वन में रास्ता बनने लगा। अमर वीरों की वह छोटी-सी टुकड़ी शत्रु-सेना को चीरती हुई क्षण-क्षण में महाराणा के निकट होने लगी। महाराणा का एक हाथ बिलकुल निकम्मा हो गया था। अब उनमें वार करने की ताकत नहीं थी, वह केवल अपना बचाव करते रहे थे। उनकी गर्दन कन्धे पर लटकने लगी। उन्हें मुमूर्षु अवस्था में देखकर यवन सैन्य ने घनगरज ध्वनि से- 'अल्लाहो अकबर' का नारा लगाया और दूसरे ही क्षण वह नाद-'जय एकलिंग'-की वीर गर्जना में विलीन हो गया। एक बार फिर तलवारों के उस समुद्र में ज्वार आया। महाराणा ने सचेत होकर पीछे की ओर देखा-रंगीन पगड़ियाँ उनकी तरफ को लहराती हुई चली आ रही हैं। उन्होंने एक बार चेतक को ललकारा।

दूसरे ही क्षण किसी ने उनके सिर से वह झिलमिला टोप उतार लिया और एक दूसरी पगड़ी उनके सिर पर रख दी। वह अमूल्य मणि भी उनके भुजदण्ड से खोल ली गयी। महाराणा ने मुरझायी हई दृष्टि से देखा-सलूंबरा सरदार अपने घोड़े की बाग को दाँतों से पकड़े हुए उनका झिलमिला टोप अपने सिर पर रखे हुए हैं और उनकी वह मणि भी सरदार के दाहिने भुजदण्ड पर बंधी हुई है; और वह अपनी ओर उमड़ते हुए मुगलों को ढकेलते हुए आगे बढ़ रहे हैं।

प्रताप ने कहा, "ठाकरां! यह क्या?" सरदार ने दोनों हाथों से तलवार चलाते हुए कहा, "अन्नदाता! आज यह सेवक अपने नमक का हक अदा करेगा! आप हिन्दू कुल के सूर्य हैं, पीछे, को हटते जाइए। असमय में ही सूर्य का अस्त न होना चाहिए, जाइए स्वामी!"

सरदार ने अपने हाथ से चेतक की बाग मोड़ दी और वे उनको बीच में करके पीछे हटने लगे। लोहे की बेजोड़ मार चारों तरफ से पड़ रही थी, अपने-पराये की किसी को सुध नहीं रही थी। सलूंबरा सरदार बुड्ढे बाघ की भाँति भयानक वेग से हाथ चला रहे थे। प्रताप ने थोड़ी देर विश्राम पाकर चैतन्य-लाभ किया। उन्होंने कंपित स्वर से कहा, "ठाकरां, आपके वंशजों को इस राज-सेवा का पुरस्कार मिलेगा!" प्रताप ने चेतक को एड़ दी और देखते-देखते वह युद्धक्षेत्र से बाहर हो गये।

झिलमिला टोप और मणि सलूंबरा सरदार के मस्तक और भुजदण्ड पर मुगल-सैन्य के बीच उसी प्रकार देदीप्यमान हो रहे थे और उसी प्रकार एक अजेय भुजदण्ड हज़ारों मुगलों के सिर काट रहा था। सारा यवन-दल- 'अल्लाहो अकबर' का जयनाद करता हुआ उसी झिलमिले टोप और देदीप्यमान मणि को लक्ष्य करके धावा कर रहा था। असंख्य शस्त्र उन पर टूट रहे थे। धीरे-धीरे जैसे सूर्य समुद्र में अस्त होता है, उसी तरह लहू से भरे हुए उस रण-समुद्र में वह देदीप्यमान मणि से पुरस्कृत वीर भुजदण्ड और उस प्रतापी झिलमिले टोप से सुरक्षित वह उन्नत मस्तक झुकता ही चला गया और अन्त में दृष्टि से ओझल हो गया।

युद्ध-क्षेत्र कई कोस पीछे रह गया था। एक नाले के किनारे प्रताप थकित भाव से एक पत्थर का सहारा लिये हुए पेड़ के पास पड़े थे और उनका चेतक वहीं पर पड़ा हुआ अन्तिम सांस ले रहा था। प्रताप ने अंजलि में जल लेकर मुमूर्षु चेतक के मुँह में डाला। उसने जल को कण्ठ से उतारकर एक बार अपने स्वामी की ओर देखा और दम तोड़ दिया। वीरों का वंशधर वह प्रतापी राणा अपने प्रिय घोड़े से लिपटकर विलाप करने लगा। उसके घावों से रक्त बह रहा था और उसके अंग-अंग घावों से भरे हुए थे।

किसी ने पुकारा, "महाराज! आप जैसे वीर को इस असमय में कातर होने का अवसर नहीं है।"

प्रताप ने आँखें उठाकर देखा, उसके चिर-शत्रु भाई शक्तिसिंह थे।

प्रताप ने ज्वालामय नेत्रों से शक्तिसिंह की ओर देखा और कहा, "ऐ शक्तिसिंह, क्या तुम आज इस समय 11 वर्ष बाद अपने उस अपमान का बदला लेने आये हो? मैंने तुम्हें मुगलों के सैन्य में बहुत ढूंढ़ा। मेरे अपराधी तुम और मानसिंह थे, सलीम नहीं! तुम लोग राजपूत पिता के पुत्र होकर और राजपूतनी का दूध पीकर विधर्मी मुगलों के दास बने। मैं आज तुम दोनों राजपूत कुल-कलंकियों को मारकर अपनी जाति के कलंक को नष्ट करना चाहता था। लेकिन अब तुम देखते हो इस समय तो मैं खड़ा भी नहीं हो सकता! मेरा प्यारा सहचर भाला उस युद्ध में टूट गया, मेरी तलवार भी टूट गयी, अब मेरे पास कोई भी शस्त्र नहीं है! परन्तु तुम्हारे जैसे गुलाम गीदड़ सिंह को घायल समझकर उस पर आक्रमण करें-यह सम्भव नहीं! आओ, मैं मरने से पहले एक कलंकित राजपूत से पृथ्वी माता का उद्धार करूँ!"

प्रताप ने एक बार बल लगाकर उठने की चेष्टा की, पर वह उठ न सके। शक्तिसिंह ने तलवार फेंक दी। उन्होंने एक दूब का टुकड़ा वहीं से उठा लिया और उसको दाँतों में दबाकर दोनों हाथ जोड़कर वह आगे बढ़े। उन्होंने अपनी पगड़ी प्रताप के चरणों में रख दी और कहा, "हिन्दूपति राणा! यह विश्वासघाती. कुल-कलंकी कभी अपने को आपका भाई कहने का

साहस नहीं कर सकता! तलवार मेरे पास है, उसकी धार अभी तीखी है। लीजिये महाराणा, और अपने अपराधी को दण्ड दीजिये!”

उसने तलवार महाराणा के आगे रख दी और सिर झुकाकर उनके चरणों में पड़ गया। राणा की आँखों में आँसू उमड़ आये। उन्होंने गद्‌गद कण्ठ से कहा, “भाई शक्तिसिंह! मुझे माफ करो, मैंने तुम्हें समझा नहीं। परन्तु यदि युद्ध से पहले तुम मेरे सामने आकर ये शब्द कहते और आज मैं तुमको सच्चे सिसोदिया की तरह तलवार चलाकर मरते देखता, तो मुझे बहुत आनन्द होता!”

शक्तिसिंह ने कहा, “युद्ध के समय तक मेरा मन द्वेष के मैल से परिपूर्ण था और मैं मुगलों का एक सेनापति था। किन्तु जब मैंने आपको घायल और निःशस्त्र युद्ध से लौटते हुए देखा और देखा कि दो मुगल शत्रु आपका पीछा कर रहे हैं, तब मुझसे न रहा गया। माता का वह दूध जो हमने-आपने एक साथ पिया था, सजीव होकर उमड़ आया। मैंने सेना को त्याग कर उन मुगलों का पीछा किया और उन दोनों को मार गिराया। वह देखिये-नाले के पास दोनों मरे पड़े हैं! अब हिन्दूपति महाराणा, आपकी जय हो! यह तलवार कमर से बाँधिये और मेरा यह घोड़ा लीजिये; सामने की उस घाटी में चले जाइये। वहाँ मेरे विश्वस्त अनुचर हैं; आपके घावों का तुरन्त बन्दोबस्त हो जायेगा।”

प्रताप ने आश्चर्यचकित होकर कहा, “और तुम शक्तिसिंह?”

“महाराणा, मैं शहज़ादे सलीम के पास जाकर अपना अपराध स्वीकार करूँगा और उनसे कहूँगा कि वह मुझे अपने हाथी के पैरों से कुचलवाकर मार डालें; क्योंकि मैंने उनका सैनिक होकर उनके शत्रु की रक्षा की है!” शक्तिसिंह रुका नहीं, चल पड़ा।

प्रताप ने कहा, “भाई सुनो!”

शक्तिसिंह ने कहा, “महाराणा, मेरा अपराध बहुत भारी है! मैं कभी इस बात पर विश्वास नहीं कर सकता कि आप मुझे दण्ड दे सकते हैं। मैं यवन सेनापति से ही दण्ड चाहता हूँ।”

शक्तिसिंह चले गये। प्रताप ने अपने वीर भाई को पहचाना। बड़ी देर तक उनकी ओर देखते रहे। फिर भाई की दी हुई तलवार कमर में बाँधी और घोड़े पर चढ़कर चल दिये।

प्रातःकाल का समय था। महाराणा प्रताप पर्वत की एक गुफा में शिला पर बैठे हुए थे। पाँच सरदार उनके इर्द-गिर्द थे। उनके घाव अब अच्छे हो चले थे। वे शक्तिसिंह की बारम्बार प्रशंसा कर रहे थे। एक लम्बी मनुष्य-मूर्ति उस गुफा के द्वार पर आकर खड़ी हो गयी। वे शक्तिसिंह थे। प्रताप भुजा भरकर उनसे मिले । शक्तिसिंह ने वह मणि अपने वस्त्र में से निकाल कर प्रताप के सामने रखी और कहा, “महाराज! यह मणि सलूंबरा सरदार ने मरते समय मुझे

दी थी और वसीयत की थी कि मैं यह आपके हाथ में दूँ!" इसके बाद उन्होंने सलूंबरा सरदार की वीरतापूर्ण मृत्यु का करुण वर्णन किया और वर्णन करते-करते रो पड़े।

उन्होंने महाराज से कहा, "मैं अनुताप की आग में जला जाता हूँ। आपके पास से लौटकर मैंने सलूंबरा सरदार को देखा, उस समय भी उनके शरीर में प्राण थे। जब उन्होंने सुना कि स्वामी की प्राण-रक्षा हो गयी तो उनके मुख पर मुस्कराहट आयी और उनके प्राण निकल गये। धन्य हैं वे वीर क्षत्रिय सरदार, जो इस तरह स्वामी के लिए प्राण देते हैं!"

"मैंने सलीम से अपना अपराध कह दिया था। परन्तु सलीम ने कोई दण्ड न देकर आपके पास जाने को कह दिया अब महाराज, आप मुझे दण्ड दीजिये।"

प्रताप ने अपने भाई का हाथ पकड़कर प्रेम से अपने निकट बैठाया, और समय फरमान जारी किया कि भविष्य में सलूंबरा सरदार के वंशधर, मेवाड़ की सेना के हरावल में रहेंगे और शक्तिसिंह के वंशज युद्धक्षेत्र में दाहिने पक्ष पर रहेंगे।

***

आचार्य चाणक्य

अब से कोई दो हज़ार वर्ष से भी अधिक पुरानी बात हम कर रहे हैं। उस समय पाटलिपुत्र में शूद्र राजा महाधननन्द सिंहासन पर विराजमान था। यह महानृपति एकराट्, एकच्छत्र था। इसके पिता महापद्मनन्द ने अपने काल के सब क्षत्रिय राजाओं का संहार करके, पुत्र के लिए एकच्छत्र राज्य निष्कण्टक किया था।

धननन्द का प्रताप प्रचण्ड था। उसके पास दो हज़ार युद्ध रथ, बीस हज़ार अश्वारोही, चार हज़ार रणोन्मत्त हाथी तथा दो लाख पदाति थे। महाविचक्षण, कूटराजनीति-विशारद वररुचि कात्यायन और सुबुद्धि शर्मा उपनाम राक्षस-उसके मंत्री थे। महापद्मनन्द से पहले, उस काल में उत्तर भारत में सोलह महाजनपद थे। इनमें से पौरव, ऐक्ष्वाकु, पांचाल, हैहय, कलिंग, अश्मक, कौरव, मिथिला, शूरसेन और वीतिहोत्र महाजनपदों को महापद्मनन्द ने ध्वस्त किया था। इस प्रकार उसका महाराज्य, रावी नदी के पूर्वी तट को छू गया था। उन दिनों वाराणसी, पाटलिपुत्र और तक्षशिला में प्रसिद्ध विश्वविद्यालय थे, जिनमें तक्षशिला विश्वविश्रुत था। यहाँ 103 छत्रधारी राजाओं के उत्तराधिकारी राजपुत्र पढ़ते थे, तथा दिग्दिन्त के महामेधावी छात्र आते रहते थे।

चैत्र के शुक्ल पक्ष की त्रयोदशी थी। पाटलिपुत्र में उस दिन बड़ी धूमधाम थी। राज-प्रासाद में महोत्सव हो रहा था और सब नगर-नागर राजाज्ञा से आनन्द मना रहे थे। ठौर-ठौर दुन्दुभी-भेरी बज रहे थे। लोग दीन-दुखियों को अन्न-वस्त्र बाँट रहे थे। हाट-बाज़ार, घर, बाहर सभी जगह लोग आनन्दोत्सव में मग्न थे। पुर-वधुएँ मंगलगान और मंगलोपचार कर रही थीं। नगर-नागरों ने अपने-अपने घर के द्वार पर मंगल-कलश, तोरण आदि सजाये थे। वे मंगलसूचक शंखध्वनि कर रहे थे। राज-प्रासाद में बड़ा उल्लास था। जिधर देखिए उधर नृत्य-गान-पान-गोष्ठी हो रही थी। आज सभी के लिए राज-प्रासाद का प्रांगण खुला था। सब कोई वहाँ जा-आ सकते थे-याचकों को यथेच्छ वर मिल रहा था। ठौर-ठौर बन्दीगण और कुशलवी प्रशस्ति-गान कर रहे थे। ब्राह्मण स्वस्त्ययन पाठ कर रहे थे। यज्ञ-हवन-दान-पूजन-बलि-स्तवन-जहाँ देखिए वहीं कुछ न कुछ हो रहा था। मृदंग-मन्जीर-तूणीर के निनाद से दिशाएँ पूरित हो रही थीं। आज परम आनन्द का दिन था। महाराज धननन्द की नयी रानी ने एकमात्र महाराज्य के एकमात्र उत्तराधिकारी पुत्र को जन्म दिया था। महाराज की आज्ञा से राज्य-भर के बौद्ध विहारों, चैत्यों तथा देव-स्थानों में शिशु सम्राट् के दीर्घ जीवन की प्रार्थना हो रही थी। राज-प्रासाद में एक वृहत् राज-सभा के बीच नवजात शिशु को भारत का भावी सम्राट् उद्घोषित और अभिषिक्त किया गया था। इस समय महाराज धननन्द का प्रबल प्रताप तप रहा था। नवजात शिशु सम्राट्

की अभ्यर्थना के लिए सब सामन्त, करद राज्यों के राजे, भूस्वामी तथा वणिक्-सार्थवाह बहुमूल्य उपानय लेकर आये थे। उनके लाये स्वर्णरत्न, मुद्रा, कौशेय-पाटम्बर, हाथी-घोड़ा-रथ-यान-पालकियों की राज-प्रासाद में इतनी रेलपेल हो रही थी कि उपानय वस्तुओं को यथास्थान रखने और मनुष्यों को खड़े होने का स्थान ही नहीं मिल रहा था।

उपानय भेंट अर्पण करने को राजा लोग पंक्तिबद्ध चले आ रहे थे। उनके साथ दास-दासी उपानय सामग्री लिये बोझ से दबे दिन-भर खड़े रहकर थक गये थे; पर अभी उनकी बारी ही नहीं आयी थी। दण्डधर-द्वारपाल-कंचुकी उन्हें दम-दिलासा दे रहे थे-ठहरो, अभी ठहरो! आपका उपानय भी स्वीकार होगा। और जिसका उपानय राज-प्रासाद में पहुँच जाता था, वह कृतकृत्य हो प्रासाद के रास-रंग में आनन्द-मग्न हो जाता था।

दासियाँ, गणिकाएँ सब आगन्तुकों को गन्ध-माल्य-पान से सत्कृत कर रही थीं। अतिथि उन सुन्दरियों के सान्निध्य में उनके दिये हुए चन्दन का अंगों पर लेप किये हँस-हँसकर माध्वी-मैरेय-गौड़ीये आसव पान कर उल्लास में सराबोर हास्य-विनोद-आलिंगन का आनन्द ले रहे थे। सुवासित मदिराओं की वहाँ जैसे नदी बह रही थी। भाँति-भाँति के माँस-मिष्ठान्न-पकवान पक रहे थे और अतिथि तृप्त होकर खा-पी रहे थे। राज-पार्षद नगर में घूम-फिरकर बछड़े, मेढ़े, भैंसे, हरिण आदि पशु और आखेटक तीतर, बटेर, लावक, हरित, हंस, चक्रवाक आदि पक्षी मार-मारकर रसोई में पहुँचा रहे थे। आहार-द्रव्यों का पहाड़-सा लगा था, जो खत्म होता ही न था; और भी आता जाता था।

धीरे-धीरे संध्या हो चली। नगर असंख्य दीप-मालिकाओं से जगमगा उठा। राज-पथ पर अब भी हाथी, रथ, शकट, शिविकाओं की भरमार थी। परन्तु राज-महालय के पृष्ठ भाग की संकरी गली में अन्धेरा था। वहाँ एक स्त्री शरीर को आवेष्टन से लपेटे जल्दी-जल्दी महालय के गुप्त द्वार की ओर जा रही थी। इसी समय महालय के गुप्त द्वार की ओर से एक पुरुष निकला। पुरुष तरुण था, उसकी कमर में खड्ग बँधा था तथा बहुमूल्य कौशेय-परिधान पर वह असाधारण महार्ध रत्नाभरण धारण किये हुए था। मद्य के मद में उसके नेत्र लाल हो रहे थे-वाणी स्खलित हो रही थी और उसके पैर लड़खड़ा रहे थे। उसके साथ एक सेवक था जो उसका धनुष और तूणीर लेकर पीछे-पीछे चल रहा था।

स्त्री को आते देख उसने स्खलित वाणी से कहा, "ठहर जा, ऐ ठहर जा!"

इसके बाद उसने चर से कहा, "चरण, देख तो, यह कोई सामान्य प्रतीत होती है। सुन्दरी भी है, या यों ही टेसू है?"

चर ने आगे बढ़कर स्त्री का आवरण खींचकर उतार दिया। स्वर्ण की भाँति उसकी अंगदीप्ति से गली का अन्धकार उज्ज्वल हो उठा।

"अहा, सुन्दरी है महाराज!"

"युवती भी है या ढड्डो है?"

"नवीन वय है, यौवन का उभार खूब है!"

"तो देख, अच्छी तरह देख!"

चर ने निश्शंक अंग-प्रत्यंग टटोलने आरम्भ कर दिये, सूंघकर श्वासगंध ली। स्त्री लाज से सिकुड़ गयी और भय से थर-थर काँपने लगी।

चर ने कहा, "रमण योग्य है महाराज, गुदगुदा-संपुष्ट यौवन है!"

जिसे महाराज कहकर पुकारा गया था-वह व्यक्ति आगे बढ़ा। उसने घूरकर स्त्री को देखा-स्त्री ने फूलों का श्रृंगार किया था, मुख पर लोध्र-रेणु मला था, चरणों में अलक्तक, होठों पर लाक्षा-रस, कंठ में मणिहार और कानों में हीरक-कुंडल, वक्ष पर नीलमणि जटित कंचुकी। अवस्था कोई बीस बरस। जूड़े में शेफालिका के फूल।

पुरुष ने भली भाँति ऊपर से नीचे तक निहारकर कहा, "अच्छा श्रृंगार किया है! सुन्दरी, चल, आज का श्रृंगार मुझे दे! मेरे साथ विहार कर।

स्त्री ने भयभीत होकर कहा, "नहीं-नहीं, मेरे आज के श्रृंगार को खंडित मत कीजिए! आज का श्रृंगार मैंने महाराजाधिराज के लिए किया है।"

"मैं भी एक प्रकार से महाराजाधिराज ही हूँ! उनका भाई हूँ। क्यों रे चरण, क्या कहता है?"

"आप महाराजाधिराज हैं, महाराज!"

"बस तो ला, आज का श्रृंगार तू मुझे दे!" उस महाराज नामक व्यक्ति ने स्त्री का हाथ पकड़ लिया।

"नहीं-नहीं, मुझे छोड़ दीजिए, छोड़ दीजिए महाराज!"

अरे चरण, इस मूर्खा को समझा! यह अपने सौभाग्य को ठुकरा रही है।"

"हतभाग्या है री तू! नहीं जानती महाराज प्रसाद में रत्नाभरण देते हैं!"

परन्तु स्त्री ने ज़ोर लगाकर अपना हाथ छुड़ा लिया और उस तरुण को पीछे धकेल दिया। तरुण मद्य के नशे में लड़खड़ा रहा था। धक्का खाकर भूमि पर गिर गया। गिरे ही गिरे उसने कहा, "पकड़ रे चरण, उसे पकड़! देख भाग न जाए।"

चरण ने आगे बढ़कर कहा, "क्या कोड़े खाएगी?"

"कोड़े नहीं रे चरण, तू अभी इसका सिर खड्ग से काट डाल, दुर्भाग्या ने इतना अच्छा माध्वी का मद मिट्टी कर दिया। काट ले इसका सिर!"

चरण ने आगे बढ़कर उसका हाथ ज़ोर से पकड़ लिया। इसी बींध उठकर, तरुण ने दो-तीन लात उसके मारी। स्त्री ज़ोर-ज़ोर से रोने लगी। गली में दस-पाँच आदमियों की भीड़ जुट गयी। भीड़ में एक ब्राह्मण भी था। ब्राह्मण बड़ा ही कुरूप, काला और दरिद्र था। उसकी कमर में एक मैली शाटिका थी, कन्धे पर मैला जनेऊ। उसके दो बड़े-बड़े दाँत होंठ से बाहर निकले हुए थे। उसकी टाँगें टेढ़ी थीं और वह कुछ लड़खड़ाता-सा चलता था। जो लोग स्त्री के आर्तनाद को सुनकर एकत्र हो गये थे, उन्होंने देखा-महाराजाधिराज महाप्रतापी धननन्द के छोटे भाई उग्रसेन से किसी स्त्री का वाद-विवाद है, तो वे सब आतंकित हो, खड़े-के-खड़े रह गये। किसी ने भी स्त्री के पक्ष में कुछ कहने का साहस नहीं किया। परन्तु ब्राह्मण ने आगे बढ़कर कहा, "कैसा विवाद है? स्त्री पर कौन अत्याचार कर रहा है?"

ब्राह्मण की धृष्ट वाणी सुनकर चरण ने कहा, "अरे ब्राह्मण, क्या तू हमारे प्रबल प्रतापी महाराज उग्रसेन को नहीं जानता, जिनके चरण-नख सब जनपद-नरपतियों के मुकुट मणियों की दीप्ति से प्रतिबिम्बित हैं? तू राज-काज में व्याघात करने वाला कौन है? भाग यहाँ से!"

परन्तु ब्राह्मण इस बात से आतंकित नहीं हुआ। उसने कहा, "राह चलती स्त्री पर अत्याचार करना, क्या राज-काज है?"

"तो अत्याचार कौन करता है ब्राह्मण, हमारे रसिक महाराज तो उससे केवल आज रात का शृंगार माँगते हैं। वे उन सब सामान्याओं को शुल्क में रत्नमणि देते हैं, जो उन्हें एक रात रति देती हैं।"

"भन्ते ब्राह्मण, मैं सामान्या नहीं हूँ, राज-महालय की दासी हूँ! महाराजाधिराज की अन्तेवासिनी हूँ!"

"तो महाराज उग्रसेन, आप इस पर बलात्कार क्यों करते हैं?"

"भन्ते ब्राह्मण, इन्होंने मुझे लात मारी है, मेरा शृंगार खंडित किया है।"

"अरी तो क्या हुआ? महाराज ने एक लात मार ही दी तो क्या हुआ? महाराज के चरण-स्पर्श से तो तू सत्कृत हो गयी। चल-चल, आज रात हमारे महाराज की अंकशायिनी हो।" चरण ने उसे हाथ पकड़कर घसीटते हुए कहा।

उग्रसेन ने कंठ से मुक्ता-माला उतारकर उसके ऊपर फेंकते हुए कहा, "ले अप्सरे, लात का मूल्य, और चल मेरे साथ!"

"नहीं, मैं नहीं जाऊँगी!"

"तो चरण, काट ले इसका सिर!"

चरण ने कोष से खड्ग खींच लिया। ब्राह्मण आगे बढ़कर स्त्री और सेवक के बीच में खड़ा हो गया। उसने कहा, "वह सामान्या नहीं है! तुम उसे बलात् नहीं ले जा सकते, उस पर अत्याचार भी नहीं कर सकते!"

उग्रसेन नशे में धुत हो रहा था। उसने लड़खड़ाते कदम उठाकर, आगे बढ़ते हुए क्रुद्ध स्वर में कहा, "क्यों नहीं ले जा सकते? हम पृथ्वी के स्वामी हैं! पृथ्वी की सब वस्तुओं के स्वामी हैं! क्यों रे चरण?"

"हाँ महाराज, आप पृथ्वी के स्वामी हैं!" चरण ने कहा।

पर ब्राह्मण पत्थर की अचल दीवार की भाँति उसके आगे खड़ा था। उसने कहा, "अरे ब्राह्मण, हट जा! तूने राजाज्ञा नहीं सुनी, मुझे इस स्त्री का सिर काट लेने दे।"

"तू मेरे रहते ऐसा नहीं कर पायेगा, रे अधर्मी शूद्र।"

"अरे हमींको शूद्र कहता है?"

"और तेरा यह महाराज भी शूद्र है! परन्तु शूद्र यह जन्म ही से है, कर्म से तो चांडाल है!"

यह सुनकर उग्रसेन आपे से बाहर हो गया। उसने कहा, "चरण, पहले इस ब्राह्मण ही का शिरश्च्छेद कर!"

परन्तु ब्राह्मण ने तेजी से लपक कर ज़ोर का एक मुक्का चरण की मुष्टि पर मारा। खड्ग चरण के हाथों से छूटकर भूमि पर गिर गया। उसे फुर्ती से उठाकर, ब्राह्मण ने चरण के कन्ठ पर रखकर कहा, "अरे धृष्ट शूद्र, आ, आज तुझे देवता की बलि दूंगा!" चरण ब्राह्मण के चरणों में लोट कर गिड़गिड़ाकर प्राण-भिक्षा माँगने लगा। तब ब्राह्मण ने कहा "अच्छा, तुझे छोड़ता हूँ! इस कुलांगार राजपुत्र की बलि दूंगा!"

वह नग्न खड्ग लेकर उग्रसेन की ओर बढ़ा। उग्रसेन ने भयभीत होकर कहा, "सारा नशा खराब कर दिया।"

इसी समय महामात्य वररुचि कात्यायन, तीन-चार सशस्त्र प्रतिहारों के साथ वहाँ आ निकले। उन्हें देखते ही उग्रसेन ने चिल्लाकर कहा, "आर्य, महामात्य, यह ब्राह्मण मेरा शिरच्छेद करना चाहता है; इसे पकड़कर सूली पर चढ़ा दो!"

महामात्य वररुचि कात्यायन महावैयाकरणी और त्रिकालदर्शी ज्योतिष में पारंगत वृद्ध पुरुष थे। उनका विशाल डीलडौल, बड़े-बड़े नेत्र थे और उज्ज्वल प्रतिभा थी। वे शुभ्र परिधान धारण किये थे। उन्होंने ब्राह्मण के निकट जाकर, उसे पहचानकर कहा, "तुम हो, विष्णुगुप्त?"

"मैं ही हूँ, आर्य कात्यायन!"

"विवाद का कारण क्या है?"

"यह इस शूद्र राजकुमार से पूछो!"

"आर्य, मैं निवेदन करती हूँ! मैं राज-दासी हूँ, महाराज के लिए मैंने श्रृंगार किया था। इन्होंने मेरा श्रृंगार खंडित कर दिया और बलात्कार से रति-याचना करते हैं। स्वीकार न करने पर, शिरच्छेद करने को उद्यत हैं।" स्त्री ने वररुचि के चरणों पर गिरकर कहा।

"तो हम भी तो महाराज ही हैं। यह स्त्री आज का श्रृंगार हमें दे, हम शुल्क देंगे।"

"कुमार, तुम्हारा व्यवहार गर्हित है, तुम इस समय सुरा-पान से मत्त हो। जाओ, राज-प्रासाद में जाओ!" कात्यायन ने कहा।

"अरे, हमारा सेवक होकर हमींको आँखें दिखाता है! राज-कोप का भी तुझे भय नहीं है? अमात्य शकटार जैसे सपरिवार अन्धकूप में पड़ा है, वैसे ही तुझे भी अन्धकूप में डाल दूंगा!"

"राजकुमार, मैं तुम्हारे कुल का सेवक अवश्य हूँ! परन्तु मैं महान नन्द साम्राज्य का महामात्य हूँ। प्रजा का न्याय-शासन करना मेरा कर्त्तव्य है। राजकुल के पुरुष होने के कारण मैं तुम्हारे ऊपर शासन नहीं कर सकता; परन्तु तुम्हारा प्रजा पर, प्रकट राजपथ में इस प्रकार नीति-विरुद्ध कार्य करना अन्यायपूर्ण है। जाओ, प्रासाद में जाओ!"

"इस सामान्या को मैं ले जाऊँगा। ओहो, आधा प्रहर रात्रि तो इस झगड़े ही में व्यतीत हो गयी! खैर, साढ़े तीन प्रहर ही सही! चल मेरे साथ।" उसने फिर उस स्त्री का हाथ पकड़ लिया।

स्त्री ने रोते-रोते कहा, "आर्य महामात्य, आप राज्य के रक्षक हैं। इस आततायी से एक असहाय अबला की रक्षा नहीं कर सकते?"

वररुचि ने कहा, "कुमार, छोड़ दो उसे!"

"वह कोई कुलस्त्री नहीं है!"

"न सही, स्त्री तो है!"

"तो स्त्रियाँ तो सब ही पुरुषों के लिए भोग्य हैं!"

अब तक ब्राह्मण विष्णुगुप्त खड्ग लिये चुपचाप खड़ा था। अब उसने आगे बढ़कर कहा, "तुम्हें धिक्कार है कात्यायन! तुम इस कंलकी कुल के सेवक हो-इसलिए इस राजकुमार के अत्याचार से स्त्री की रक्षा नहीं कर सकते। परन्तु मैं सेवक नहीं हूँ। मेरे रहते यह मद्यप इस स्त्री को छू भी नहीं सकता!"

"अरे ब्राह्मण, हट जा, मेरी जो इच्छा होगी करूँगा!"

कात्यायन अब खड्गहस्त होकर आगे बढ़े। उन्होंने कहा, "तुमने ठीक धिक्कारा, विष्णुगुप्त! ब्राह्मण होकर शूद्र की दासता धिक्कार योग्य ही है! पर प्रजा पर शासन तुम्हारा नहीं, मेरा काम है; आवश्यकता होगी, तो इस राजकुमार का शिरच्छेद मैं ही करूँगा!"

"सब नशा खराब कर दिया। इस अमात्य को सवेरे शकटार के पास, अन्धकूप में कैद करूँगा। चल चरण, लौट चल! ऐसा अच्छा नशा खराब हो गया!" यह कहता हुआ उग्रसेन, लड़खड़ाते पैर रखते हुए, वहाँ से चला गया।

विष्णुगुप्त ने पुकारकर कहा, "अपना यह खड्ग तो लेते जाओ, राजकुमार!" और उसने वह खड्ग हवा में उछाल दिया। फिर स्त्री से कहा, "चलो, मैं तुम्हें राज-द्वार तक पहुँचा दूँ!"

"नहीं विष्णुगुप्त, कष्ट न करो। मैं इसे अपने साथ महालय ले जाता हूँ चल शुभे, तुझे अन्तःपुर में सुरक्षित पहुँचा दूँ।" यह कहकर, महामात्य कात्यायन उस स्त्री को साथ लेकर राज-महालय की ओर चले गये। विष्णुगुप्त भी एक ओर को चल दिया। भीड़ के लोग उस कुरूप ब्राह्मण के साहस की चर्चा करते हुए तितर-बितर हो गये।

***

नवाब ननकू

'नवाब ननकू' एक भावकथा है, जिसमें चरित्र और आचार का मनोवैज्ञानिक विश्लेषण है। कहानी में कुल तीन मुख्य पात्र हैं। राजा साहब, एक शराबी, कबाबी, वेश्यागामी, लंपट रईस, जिन्होंने इसी काम में अपनी सम्पत्ति फूंक दी और अब दारिद्रय और रोग का भोग भोग रहे हैं। दूसरी है एक विगलितयौवन वेश्या, और तीसरे हैं एक रईस के औरस से उत्पन्न वेश्यापुत्र, जो अपने को नवाब समझते हैं। कहानी में तीनों दोस्तों की एक मुलाकात का रेखाचित्र है। मुलाकात में जीवन के आगे-पीछे के समूचे जीवन की स्पष्ट झाँकी अंकित करने में लेखक ने अपनी अपरिसीम कथा-निर्माण कला का परिचय दिया है। इससे भी अधिक अपनी उस विश्लेषणसामर्थ्य को मूर्त किया है-जब कि वह चरित्र को आचार से पृथक् मानता है। तीनों ही पात्र हीन-चरित्र हैं। परन्तु उनके हृदय की विशालता, विचारों की महत्ता, भावों की पवित्रता ऐसी व्यक्त हुई है कि बड़े-से-बड़ा सदाचारी भी उसकी समता नहीं कर सकता। पूरी कहानी पढ़कर तीनों में से किसी भी पात्र के प्रति मन में विराग और घृणा नहीं होती, आत्मीयता और सहानुभूति के भाव पैदा होते हैं। आचारहीन व्यक्ति भी उच्च चरित्र वाले होते हैं। तथा आचार और चरित्र में मौलिक अन्तर क्या है-यह गम्भीर मनोवैज्ञानिक और आचार-शास्त्र-सम्बन्धी नया दृष्टिकोण लेखक ने कहानी में व्यक्त किया है।

सरदी के दिन और सनीचर की रात, कल इतवार। न दफ्तर जाने की फिक्र, न किसी काम की चिन्ता। बस, बेफ़िक्री से खाना खाकर जो रजाई में घुसे तो अंबरी तमाखू का कश खींचते, खींचते ही अंटागफील हो गए।

मगर उस मीठी नींद में शुरू में ही विघ्न पड़ गया। नीचे कोई कर्कश स्वर में चिल्ला रहा था-बाबू साहब, अजी बाबू साहब। उस वक्त आराम में यों खलल पड़ने से तबीयत झल्ला उठी। क्या मजे की झपकी आई थी। मैंने उठकर खिड़की से सिर निकालकर कहा-कौन है भई; इस वक्त ?

"अजी हम हैं नवाब साहब। गज़ब करते हैं आप भाईसाहब, अभी लम्हा भर हुआ है सूरज छिपे: और आपके लिए आधी रात हो गई, चीखते-चीखते गला फट गया। मुहल्ला-भर सिर पर उठा डाला।"

बड़ा गुस्सा आया उस नवाब के बच्चे पर। जी आया, कच्चा ही चबा जाऊँ। परन्तु जब्त करके कहा-कहिए नवाब साहब, इस वक्त कैसे ?

"अजी दरवाजा तो खोलिए, या गली में खड़े-ही-खड़े राग अलापूँ।"

मन-ही-मन दाँव-पेंच खाता नीचे उतरा और कुंडी खोली। नवाब साहब चुपचाप पीछे-पीछे जीना चढ़कर ऊपर आए; आते ही मसनद पर बेतकल्लुफ़ी से उठंग गए। कहने लगे-खुदा की मार इस सरदी पर। हड्डियाँ तक ठंडी पड़ गईं। मगर उस्ताद, खूब मजे में आप मीठी नींद ले रहे थे।

मैंने कहा-आपके मारे कोई सोने पाए तब तो। कहिए, इस वक्त कैसे तकलीफ की?

नवाब साहब ने बेतकल्लुफ़ी से हँसकर कहा-यों ही, बहुत दिन से भाभी साहिबा के हाथ का पान नहीं खाया था, सोचा-पान भी खा आऊँ और सलाम भी करता आऊँ।

गुस्सा तो इतना आ रहा था कि मर्दूद को धकेल दूँ नीचे। मगर मैंने गुस्सा पीकर कहा-पूरे नामाकूल हो तुम। कल इतवार था। कल यह सलाम की रस्म पूरी नहीं कर सकते थे, जो इस वक्त मेरे आराम में खलल डाला?

नवाब साहब खिलखिलाकर हँस पड़े। जेब से सिगरेट का बक्स और दियासलाई निकालकर एक होठों में दबाई। दूसरी मेरी ओर बढ़ाते हुए कहा-खैर, सिगरेट तो पिओ और गुस्सा थूक दो। हाँ, चालीस रुपये मेरे हवाले करो और इसे रक्खो संभालकर।

उन्होंने बगल से एक पोटली निकालकर मेरे आगे सरका दी।

मैंने कहा-यह क्या बला है, और इस वक्त रुपयों के बिना कौन कयामत बरपा हो रही थी?

नवाब साहब को भी गुस्सा आ गया। कहने लगे-कयामत नहीं बरपा हो रही थी, तो मैं यों ही झख मारने आया हूँ इस वक्त? हजरत, यह मेरी भी पीनक का वक्त था।

"मगर इस वक्त रुपये तुम क्या करोगे?"

"फेंक दूंगा सड़क पर, तुमसे मतलब?"

"रुपये नहीं हैं।"

"रुपये न होने की खूब कही, बुलाऊँ भाभी को?"

"भाभी तुम्हारी क्या तोप से उड़ा देंगी, बुलाओ चाहे जिसको, रुपये नहीं हैं।"

"समझ गया, बेहयाई पर कमर कसे हुए हो। लाओ चुपके से रुपये दे दो, अभी मुझे सदर तक दौड़ना होगा।"

"सदर तक क्यों?"

"एक बोतल ह्विस्की और गजक लेने, और क्यों।"

"अच्छा, तो हजरत को शराब के लिए रुपये चाहिए।"

"जी हाँ, शराब के लिए, और कबाब के लिए भी, निकालो जल्दी-से।"

"कह तो दिया, रुपये नहीं हैं।"

"तुमने कह दिया, पर हमने तो सुना नहीं।"

"नहीं सुना तो जहन्नुम में जाओ।"

"कहीं भी हम जाएँ तुम्हारी बला से, लाओ तुम रुपये दो।"

"रुपये नहीं दूंगा, अब तुम खसकन्त हो यहाँ से नवाब।"

"चे खुश। रुपये तो मैं खड़े-खड़े अभी लूँगा तुमसे।"

"क्या तुम्हारा कर्ज चाहिए मुझ पर ?"

"कर्ज ही तो माँगता हूँ।"

"मैं कर्ज नहीं देता !"

"देखता हूँ कैसे नहीं दोगे, बुलाओ भाभी को भी अपनी हिमायत पर।" नवाब ने गुस्से से आस्तीन चढ़ानी शुरू की।

मुझे बुरी तरह हँसी आ गई। कहा-क्या मार मीट भी करने पर आमादा हो ?

"मारपीट। तुम मारपीट की कहते हो, मैं तुम्हें गोली न मार दूं तो नवाब ननकू नहीं।"

मैंने हँसकर कहा-"गोली मार दोगे तो फिर रुपया कहाँ से वसूल करोगे नवाब साहब ?

"बस इसी बात को सोचकर तो तरह दे जाता हूँ, निकालो रुपये।"

"लेकिन नवाब, तुम तो कभी नहीं पीते थे, आज यह क्या बात है ?"

"तो क्या मैं अपने लिए माँगता हूँ। मैंने कभी पी है ?"

"फिर किसके लिए ?"

"राजा साहब के लिए।"

"अच्छा-यह बात है, अब समझा। कोई नई चिड़िया आई है क्या ?"

"राजेश्वरी आई है बनारस से।"

"तो तुम क्यों उस शराबी के लिए झख मारते फिरते हो ?"

"तब कौन झख मारे। तुम चाहते हो, राजा साहब खुद तुम्हारे दरवाजे पर आकर चालीस-चालीस रुपल्ली के लिए जलील होते फिरें।"

“वे कुछ भी करें, तुम्हें क्या। जो जैसा करेगा, भोगेगा। जिसने लाखों की ज़मीन-जायदाद, ज़र-जवाहरात, सब शराब और रंडी-भडुओं में फूंक दी, तुम उससे क्यों इतनी हमदर्दी रखते हो?”

“क्या मैं हमदर्दी रखता हूँ?”

“तब?”

“मैं मुहब्बत करता हूँ उनसे, उनकी इज्जत करता हूँ।”

“किसलिए? सुनो, पहले तो वे मेरे बड़े भाई, दूसरे ऐसे दाता, ऐसे प्रेमी, ऐसे बात की धनी, ऐसे दिलवाले...कि दुनिया में चिराग लेकर ढूँढो तो कहीं मिल नहीं सकते।”

“शराबी और रंडीबाज़ भी क्यों नहीं कहते?”

“वह तुम कहो। वे शराब पीते हैं और रंडियों से आशनाई करते हैं, इसमें किसी का क्या लेते हैं? उन्होंने अपनी लाखों की जायदाद उन्हें दे दी, जिन्हें उन्होंने प्यार किया। आज उनका हाथ खाली है, मगर दिल बादशाह है। वे जीते जी बादशाह रहेंगे। मैं उन्हें पसन्द करता हूँ, प्यार करता हूँ, इज्जत करता हूँ। मैं नहीं बर्दाश्त कर सकता कि वे दुनिया के आगे हाथ फैलाए।”

“और तुम उनके लिए भीख माँगते फिरते हो।”

“किससे मैंने भीख माँगी है, कहो तो,” नवाब ने तैश में आकर कहा।

“यह अभी तुम चालीस रुपये माँग रहे हो?”

“और यह क्या?”

नवाब ने सामने की पोटली की ओर इशारा किया।

उसे तो मैं भूल ही गया था। मैंने देखा-वह एक जरी के काम का कीमती लहंगा है।

नवाब ने कहा-बेचना चाहूँ तो खड़े-खड़े दो सौ में बेच दूँ। तुमसे तो मैं चालीस ही माँग रहा हूँ।

“लहंगा क्या राजा साहब ने दिया?”

“वे क्यों देने लगे? अम्मीजान का है। राजेश्वरी आज आई थीं। मुझे बुलाकर राजा साहब ने कहा-नवाब, हाथ में इस वक्त कुछ नहीं है, राजेश्वरी के लिए कुछ खाने-पीने का बन्दोबस्त कर दो। आँखें उनकी शर्म से झुकी थीं, और लाचारी से भीग रही थीं। बस इतनी ही तो बात है।”

“अच्छा और तुम चुपके से घर आए, यह लहंगा उठाया और यहाँ आ धमके।”

"जी हाँ, और तुम्हारी नींद हराम कर दी। बहुत हुआ अब, बस अब लाओ रुपये दो।"

मैंने चुपके से दस-दस के चार नोट नवाब के हाथ पर रख दिए। मेरी आँखों में आँसू आ गए, और मैंने वह लहंगा उसी तरह लपेटकर नवाब की ओर बढ़ाते हुए कहा-इसे लेते जाओ।

नवाब ने आपे से बाहर होकर चारों नोट फेंक दिए। लाल होकर कहा-अच्छा, तो हजरत मुझे भीख देने की जुर्रत करते हैं।

"नहीं भाई, ऐसा क्यों सोचते हो, मगर यह लहंगा मैं नहीं रख सकता।"

"तो तुम्हारे रुपये भी नवाब नहीं ले सकता। आज राजा कामेश्वर प्रसादसिंह खाली हाथ हैं, और नवाब ननकू अपनी अम्मीजान का लहंगा गिरवी रखने पर लाचार हैं, मगर आप यह मत भूलिए कि वे दोनों सलीमपुर के राजा महाराज नन्दनसिंह के नुतफे से पैदा हुए हैं, जो तीन बार सोने से तुले थे, और जिन्होंने ग्यारह हाथी ब्राह्मणों को दान दिए थे। जिनकी दी हुई जागीरों को सैकड़ों शरीफ़ज़ादों की आस-औलाद आज भोग रही है। इलाके भर में जिनके पेशाब से चिराग जलते थे।" मैंने खड़े होकर खुशामद करते हुए कहा-वह ठीक है नवाब साहब, मगर ये रुपये तुम मेरी तरफ से राजा साहब को नज़र करना।

"हरगिज़ नहीं, राजा साहब कभी किसी की नज़र कबूल नहीं करते। तुम यह लहंगा गिरों रखकर चालीस रुपये देते हो तो दो।"

लाचार मैंने हामी भर ली। मैंने लहंगे को उसी तरह लपेटकर रख लिया और नवाब रुपये जेब में रखकर खड़े हुए।

मैंने कहा-यह क्या नवाब, भाभी का पान बिना खाए और बिना सलाम किए चले जाओगे?

"हरगिज़ नहीं," नवाब ने बैठते हुए कहा-बुलाओ तो उन्हें।

"मैंने पत्नी को नीचे से बुलाया। वे बच्चों को दूध पिलाने और सुलाने की खटपट में थीं; नवाब को एक लफंगा आदमी समझती थीं। मेरे पास उसका आना-जाना और चाहे जब रुपये-पैसे ले जाने को वे हमेशा नापसन्द करती थीं। उन्होंने आकर कहा-इस वक्त मेरी तलबी क्यों हुई है?

"यह इन नवाब साहब से पूछो।"

"यही कहें?"

"पान खिलाइए तो कहूँ।"

"कहो, पान भी मिल जाएगा।"

"वादे की सनद, झपाके से दो बीड़ा बढ़िया पान ले आइए।"

पत्नी चली गईं और एक तश्तरी में कई बीड़े पान लेकर लौटीं। उसमें से दो बीड़े उठाकर नवाब ने हाथ में लिए, अदब से मेरी पत्नी के सामने खड़े हुए और ज़मीन तक झुककर कहा-सलाम बड़ी भाभी, आपका यह गुलाम नवाब ननकू आपको सलाम करता है, और आपकी दुआ की इस्तिजा रखता है।

पत्नी मुस्कराई। उन्होंने कुछ झेंपते हुए कहा-कभी बच्चों को भी नहीं भेजते नवाब साहब; एक बार भेजो।

"जो हुक्म बड़ी भाभी, सलाम।"

नवाब साहब ने और एक सलाम झुकाई और चले गए।

मेरी नींद बहुत रात तक गायब रही। मैं अन्दाज़ा न लगा सका कि यह व्यक्ति संसार के सब मनुष्यों से कितना ऊँचा है?

कमरे में एक ओर अंगीठी जल रही थी। राजा साहब पलंग पर लेटे थे और एक खिदमतगार धीरे-धीरे उनके पाँव सहला रहा था। राजेश्वरी नीचे फ़र्श पर बैठी छालियाँ काट रही थी। चाँदी का पानदान सामने खुला रखा था। राजा साहब गंगा-जमुनी काम की गुड़गुड़ी पर अंबरी तम्बाकू पी रहे थे और धीरे-धीरे राजेश्वरी से बातें कर रहे थे।

राजेश्वरी की उम्र चालीस पार कर चुकी थी। बदन उसका कुछ भारी हो चला था, और माथे पर की लटों में चाँदी की चमक अपनी बहार दिखा रही थी। फिर भी उसकी पानीदार आँखों और मृदु मुस्कान में अभी-भी मोह का नशा भरा था।

राजेश्वरी ने कहा-सरकार ने यों नजरें फेर लीं, मुद्दत हुई पैगाम तक न भेजा, सुनती रहती थी, हुजूर के दुश्मनों की तबीयत खराब रहती है। आखिर जी न माना, बेहया बनकर चली आई।

"मुझे निहाल कर दिया तुमने इस वक्त आकर राजेश्वरी दिल बाग-बाग हो गया। क्या कहूँ, बहुत याद करता हूँ तुम्हें-मगर..."

"हुज़ूर की नजरें इनायत पर मैंने हमेशा फ़ख्र किया है, और मरते दम तक करूँगी।"

"तुम जिओ राजेश्वरी, ईश्वर तुम्हें खुश रखे। यह मूज़ी बीमारी-क्या कहूँ, अब तो हिलने-डुलने से भी लाचार हो गया हूँ। पर अब यह सब उस भगवान् की दया है। फिर मुझे अपनी लाचारी का क्या गम है, जब तुम दुनिया की तमाम खुशी लेकर यहाँ आ जाती हो।"

राजेश्वरी ने चार बीड़ा पान बनाकर राजा साहब को अदब से पेश किए। राजा साहब ने मुस्कराकर पान लेकर मुँह में रखे।

खिदमतगार ने आकर अर्ज़ की-हुजूर, कुँवर साहब सलाम के लिए हाज़िर हुए हैं।

“आएँ वे”- राजा साहब ने धीरे-से कहा।

कुँवर साहब ने झुककर राजा साहब को सलाम किया और पैताने की ओर अदब से खड़े हो गए।

राजा साहब ने कहा-चाची को सलाम नहीं किया बेटे। कुँवर साहब ने आगे बढ़कर राजेश्वरी को सलाम किया, और दो कदम पीछे हट गए।

राजेश्वरी खड़ी हुई। आगे बढ़कर कुँवर साहब के पास पहुँची, उनके मुँह पर प्यार से हाथ फेरा, और दो अशर्फियाँ निकालकर उनकी मुट्ठी में जबरन थमा दी।

कुँवर साहब ने पिता की ओर देखा।

राजा साहब ने कहा-ले लो, और चाची को फिर मुकर्रर सलाम करो।

कुँवर साहब ने फिर झुककर सलाम किया। राजेश्वरी ने दोनों हाथ उठा कर आशीर्वाद दिया। राजा साहब ने इशारा किया और कुँवर साहब चले गए।

एक ठंडी साँस खींचकर राजा साहब ने कहा-इस निकम्मे बाप ने अपने बेटे के लिए भी कुछ न छोड़ा राजेश्वरी, मगर तसल्ली यही है कि ज़हीन है, पेट भर लेगा।

“हुजूर ऐसा क्यों फ़र्माते हैं। इन मुबारक हाथों से भीख पाकर लोगों ने रियासतें खड़ी कर ली हैं। दुनिया में दिल ही तो एक चीज़ है हुजूर, भगवान् भी यह सब देखता है। वह उस आदमी की औलाद पर बरकत देगा जिसने अपनी ज़िन्दगी में सब को दिया ही है, लिया किसी से भी कुछ नहीं।”

राजा साहब ने हाथ बढ़ाकर राजेश्वरी का हाथ पकड़ लिया। बहुत देर तक कमरे में सन्नाटा रहा। दो पुराने किन्तु पानी दार दिल मन-ही-मन एक-दूसरे को यत्न से संचित स्नेह से अभिषिक्त करते रहे।

आख़िर राजा साहब ने एक ठंडी साँस भरी, और गुड़गुड़ी में एक कश लगाया।

नवाब ननकू हाँफते हुए आ बरामद हुए। उनकी नाक पर की ऐनक नाक की नोक पर खिसक आई थी। आते ही उन्होंने खिदमतगार को एक डाँट दी-अरे कम्बख्त, बदनसीब, अंगीठी में और कोयले क्यों नहीं डाले, वह बुझ रही है। नवाब साहब जब तक हुक्म न दें, ये

नवाब के बच्चे काम न करेंगे। राजा साहब को दौरा हो गया, तो याद रख कच्चा चबा जाऊँगा। उठ, जल्दी कोयले डाल।

खिदमतगार चुपके से उठ गया। नवाब ने ही-ही हँसते हुए कहा-देखा राजेश्वरी भाभी, खिदमतगार साले नवाब ननकू के आगे बन्दर की तरह नाचते हैं। मगर मुँह पर कहता हूँ, बिगाड़ दिया है राजा साहब ने, नौकरों को बहुत मुँह लगाना अच्छा नहीं।

"लेकिन नवाब, उन गरीबों को छह-छह महीने की तनख्वाह नहीं मिलती है, बेचारे मुहब्बत के मारे पड़े हैं।"

"तो इससे क्या? उनके बाप-दादों ने इतना खाया है कि सात पीढ़ी के लिए काफी है।"

"मगर उन्होंने खिदमत भी तो की है।"

"तो रियासतें भी तो पाई हैं।"

"अच्छा देखूँ तो, राजेश्वरी के लिए क्या-क्या चीज़ लाए हो।"

"देखिए और दाद दीजिए नवाब को?"

नवाब ने बोतल बगल से निकाली। और भी बहुत-सा सामान।

"अरे, यह इतनी खटपट किसलिए की नवाब साहब।" राजेश्वरी ने कहा।

"जी, जैसे आप चिऊंटी के बराबर तो खाती ही हैं। फिर आईं कितने दिन बाद हैं राजेश्वरी भाभी। जानती हैं; राजा साहब कितना याद करते हैं। जब राजेश्वरी जबान पर चढ़ती हैं, आँखें गीली हो जाती हैं। अम्मीजान कहती थीं, बड़े महाराज का भी यही हाल थे, ज़रा-सी बात पर दिल भारी कर लेते थे।"

"वे देवता था नवाब साहब।"

"और ये?"

"ये; इन्हें पहचाना किसने है अभी।"

"दुनिया ऐसों को कभी न पहचान पाएगी।"

खिदमतगार अंगीठी टंच करके रख गया। नवाब साहब ने खुश होकर कहा-यह बात है रामधन, मगर देखो, मैंने तुम्हें एक गाली दी है, और ये दो रुपये इनाम देता हूँ।

नवाब ने दो रुपये निकालकर रामधन की ओर बढ़ा दिए।

रामधन ने नवाब के पैर छूकर कहा-हुजूर, आपकी गालियाँ खाकर ही तो जी रहा हूँ। रुपया-पैसा सरकार का दिया हुआ बहुत है।

"मगर यह भी रख लो, महरिया को एक बढ़िया-सी चुनरी ला देना।"

"वह उस दिन हवेली गई थी सरकार, तो बेगम साहिबा ने जाने क्या-क्या लाद दिया था, गट्ठर भर लाई थी।" नवाब ने तैश में आकर कहा-अबे, रुपये लेता है या मंतिख छाँटता है, क्या लगाऊँ धौल? रामधन ने रुपये लेकर उन्हें और राजा साहब को सलाम किया।

राजा साहब ने हँसकर कहा-देखा राजेश्वरी, नवाब का इनाम देने का तरीका।

नवाब खिलखिलाकर हँस पड़े। उन्होंने कहा-झपाके से तश्तरियाँ ला, गिलास ला, पैग ला। जल्दी कर।

क्षण-भर में ही सब साधन जुट गए। राजा साहब तकिए के सहारे उठंग गए। शराब का दौर शुरू हुआ। नवाब ने गिलास में सोडा और शराब भरकर कहा-राजेश्वरी, राजा साहब की तंदुरुस्ती और बरकत के लिए। तीनों ने हँसती हुई आँखें मिलाई और शराब की चुस्कियाँ लेने लगे।

राजेश्वरी ने कहा-इस सरदी में बहुत दौड़-धूप की नवाब साहब! "मान गईं न आप नवाब को, लीजिए इसी बात पर दूसरा पैग।"

"नहीं नवाब, मैं तो कभी पीती ही नहीं। बहुत मुद्दत हुई, जब से महाराज की तबीयत नासाज़ रहने लगी। आज मुद्दत बाद मुँह से लगा रही हूँ।"

"तो पूरी कसर निकालिए राजेश्वरी भाभी, नवाब को इस ठंडी रात में उस साले ठेकेदार से बहुत मगज़पच्ची करनी पड़ी। साला वही रद्दी माल पटील रहा था। मैंने कहा : वह बोतल निकाल जो उस दिन हमारे सरकार की खिदमत में गई थी। और यह कबाब, सच कहता हूँ राजेश्वरी भाभी, कस्बे में दूसरा नहीं बना सकता।"

"वाकई बहुत अच्छे बने हैं, मगर आप तो खाते ही नहीं नवाब साहब।"

"वाह, खिलाने में जो मजा है, वह खाने में कहाँ ? देखा था अम्मी को, वही एक शौक उन्हें मरते दम तक रहा-एक-से-एक बढ़कर चीजें बनाना और खिलाना।"

"मुझे याद है नवाब, मैं तब बहुत बच्ची थी, आपा के साथ आती थी, वे छोड़ती ही न थीं-खींच ले जाती थीं। जितना खिलाती थीं; क्या कहूँ।"

"मगर अब अम्मी तो हैं नहीं, नवाब उनका नालायक लड़का है, उसने विरासत में अम्मी की वह आदत पाई है। लीजिए, यह पैग तो पीना होगा।"

"मगर उधर तो देखो नवाब, महाराज ने सिर्फ़ होठों से छूकर ही गिलास रख दिया है, पी कहाँ?"

"क्या कहूँ, राजेश्वरी, तकलीफ देती है, पी नहीं सकता। डॉक्टरों ने भी मना कर दिया। मगर तुम पियो राजेश्वरी, आज मैं बहुत खुश हूँ। लाओ नवाब राजेश्वरी को एक पैग मैं भरकर दूं।"

"और हुजूर, एक नवाब को भी।"

"ओ, यह कब से? तुम तो कभी पीते नहीं थे।"

"आज ही से, अभी-अभी एक पैग पिया है मैंने।"

राजा साहब ने दो पैग तैयार किए। गिलास में भरकर कहा-लो राजेश्वरी, और तुम भी नवाब।

"वाह, हुजूर, यों नहीं, ज़रा-सा जूठा कर दीजिए कि यह जाम पाक तबर्रुक हो जाए।" नवाब ने कहा।

राजा साहब हँस दिए। उन्होंने नवाब का हाथ पकड़कर और खींचकर छाती से लगा लिया। फिर आँखों में आँसू भरकर कहा-ननकू मेरे प्यारे भाई, हमारी माँ दो थीं, मगर वालिद एक थे। फिर भी तुम मेरे सगे भाई हो। ऐसे, जैसा दूसरा मिलना मुश्किल है। और ननकू, मैं सिर्फ प्यार की बदौलत ही जी रहा हूँ। उन्होंने प्याला होठों से छुआ कर नवाब को दिया और नवाब गटागट पी गए। उनकी आँखों में आँसू और होठों में हँसी बिखर रही थी।

नवाब ने कहा-राजेश्वरी भाभी, बहुत दिन से सूने-सूने दिन जा रहे थे। आज तो कुछ जँच जाए।

"मगर नवाब, गले में अब सुर तो रहे ही नहीं।"

"बेसुरा ही सही।"

महाराज ने हँसकर कहा-राजेश्वरी, आज नवाब को बहुत मेहनत करनी पड़ी है, उसकी बात रख लो।

"जो हुक्म, मगर मेरी एक अर्ज़ है।"

"कहो।"

"नवाब साहब को जो तबर्रुक बख्शा गया है, वही लौंडी को भी इनायत हो।"

"ओह, अच्छा ठहरो, सब्र करो।"

नवाब ने इशारा किया। रामधन तबला, हारमोनियम ले आया।

हारमोनियम नवाब खींच बैठे, और रामधन ने चारों ओर तकिए लगाकर राजा साहब को आराम से बैठाकर तबले उनकी गोद में रजाई में लपेटकर रख दिए। अंबरी की तमाखू की एक नई चिलम चढ़ा दी। तबले पर हल्की चोट देते हुए राजा साहब ने कहा-राजेश्वरी, अभी उँगलियों पर लकुए का असर नहीं है, काम दे रही हैं।

राजेश्वरी ने चुपचाप आँखों में प्यार भरकर राजा साहब पर उड़ेल दिया और आलाप लिया। हारमोनियम पर नवाब की अभ्यस्त उँगलियाँ नाचने लगीं, और तबले पर मृदु-मन्द ताल नृत्य करने लगा।

राजेश्वरी की प्रौढ़ स्वर-लहरी ने वातावरण में एक प्यास उत्पन्न कर दी। यह वैसी न थी, जैसी वासना और यौवन की आँधी के झोंकों में मिली रहती है। यहाँ तीन प्रेमी विश्वस्त, पुराने और ऊँचे हृदय, अपने भौतिक आनन्द की चरम अनुभूति ले रहे थे। वे लोग आप ही अपनी कला पर मुग्ध थे, आप ही अपनी तारीफ कर रहे थे, आप ही अपने में पूर्ण थे।

"तो हुजूर, अब कब?"

"जब मर्जी हो राजेश्वरी।"

"तबीयत होती है कि कुछ दिन कदमों में रहूँ।"

"मैं भी चाहता तो हूँ राजेश्वरी, पर तुम्हारी तकलीफ का ख्याल करके चुप रह जाता हूँ। देखती हो, मकान कितना गंदा है, सिर्फ दो ही खिदमतगार हैं। इन्हें भी महीनों से तनख्वाह नहीं मिलती, पर पड़े हुए हैं। तुम इन तकलीफों की आदी नहीं हो।"

"मगर हुजूर, क्या मैं उन खिदमतगारों से भी गई-बीती हूँ?"

"नहीं, नहीं राजेश्वरी, मैं तुम्हें जानता हूँ।"

"मगर हुजूर अपने को नहीं जानते, मेरी वह कोठी, जायदाद, नौकर-चाकर सब किसकी बदौलत हैं, हुजूर ने जो पान खाकर थूक दिया उसी की बदौलत। अब हुजूर गरीब हो गए तो पुराने ख़ादिम क्या बेगाने हो जाएँगे?"

राजेश्वरी की आँखें भर आईं। कुछ ठहरकर उसने कहा-शर्म के मारे मैं खिदमतगारों को नहीं लाई, इस टुटहे इक्के पर आई हूँ। मैं कैसे बर्दाश्त कर सकती थी कि मालिक जब इस हालत में हों तो उनकी बांदियाँ ठाठ दिखाएँ।

"नहीं नहीं, राजेश्वरी, यह बात नहीं। पर मैं अपनी आँखों से तुम्हें तकलीफ पाते देख नहीं सकता। कभी देखा ही नहीं।"

"इसी से हुजूर, मुझे अभी जबर्दस्ती भेज रहे हैं, मेरी नहीं सुनते।"

"इसी से राजेश्वरी।"

"और इस लौंडी का कभी कोई तोहफ़ा भी नहीं कबूल करते? उस बार जब जनाना महल नीलाम हो रहा था, मैंने कितनी आरजू की थी कि मुझे रुपया चुकता कर देने दीजिए। पुरखों की यादगार है, सब रियासत गई। मगर रहने का महल...आप मेरे आँसुओं से भी तो नहीं पसीजे हुज़ूर, आप बड़े बेदर्द हैं।"

राजेश्वरी फूटकर रो पड़ी, और राजा साहब के सीने पर गिर गई। राजा साहब, उसके सिर पर हाथ फेरते रहे। फिर कहा-तुम भी बच्ची हो गई हो राजेश्वरी, अब भला उतना बड़ा महल मैं क्या करता? अकेला पंछी। फिर उसमें अब खुल गया जनाना अस्पताल, कितने लोगों का भला होता है। बोर्ड ने खामख़ाह मेरा नाम अस्पताल के साथ जोड़ दिया है।

"जी हाँ खामख़ाह ही। वह लाखों की स्टेट जो कौड़ियों में दे दी। और अब हुज़ूर इस किराए के मकान में बहुत खुश हैं।"

"बहुत खुश, राजेश्वरी, बहुत खुश। न ऊधो का लेन, न माधो का देन। लेकिन बहुत देर हो रही है राजेश्वरी, गाड़ी पकड़नी है। स्टेशन काफी दूर है, और रास्ता बड़ा खराब है। तुम्हारा इक्का आ गया?"

"धक्के दीजिए मुझे, बुढ़िया जो हो गई हूँ, अब आप यही तो करेंगे।"

राजा साहब असंयत होकर पलंग से आधे उठ गए। राजेश्वरी को खींचकर छाती से लगा लिया। फिर प्यार से उसके गंगाजमुनी बालों की लटों को उँगलियों में लपेटते हुए कहा-बुड्ढा-बुढ़िया कौन होता है राजेश्वरी, मेरी आँखों में तुम वही-नए केले के पत्ते से रूपवाली, अछूते यौवन और अपार प्यार वाली, मेरे दिल और दिमाग की तरावट राजेश्वरी हो। तुम या मैं भले ही बूढ़े हो जाएँ, लेकिन इन आँखों में झाँक कर जिसने तुम्हें देखा है, वह बूढ़ा नहीं और तुम्हारे भीतर बैठकर जो एक-एक मोती तुम्हारी आँखों में सजाता जा रहा है, वह भी बूढ़ा नहीं।

राजेश्वरी धीरे-धीरे राजा साहब के मुँह के बिलकुल पास फर्श पर बैठ गई। रामधन अंबरी तमाखू चढ़ाकर गुड़गुड़ी रख गया। राजा साहब चुपचाप तमाखू पीने लगे। तमाखू की खुशबू ने कमरे को मस्त कर दिया।

राजेश्वरी ने कहा-हुज़ूर वादा-वक़्फ़ हो।

राजा साहब ने भौंहें सिकोड़ कर राजेश्वरी की ओर देखकर कहा-वादा?

"जी?"

"क्या?"

"तबर्रुक।"

"ओह, भूली नहीं राजेश्वरी।"

"भूलने की एक ही कही, कब से आस लगाए हूँ। नवाब के सामने फिर नहीं कहा।"

राजा साहब कुछ देर चुपचाप गुड़गुड़ी पीते रहे। फिर कहा-ज़रा और पास आओ तो राजेश्वरी।

राजेश्वरी बिलकुल राजा साहब के मुँह के पास खिसक आई।

राजा साहब ने गुड़गुड़ी की सोने की मूनाल उसके होठों से लगाकर कहा-एक कश खींचो तो राजेश्वरी।

"लेकिन, लेकिन हुजूर-"

"ऐन खुशी होगी, खींचो एक कश।"

राजा साहब की आँखों में प्यार का सारा ही रस उमड़ आया। राजेश्वरी ने आनन्द-विभोर होकर गुड़गुड़ी से कश खींचा।

"खुश हुई अब राजेश्वरी।"

"ओह, हुजूर, कहीं खुशी से मेरी छाती न फट जाए। हुजूर ने गुड़गुड़ी-खास इनायत करके मेरी सात पीढ़ियों को तार दिया।"

राजा साहब ने खिदमतगार से कहा-रामधन, चिलम ठंडी कर दे और गुड़गुड़ी उस अखबार में लपेटकर इक्के में रख आ।

राजेश्वरी का मुँह सूख गया। उसने कहा, यह आप क्या कर रहे हैं? "मेरा दिल बाग-बाग है, दुलखो मत।"

"मगर हुजूर..."

"मैं हुक्म देता हूँ-मत बोलो।"

राजेश्वरी का सिर नीचे को झुक गया। उसने खड़े होकर झुककर राजा साहब को सलाम किया और रोती हुई चली गई। राजा साहब चित्त अपने पलंग पर पत्थर की मूर्ति की भाँति निश्चल-निर्वाक् पड़े रहे।

"यह क्या तमाशा है रामधन, महाराज मिट्टी की गुड़गुड़ी में तमाखू पी रहे हैं? गुड़गुड़ी-खास क्या हुई?" नवाब ने कमरे में आते ही हैरान होकर पूछा। रामधन चुपचाप खड़ा रहा। उसे बाहर जाने का इशारा करते हुए राजा साहब ने मुस्कराकर कहा-यहाँ आओ नवाब, मैं बताता हूँ।

नवाब ननकू एकदम पलंग के पास जा खड़े हुए, राजा साहब ने हँसकर कहा-बैठो।

“मगर मैं पूछता हूँ गुड़गुड़ी-खास क्या हुई?”

“बैठो तो कहूँ।”

नवाब ने बैठकर कहा-कहिए।

राजा साहब ने रजाई से हाथ बाहर निकालकर नवाब का हाथ पकड़ लिया। कहा-नाराज़ न हो नवाब, राजेश्वरी को दे दी।

“क्या उन्होंने माँगी थी?”

“नहीं, मगर उसे खाली हाथ कैसे जाने देता। तुम देखते ही हो, खानदान की वही एक चीज़ मेरे पास बची थी।”

नवाब कुछ देर होंठ चबाते रहे, फिर बोले-मगर आप मिट्टी की गुड़गुड़ी में तमाखू नहीं पी पाएँगे। मैं गुड़गुड़ी लाता हूँ।

“कहाँ से?”

“घर से।”

“कहाँ पाई।”

“अम्मीजान की है, बड़े महाराज ने बख्श दी थी। मेरे पास यह अब तक पाक धरोहर थी। अब आज काम आएगी।”

राजा साहब ने कहा-बड़े महाराज ने जो चीज़ बख्श दी, वह मैं वापस कैसे ले सकता हूँ।

“तो अब हुजूर नवाब को जीने न देंगे?”

राजा साहब हँस दिए। मीठे स्वर से बोले-खैर, इस अम्र पर पीछे गौर कर लिया जाएगा। पर मिट्टी की गुड़गुड़ी में तंबाकू बहुत मीठा लगता है नवाब। हाँ, यह कहो-रात सामान कैसे जुटाया था। मैं जानता हूँ तुम्हारे पास छदाम न था।

“जुट गया यों ही, नवाब हूँ, कोई अदना आदमी नहीं।”

“मगर सच-सच कहो।”

“झूठ से क्या फायदा? चालीस रुपये बाबू साहब से लिए थे।”

“बड़ी तकलीफ दी उन्हें। अब ये रुपये दिए कैसे जाएँ।”

“जल्दी नहीं है सरकार, रहन पर लाया हूँ-यों ही नहीं, जब हाथ खुला होगा, दे देंगे।”

“रहन क्या रक्खा?”

“एक अदद था।”

“क्या अदद, बताओ।”

“आप तो धांधली करते हैं, आपको मतलब ?”

“तुम्हें मेरी कसम नवाब।”

“ओफ़।”

“कहो-कहो।”

“अम्मी का लहंगा था।”

राजा साहब निश्चल पड़ गए। उनकी आँखों की दोनों कोरों से आँसू बह रहे थे और उनका काँपता हुआ हाथ नवाब के हाथ में था।

***

बहू-बेटे

बालिका ने वृद्धा की खाट के पास जाकर मीठे स्वर से कहा, "अम्मा उठो, नहीं तो भाभी फिर नाराज़ हो जाएँगी।"

वृद्धा आँखें बन्द किये पड़ी थी। आँखें खोलकर बालिका की ओर ताककर उसने कहा, "अभी उठती हूँ बेटी। अब मेरा दर्द और बुखार कुछ कम हुआ है; तू बहू से पूछ आ वह क्या खाएगी? ज़रा चूल्हा जला दे!"

बालिका ने कोठरी से बाहर आकर बहू को कमरे के द्वार पर ही से झांक कर देखा। वह उस समय एक पुस्तक पढ़ रही थी। उसने सहमते हुए स्वर में कहा, "भाभी, अम्मा पूछती है कि इस वक्त तुम क्या खाओगी?"

उसने किताब पर से दृष्टि उठायी, बालिका को घूरा, ज़रा सिर उठाकर क्रुद्ध होकर कहा, "अच्छा, तो अभी पूछ-गछ ही हो रही है? देखती नहीं है कि दिन घर को गया।"

बालिका बोली नहीं, चुपचाप द्वार से चिपकी हुई खड़ी रही; और बहू अपना उपन्यास पढ़ने में एक प्रकार से फिर लीन हो गयी। थोड़ी देर बाद उसने झिड़ककर बालिका से कहा, "जा पूरी-तरकारी बनाने को कह दे! वक्त पर खाना मिल गया तो बात ही क्या रही?"

बालिका दौड़कर माता की कोठरी में चली आयी। उसने वृद्धा से कहा, "माँ, भाभी ने पूरी बनाने को कहा है।"

वृद्धा ने जवाब दिया, "कल तो उसे दस्त लग रहे थे, पन्द्रह दिन तक बुखार रहा और वह खाएगी पूरी? यह कैसे हो सकेगा! डाक्टर बकेगा तब? जा, और कुछ पूछ आ!" लेकिन बालिका की हिम्मत शेरनी की उस मांद में जाने की नहीं हुई। उसने धीमे स्वर में कहा, "माँ, बना दो। दो पूरी में क्या हो जाएगा। वहाँ जाने से तो भाभी नाराज़ होती हैं।"

संध्या हो रही थी और ठण्ड बढ़ती चली जा रही थी। लम्बे-चौड़े घर में ये ही सिर्फ ढाई आदमी थे-वृद्धा, बहू और वह छोटी-सी बच्ची। एक विचित्र सन्नाटा और एक अशुभ वातावरण घर-भर में फैला हुआ था। तीनों में से एक जब कोई बोल उठता तो ऐसा मालूम होता था कि जैसे कब्र में से कोई मुर्दा बोल उठा हो।

बुढ़िया उठी। बुखार की वजह से वह बहुत कमजोर थी और पेट में अभी तक दर्द था; परन्तु उसकी हड्डियाँ पुराने मसाले की थीं। बालिका ने चूल्हा जलाया और बुढ़िया तमाम सामान जुटाकर चौके में ले आयी। बालिका ने घी की मटकी देखकर कहा, "अम्मा, घी तो है ही नहीं! यह देखो, ज़रा-सा है।"

वृद्धा ने घबराकर कहा, "तो पूरियाँ कैसे बनेंगी?"

कुछ सोचकर बालिका ने कहा, "कुछ पैसे दो तो दौड़कर ले आऊँ।"

परन्तु वृद्धा ने मरे हुए स्वर से कहा, "पैसे मेरे पास कहाँ? खर्च तो बहू के पास ही रहता है, उसी से कह!"

बालिका सोच में पड़ गयी। भाभी के पास जाने का उसे साहस नहीं हो रहा था। कुछ सोचकर उसने कहा, "जाने भी दो अम्मा! बीमार आदमी की तो नीयत ऐसे ही बिगड़ जाती है। तुम दाल-भात बनाओ। भाभी खा लेगी, ज़रा नाराज़ हो जायेगी तो क्या?"

वृद्धा ने दाल-भात चढ़ा दिया। कुछ तरकारी भी बनायी और चटनी तैयार की। फुल्का तवे पर डालकर उसने कहा, "जा बेटी! बहू को बुला ला, खा जाये। ज्यादा बैठने की मुझमें सामर्थ्य नहीं; सिर घूम रहा है और दर्द भी बहुत है।"

बालिका डरते-डरते फिर भाभी के विलास-भवन में गयी। उसका साहस कमरे के भीतर जाने का नहीं होता था। वह जानती थी कि भाभी का सख्त हुक्म है कि कोई कमरे के भीतर कदम न रखे, न दरवाजा खोले, सिर्फ बाहर से आवाज़ दे। बालिका ने धीरे से कहा, "चलो भाभी, भोजन कर लो!"

बहू ने किताब रख दी और अलसायी हुई उठी और इठलाती हुई रसोई में आ बैठी। देखा, आसन पड़ा है और थाल परोसा हुआ रखा है, पर थाल में पूरियाँ नहीं हैं, दाल-भात है। उसने ज्वालामय नेत्रों से सास की ओर देखकर कहा, "किसने कहा था यह गोबर बनाने के लिए?"

वृद्धा ने धीमे स्वर से कहा, "जो कुछ भी बना है वह खा लो! इस समय घी घर में नहीं था। फिर तुम्हें ऐसी चीज़ पचती भी तो नहीं है; अभी बीमारी से उठी हो!"

बहू ने गरज कर कहा, "घी नहीं था तो फूटे मुँह से कहा क्यों नहीं था? मैं क्या मर गयी थी? इस जले घर में क्या कुछ मिल सकता है?" उसने थाल में एक ठोकर मारी और सर्पिणी की भाँति फुफकार छोड़ती हुई अपनी विलास-शय्या पर जा पड़ी। वृद्धा और बालिका शून्य दृष्टि से एक-दूसरे को देखने लगे। उसका अर्थ यह था कि अब क्या होगा?

:: 2 ::

सुबह दस बजे से पाँच बजे तक अफसरों की घुड़कियाँ और जूतियाँ खाकर बेमुल्क-नवाब घर में घुसे। आते ही बेगम साहिबा की तलाश में इधर-उधर आँखें घुमाने लगे। वह उस वक्त कोप-भवन में थीं। बुढ़िया अपनी चारपाई पर पड़ी धड़कते हुए कलेजे से यह प्रतीक्षा कर रही थी कि बेटा तबीयत का हाल पूछेगा और तकलीफ देखकर कुछ सहानुभूति दिखाएगा।

इससे इतना लाभ तो जरूर होगा कि बहू कि शिकायत का ज्यादा असर न होगा। लेकिन पुत्र महाशय ने छाता खूंटी पर टाँगते हुए पूछा, "वह कहाँ है?"

बुढ़िया ठंडी पड़ गयी। उसने मन्द स्वर में कहा, "अपने कमरे में होगी।"

यह सुनकर बाबू साहब ने घबराकर कहा, "क्यों, तबीयत तो उसकी अच्छी है?"

वह माता के उत्तर को सुनने के लिए खड़े न रहे। झपटते हुए अपनी पत्नी के शयनागार में घुस आये, जो मुँह छिपाये रजाई में लिपटी पड़ी थी। आपने जाते ही नब्ज़ देखी, बाल संवारे और तबीयत का हाल पूछा। लेकिन मलिका ने जवाब नहीं दिया। वह सिर्फ करवट बदलकर लेट गयी। अब नवाब-बेमुल्क की समझ में आया कि यह रोग नहीं है, मान है! भौं में बल डालकर बोले, "हुआ क्या है?"

महारानी ने मुँह फुलाकर कहा, "चलो हटो, मेरा सर न खाओ मुझे पड़ी रहने दो। मुझे मर जाने दो!"

एक सांस में इतनी बातें सुनकर नवाब-बेमुल्क के माथे पर पसीना आ गया। भला आप ही ख्याल फरमाइये कि जो आदमी उसे ज़रा पड़ी भी नहीं रहने दे सकता, वह उसे मरने कैसे दे सकता है! उन्होंने खुशामद के स्वर में कहा, "आखिर बात तो मालूम हो कि हुआ क्या?"

बेगम साहिबा ने नकियाकर कहा, "कुछ बात भी है? यों ही मेरी तबीयत पूरी खाने को चल गयी थी, सो बनाने को कह दिया था। और दिन तो परांठे भी बन जाते थे, मगर आज जिद्द बाँधकर दाल-भात ही बनाया। इस घर में मेरी ज़रा भी बात नहीं चलती! अजी, मैं तो मोल खरीदी हुई बांदी हूँ। मेरी तबीयत ही क्या, और मेरा जी ही क्या? माँ-बाप ने मुझे हाँक दिया, सो मेरी तकदीर खुल गयी, जो इस घर में आयी। गहने-कपड़े सब भाड़ में गये, एक बड़े टुकड़े के लिए ऐसा तरसना पड़ता है।" इसके बाद सुबकियों के बढ़ जाने से डायलाग बन्द हो गया, सिर्फ ऐक्टिंग रह गयी। वह दोनों हाथों से मुँह छिपाकर धूमधाम से रोने लगी।

घर में घुसते ही पहले तो नवाब-बेमुल्क ने यह ख्याल किया था कि शायद भीतर स्वयं सेवा दरकार है, इसलिए एक हाथ उनकी नब्ज़ पर रखा था और दूसरे से अपना कोट उतार रहे थे। लेकिन रंग-ढंग देखकर उस कोट को आधा पहने रहे, बोले नहीं। होंठ काटते हुए बाहर आये और गरजते हुए वृद्धा को लक्ष्य करके बोले, "तुम लोगों में से एकआध खत्म हो तो मेरी जान का वबाल टले। बाहर से थका-मान्दा, भूखा-प्यासा घर में आता हूँ, तो आग ही लगी दिखती है।"

वृद्धा चुपचाप पड़ी रही। उसकी तबीयत भी अच्छी नहीं थी और वह बहू-बेटे से बहुत डरती भी थी। परन्तु बालिका ने आँखें डबडबा कर कहा, "भैया, घर में घी नहीं था।"

भीतर से गरजती हुई मलिकाइन निकली और बालिका को घुड़ककर कहा, "घर में कुछ है थोड़े ही! घी नहीं था, तो मुझसे क्यों नहीं कहा? यह सब बहानेबाजी है, असलियत मैं जानती हूँ।"

वृद्धा अब भी चुप थी। पुत्र से माँ की यह चुप्पी सही नहीं गयी। उसने कड़ककर कहा, "मैं जो बक रहा हूँ, वह भी सुना? मैं कहता हूँ कि यह रोज की हाय-हाय मुझसे बर्दाश्त नहीं होती!"

आखिर बुढ़िया की जुबान खुली, उसकी आँखों से आँसू बहने लगे। उसने काँपते स्वर में कहा, "बेटे, तुम जवान हो गये; घर-बार के हो गये। यह बुढ़िया मैया और कुछ दिनों की मेहमान है। तुम्हें मुनासिब है कि उसे मनमाने सांस लेने दो। तुमने रुपया-पैसा और खर्च-पानी की जिम्मेदारी तो अपनी बहू के सुपुर्द कर रखी है; मैं भला कर भी क्या सकती हूँ? गृहस्थी में ऐसा हो ही जाता है। आखिर बहू अपनी ही तो है, कोई मेहमान तो नहीं!"

सुयोग्य पुत्र ने तिनककर कहा, "तुम्हारे हाथ खर्चा देकर क्या बण्टा धार करूँ? रुपया क्या तुम्हारे हाथ में ठहरता है? रुपये को रुपये थोड़े ही समझती हो।"

वृद्धा ने उसी धीमे स्वर में कहा, "अच्छी बात है। अब तुम्हें सुघड़ बहू मिल गयी है; परन्तु यह घर इसी बुढ़िया के धूल-भरे हाथों से बना है। तुम्हारे पिता सिर्फ साठ रुपये लाते थे, तब भी घर में सब कुछ था। मकान भी घर का था, पड़ोस के दस-पाँच गरीब-मोहताज भी पल जाते थे। तुम सवा सौ रुपये कमाते हो। उन्हें मरे अभी सिर्फ तीन साल पूरे ही हुए हैं। तुमने मकान भी बेच दिया और तनख्वाह में तुम्हारा पूरा पड़ता नहीं! एक-एक करके तमाम जेवर और फिर बर्तन तक बेचने की नीयत आ रही है। अच्छा है, तुम मालिक हो; जो जी चाहे करो!"

उसका गला भर आया और उसे अपने मृत पति की याद आ गयी। हृदय में यह भावना पैदा हुई कि आज उसके इस असहाय जीवन में उसके मरने-जीने की पूछने वाला भी कोई नहीं है। बाबू साहब कुछ बोले नहीं, वह पूरियाँ लाने बाज़ार चले गये। कुछ देर बाद बहू, पति के साथ एक ही थाल में पूरियाँ खा, हँस-हँसकर बोल रही थी। पतिदेव गर्व से प्रसन्न थे और हँसी में योग दे रहे थे।

:: 3 ::

आधी रात होने के बाद बालिका ने आवाज़ दी। भैया और भाभी दोनों ही चौंक उठे।

पुत्र ने पूछा, "कौन?"

बालिका ने कहा, “मैं हूँ भैया! अम्मा की तबीयत अच्छी नहीं है, उन्हें दस्त और उल्टियाँ हो रही हैं।”

बाबू साहब उठने लगे, किन्तु बहू ने बाधा दी और कहा, “अब रात में उठकर तुम कर क्या लोगे! उन्हें रात में ऐसा हो ही जाता है। सुबह देखा जायेगा। अनाप-शनाप खा लेती हैं; पचता है नहीं!”

एक बार बालिका ने फिर कहा, “अम्मा बहुत छटपटा रही हैं।”

बाबू साहब ने बाहर आकर माता की दशा देखी और झुककर हालात पूछे। बुढ़िया ने आँख खोलकर देखा कि पुत्र खड़ा हुआ है। उसने मन्द स्वर में कहा, “लड़की बड़ी खराब है। नहीं मानी, तुम्हें जगा लायी। जाओ सोओ! मुझे तो ऐसा हो ही जाता है। जाओ सो रहो; सवेरे दफ्तर जाना होगा।”

सोया हुआ पुत्र-भाव जागृत हुआ और वह माता की चारपाई के एक कोने पर बैठ गये। उन्होंने पूछा, “तबीयत कैसी है? तकलीफ तो ज्यादा नहीं?”

वृद्धा ने कहा, “मुझे तो ऐसा हो ही जाता है! ज़रा खाने-पीने में गड़बड़ी हुई कि पेट में विकार आ गया!”

पुत्र ने डाक्टर को बुलाने की इच्छा प्रकट की, लेकिन वृद्धा ने उन्हें कसम देकर कहा, “डाक्टर की कोई जरूरत नहीं। दो रुपया मुफ्त में ले जायेगा। मुझे कुछ भी तो नहीं हुआ।” फिर उन्होंने आज्ञा के स्वर में कहा, “तू जाकर सो जा!” और वह जाकर सो गये।

प्रात:काल जब वह उठकर बाहर आये, तो देखा माता का निर्जीव शरीर पड़ा है और बालिका उसी की छाती पर सो गयी है।

इन दोनों स्त्री-पुरुषों को हम जानते हैं-पूरे चटोरे! पहले पत्ते चाटते थे, अब घर को चाट रहे हैं। आशा है, वे शीघ्र ही परस्पर एक-दूसरे को चाट जायेंगे।

***

जीवन्मृत

यह कहानी अब से कोई पच्चीस वर्ष पूर्व लिखी गई थी। कहानी बहुत वज़नी है। इसमें एक अत्यन्त खतरनाक भेद छिपा हुआ है जिसे उस समय तीन व्यक्ति जानते थे और अब केवल एक व्यक्ति ही उसका जानने वाला जीवित है। इस भेद का सम्बन्ध भारत के एक बहुत भारी असफल विप्लव से है। कहानी में कुछ उलझनें थीं, कुछ ऐसी बातें थीं जो लिखी नहीं जा सकती थीं, छोड़ी भी नहीं जा सकती थीं। इन उलझनों के कारण ही प्रतिदिन पचास पृष्ठ लिखने की सामर्थ्य रखनेवाले लेखक को यह कहानी पूर्ण करने में नौ मास लगे थे। फिर भी कहानी 'चाँद' में छपते ही 'चाँद' की दो हज़ार की जमानत जब्त हो गई थी। कहानी को पढ़कर तत्कालीन लाहौर हाईकोर्ट के प्रसिद्ध काउंसिल (बाद में जस्टिस और फिर कस्टोडियन-जनरल) श्री अछरूराम ने आश्चर्यचकित होकर चार पृष्ठों के पत्र में लेखक को लिखा था कि क्या वास्तव में कल्पना सत्य की ऐसी हूबहू तस्वीर खींच सकती है? कहानी-नायक के श्री अछरूराम बाल-सहचर रहे हैं। उस व्यक्ति के चरित्र के वे प्रत्यक्ष द्रष्टा हैं।

कहानी में कुछ टेक्नीकल विचित्रताएँ भी हैं। पात्रों के नाम गायब हैं, कथानक नहीं है, केवल उसका आदि अन्त है। कहानी की गति अतिशय गम्भीर है। वर्ण्य प्रच्छन्न हैं, वे साधारण पाठक की समझ से परे हैं। मानवीय ऐषणाओं और मनोविकारों को मूर्त करने में कथाकार ने परिश्रम की पराकाष्ठा कर दी है। कहानी उच्चतम मनोवैज्ञानिक तथ्यों पर आधारित है?

पन्द्रह वर्ष लम्बा काल एक भयानक दुःस्वप्न की तरह व्यतीत हो गया। एक-एक क्षण, एक-एक श्वास, जीवन की एक-एक घड़ी हज़ारों बिच्छुओं की दंशवेदना में तड़प-तड़प कर व्यतीत हुई है। वह कल्पना और मानवीय विचारधारा से परे का दुःख न कहना, स्मरण न करना ही अच्छा है। मानो मैंने एक महान् पवित्र व्रत लिया था, जो एक प्रकृत योद्धा को सजने योग्य था, जिसके लिए चरम कोटि के लिए त्याग, साहस, सहिष्णुता, वीरता और प्रतिभा एवं ओज की आवश्यकता थी। अपनी शक्ति और व्यक्तित्व पर बिना ही विचार किए मैं रणपोत पर सैनिक गर्व से उद्ग्रीव होकर चढ़ गया। सहस्राधिक नर-नारियों ने हर्ष और आशा में भरकर उल्लास प्रकट किया, साधुवाद दिए, पर मानो प्रशान्त महासागर में एक साधारण चक्कर खाकर ही वह दृढ़ पोत जलमग्न हो गया और देखते-ही-देखते उसका अस्तित्व विलीन हो गया। रह गया अकेला मैं-साधन, शक्ति और अवलम्ब से रहित, एकमात्र तख़्ते के टुकड़े के सहारे तैरता हुआ। अन्धनिशा में, एक सुदूर तारे के क्षीण प्रकाश में, उस दुर्द्धर्ष महाजलराशि पर, जीवन के मोह के कच्चे धागे के आसरे भटकता रहा। 15 वर्ष तक अनन्त हिंस्र जीव-जन्तुओं का आक्रमण, हड्डियों में कम्प उत्पन्न करने वाला शीत और नस-नस से प्राण खींच

लेने वाली पर्वत-समान जलराशि की उत्तुंग तरी के थपेड़े उस असहाय अवस्था में सहन करता रहा। 15 वर्ष तक। और कितना भयानक, कितना रोमांचकारी, कितना अद्भुत, यह जीवन का मोह रहा। ये प्राण कितने बहुमूल्य प्रमाणित हुए। क्या पृथ्वी पर और कोई मनुष्य भी इस तरह जिया होगा।

प्रकृति की एकान्त स्थली पर मैंने अपना शैशव और यौवन का प्रारम्भ व्यतीत किया। वहाँ एक ही रंग था-त्याग, शान्ति, तप और निर्वसना। जब तक शैशव पर विधान का शासन रहा, मेरे बाहरी पीत वसन और अन्तस्तल का भी एक रंग रहा, पर यौवन के विकास ने बाहर-भीतर में भेद डाल दिया। हाँ, संसर्ग तो कुछ न था-जो था साधारण-परन्तु नैसर्गिक वासनाओं ने प्रस्फुटित होते-होते उस त्याग, तप और निर्वसना-सबसे विद्रोह करना शुरू कर दिया। मैं ब्रह्मचारी था। उस तपस्थली पर मेरे जैसे बहुत थे, पर हमारे गुरु और उपजीवी ब्रह्मचारी न थे। हम नैसर्गिक रह ही न सके, हमारी सादगी में भी एक शान थी, हमारे ब्रह्मचर्य में एक फ़ैशन था, त्याग-तप में भी प्रदर्शन था। जगत् के सर्व-साधारण कैसे जीवन के पथ पर आगे बढ़ते हैं, मैं नहीं जानता; पर हम सभी में हास्य, उल्लास, गोपनीय वासनाएँ तथा तमोमयी भावनाएँ थीं। उस आश्रम में मैं ही सर्वोपरि और सर्वश्रेष्ठ हूँ। मुझे सर्वश्रेष्ठ होना ही चाहिए-यह मैं शीघ्र ही समझ गया। कैसे? यह नहीं बताऊँगा।

आचार्य का पुत्र था। राजपुत्र तो जन्म ही से सर्वश्रेष्ठ होते हैं। इसमें अनुचित क्या? मैं सर्वप्रथम, सर्वश्रेष्ठ पुरुष होकर उस दुर्द्धर्ष आश्रम से बाहर आया। संसार कैसा सुन्दर था। मैं देखते ही मोहित हो गया। वह मेरे ऊपर श्रद्धा, आशा और प्रेम बिखेर रहा था। मैंने जाना भी न था कि मैं जीवन में इतना आदर पाऊँगा। वह आशातीत आदर पाकर मैं गर्व से नाच उठा। मैंने अच्छी तरह अपनी मानसिक दुर्बलताएँ अपने पीले उत्तरीय में लपेटकर छिपा लीं और मैं असाधारण पुरुष की तरह खुले संसार में पैर के धमाके से हलचल मचाता हुआ आगे बढ़ चला।

स्त्री को सदैव दूर से देखा और अनुमान से समझा था। आश्रम में स्त्रीमात्र दुष्प्राप्य थी। फिर मैं तो मातृहीन बालक ठहरा। परन्तु सदैव ही मैंने स्त्री जाति के सम्बन्ध में विचारा। फिर भी वह क्या वस्तु है, कुछ समझा नहीं।

पर, विशाल जगत् में आते ही स्त्री भी मिली। अद्भुत वस्तु थी। इसे देख, फिर और किसी को देखने की इच्छा ही नहीं होती थी। मैं जगत् को भूल गया। स्त्री-शरीर, स्त्री-हृदय, स्त्री-भावना, यह मेरा खाने और बिखेरने का अब विषय रहा, परन्तु जीवन का एक नूतन अनिर्वचीय आनन्द तो अभी मिलना शेष ही था। वह मुझे शिशु कुमार के अवतरण होते ही मिला। आह। जगत के पर्दों के भी भीतर क्या-क्या छिपा है, और उसे भाग्यवान् किस तरह अनायास ही प्राप्त कर लेते हैं, यह मैं क्या कभी विचार भी सकता था।

वाह रे मेरा सुखी जीवन और मेरा नवीन संसार! मैं सोता था हँसकर, जागता भी था हँसकर! शिशु कुमार और उसकी माता, ये दोनों ही मेरे हास्य के साधन थे। शीतकाल के प्रभात की सुनहरी धूप की तरह वह मेरा हास्य मुझे कैसा सजता था! आज 15 वर्ष से मैं उस अतीत हास्य की कल्पना करके भी एक सुख पाता हूँ।

देश मेरा प्राण और देश-सेवा मेरा व्रत था। यह बात कुछ मेरे मन के भीतर नहीं उपजी, प्रत्युत मुझे बचपन से ही सिखाई गई थी। उस आश्रम की उन अति गरिष्ठ पुस्तकों के अलावा-जिनसे सदैव भयभीत रहने पर भी मेरा पिंड नहीं छूट सका था-यही एक प्रधान विषय था, जिसे आश्रम के गुरु से शिष्य तक भिन्न-भिन्न शब्दों और शैलियों में सोचते विचारते थे।

देश की मातृभूमि है, वह मातृभूमि-माता जन्मदात्री माता से भी पूजनीय है। वही मातृभूमि विदेशी अत्याचारियों द्वारा दलित है। उसका उद्धार करना हमारे जीवन का एक व्रत है। बस, यही हमारे देश-प्रेम की रूपरेखा थी। मातृभूमि का उद्धार कैसे किया जाए, यह मैंने न कभी सोचा, न समझा, न किसी ने मुझे बताया ही। मैं मातृभूमि का उद्धार करूँगा, यह मैं चिल्लाकर कहता। वह किस तरह, यह नहीं जानता था। और इसीलिए मैं अब तक समय-समय पर चिल्ल-पुकार करने के सिवा और कुछ कार्य इस विषय में कर भी नहीं सका। मैंने समझा, यही यथेष्ट है। इसे करने में धन भी मिला और यश भी। रोज़गार-धन्धे को ढूँढ़ने की दिक्कत भी न उठानी पड़ी, यही चिल्ल-पुकार करना मेरा व्यवसाय हो गया। मैं अब जिह्वा और लेखनी दोनों से यही चिल्लाया करता। निदान, देश पर मरने वालों की फ़ेहरिस्त में मेरा नाम दूर से ही चमकने लगा। मेरी स्त्री हँसती थी। वह मुझे जीवित रखना चाहती थी, मारना नहीं। मैं कह दिया करता-ये तो कहने की बातें हैं। मरने का ऐसा यहाँ कौन-सा प्रसंग है? बस, यही उसके हास्य का विषय था। शिशु कुमार की बात कैसे भूली जाए? हँसने में चार चाँद तो वही लगाता था।

पर मैंने जो कुछ समझा वह मेरी जड़ता थी। देश का अस्तित्व एक कठोर और वास्तविक अस्तित्व था। उसकी परिस्थिति ऐसी थी कि करोड़ों नर-नारी मनुष्यत्व से गिरकर पशु की तरह जी रहे थे। संसार की महाजातियाँ जहाँ परस्पर स्पर्धा करती हुई जीवन-पथ पर बढ़ रही थीं, वहाँ मेरा देश और मेरे देश के करोड़ों नर-नारी केवल यह समस्या हल करने में असमर्थ थे कि कैसे अपने खंडित, तिरस्कृत, अवशिष्ट जीवन को खत्म किया जाए ? देशभक्त मित्र मेरे पास धीरे-धीरे जुटने लगे। उन्होंने देश की सुलगती आग का मुझे दिग्दर्शन कराया। मैंने भूख और अपमान की आग में जलते और छटपटाते देश के स्त्री-बच्चों को देखा। वहाँ करोड़ों विधवाएँ, करोड़ों मँगते, करोड़ों भूखे-नंगे, करोड़ों कुपढ़-मूर्ख और करोड़ों ही अकाल-ग्रास बनते हुए अबोध शिशु थे। मेरा कलेजा थर्रा गया। मैं सोचने लगा, जो बात केवल मैं कहानी-कल्पना समझता था, वह सच्ची है, और यदि मुझमें सच्ची ग़ैरत थी, तो मुझे सचमुच मरना ही

चाहिए था। मैं भयभीत हो गया। मैं कह चुका था कि मैं मरने से पीछे हटने वाला नहीं हूँ। अब क्या करता? मैं बिलकुल पशु तो नहीं, बेग़ैरत भी नहीं, परन्तु मैं मरने को तैयार नहीं था। फिर भी मैं जबान लौटा न सका, मेरी वाग्धारा और लेखनी वैसी ही चलती रही। वास्तविकता का ज्यों-ज्यों दिग्दर्शन मुझे हुआ, वह उतनी ही अधिक मर्मस्पर्शिनी हो गई। बोलना और लिखना मैंने सीखा था, फिर वह मेरा स्वाभाविक गुण था। शीघ्र ही मेरी सोलहों कलाएँ पूर्ण हो गईं। मैं देश में सितारे की भाँति चमकने लगा। मेरा सम्मान चरमकोटि पर पहुँचा; पर मेरा हास्य, मेरा सुख सदा के लिए गया। मैं सदा ही शंकित, चकित और चिन्तित रहता, मानो मृत्यु परछाई की तरह सदा मेरे पीछे रहती थी। मैं उससे बहुत ही डरता था। अब मृत्यु ही मेरे हृदय और मस्तिष्क के विचारने का विषय रह गई, परन्तु क्या कहूँ? इस दु:ख में भी एक वस्तु थी, जो प्राणों से चिपट रही थी-वही स्त्री और शिशु कुमार।

राजा साहब को मैंने कभी नहीं समझा, पर उनसे कभी डरा भी नहीं। उनके नेत्र अद्भुत थे, और देखने का ढंग भी अद्भुत-छोटा-सा मुख, बड़ी-बड़ी मूंछें, उस पर भारी-सा हम्मामा, और काले चश्मे से ढकी हुई वे अद्भुत रहस्यमयी आँखें। सभी कहते थे, राजा साहब से हम डरते हैं, पर मैं कभी न डरा। वे आते ही सदैव पहले मुझे प्यार करते, तब पिताजी से बात करते थे। वे पिताजी के अनन्य भक्त थे, पिताजी के दीक्षा लेने के पूर्व से ही। उनके संन्यस्त होने के बाद तो वे उनके शिष्य ही हो गए थे। बहुधा उनमें एकान्त में बातचीत होती, घण्टों और कभी-कभी दिनों तक। वे खाना पीना, सोना भी भूल जाते। तब भी मैं उनके विषय को न समझ सका था, और अब, इतना बड़ा होने पर भी, नहीं समझ सका। एक ही बात प्रकट थी कि वे बड़े भारी देशभक्त हैं। मैं भी देशभक्त था। बस, यही हमारा-उनका नाता था। वह धीरे-धीरे बढ़ा। पहले वे जैसे मुझे प्यार करते थे, वैसे अब वे शिशु कुमार को करने लगे, यह बात मुझे और मेरी पत्नी को भी भाती थी। पर वे कभी-कभी शिशु कुमार को छाती से लगाकर मेरी ओर मर्मभेदिनी दृष्टि से ताकते थे कि मैं घबरा जाता था। तभी तो मैं कहता था कि वह दृष्टि बड़ी अद्भुत थी। उस समय मैं उसे समझा नहीं, समझा तब जब मैं स्त्री, पुत्र, प्राण, जीवन सब कुछ उन्हें देकर महापथ पर महायात्रा के लिए अग्रसर हुआ। आज वे आँखें 15 वर्ष से प्रतिक्षण मुझे घूर रही हैं। उनसे एक क्षण भी बचना मेरे लिए अशक्य है।

राजा साहब ने मुझसे जिस लिए परिचय बढ़ाया था उसका मुख्य कारण धीरे-धीरे उन्होंने खोला। मैं ज्यों-ज्यों सुनता था, भयभीत होता, पर यत्न से भय को छिपाकर उत्साह प्रदर्शित करता था। फिर भी मालूम होता, मानो वे सब समझ रहे हैं। वे थोड़ी-थोड़ी बातें करते और चले जाते। एक दिन हठात् मुझे बुलाकर उन्होंने कहा-क्या तुम अपने पिता के सच्चे पुत्र और साहसी देशसेवक हो? मैं 'न' कहता किस तरह! मैंने सिंह-गर्जन की तरह हुंकार भरी। राजा साहब ने मुख्य उद्देश्य बता दिया। मैं सन्न हो गया। वे मृत्यु को जेब में लिए फिरते थे, अपने

लिए भी और मेरे लिए भी। उस महावीर के सम्मुख कायर बनना मेरे लिए शक्य न रहा। मैं 'हाँ' करता गया। स्वामीजी के सम्मुख भी 'हाँ' की। स्त्री ने हा-हाकार किया, परन्तु एक अपूर्व गर्व-भावना मन में आ गई थी। मैं पीछे न हटा। मैंने अपना जीवन राजा साहब के हाथों सौंप दिया। फिर तो मैं इस तरह उड़ा, जैसे आँधी से उड़ता हुआ और डाल से टूटा हुआ सूखा पत्ता।

मैंने अपनी आत्मा से अधिक उस पर विश्वास किया था। उसके पिता मेरे गुरु और परम श्रद्धास्पद थे। वे अपने जीवन के प्रारम्भ से ही देश के एक अप्रतिम सेवक रहे, उनकी संतान कैसे देश और जाति की मित्र न होगी? मैं इसके विपरीत सोच ही न सका। इस प्रसंग से प्रथम कई वर्ष से मैं उससे परिचित था। पत्र-व्यवहार और मुलाकात सभी में वह एक उत्कट देशभक्त, वीर युवक ध्वनित होता रहा। जब मैंने उससे अपना गम्भीर अभिप्राय निवेदन किया, तो वह एकटक मेरे मुख को देखता रह गया। उसके होंठ और कंठ सूख गए। बड़ी चेष्टा करके उसने कहा-श्रीमन्, आपने राज्य और रियासत को धूल के समान त्याग दिया; राज्य, भोग और ऐश्वर्य से दूर हो गए; रात-दिन देश और जाति की ध्वनि आपके रोम-रोम से निकलती है। अब आप क्या सचमुच प्राणों की बाजी भी लगा देने को तैयार हैं?

मैं तो तैयार ही था। बिना एक क्षण रुके मैंने कहा-हाँ, हाँ, अब प्राणों को छोड़कर मेरे पास और रह ही क्या गया है? ये भी जिसकी धरोहर हैं, उसे जितनी जल्दी सौंप दिए जाएँ उतना ही अच्छा। इस शरीर को इन प्राणों का भार अब सह्य नहीं है। यह गुलामी, यह काला जीवन हमारा, हम समस्त भारतवासियों का, कैसा है, समझते हो? जैसे, एक भेड़ के बच्चे का उस बाड़े के भीतर जिसके फाटक पर शिकारी कुत्तों का पहरा लग रहा है। इस पहरे के भीतर राजा रहा तो क्या, प्रजा रहा तो क्या, जीवित रहा तो क्या और मर गया तो क्या? बोलो तुम क्या कहते हो?

उसकी आँखों से झर-झर आँसू टपक गए। उसने गद्‌गद कंठ से कहा-श्रीमन्, मैं भी कैसा अपदार्थ हूँ! मैं अपनी स्त्री-बच्चे को त्यागने में कष्ट पा रहा हूँ, परन्तु आप...ओह! आपके सम्मुख मैं लज्जित होने का कारण न पैदा होने दूंगा। मैं सोचूँगा, कल इसी समय मैं आपको वचन दूंगा। सिर्फ कल भर आप और रहने दीजिए।

"कुछ हर्ज नहीं, पर समझ लेना, मृत्यु की पद-पद पर आशंका है। भय और विपत्ति के बादलों में जाना होगा। ज़रा भी विचलित हुए, ज़रा भी स्त्री-बच्चों के मुख का स्मरण आया, ज़रा भी मन में भीरुता आई, तो देश अतल पाताल में गया ही समझना, साथ ही पचासों वीर मित्रों की जान जाएगी। सब कुछ मिट्टी में मिल जाएगा।"

"श्रीमन्, क्या आप नहीं जानते, मैं किसका पुत्र हूँ?"

"जानता हूँ, पर तुम्हें स्वयं भी कुछ होना चाहिए।"

"तब श्रीमन् का मुझ पर विश्वास नहीं?"

"विश्वास? विश्वास अपनी आत्मा से भी अधिक है। मैं अपने विश्वास से बेफ़िक्र हूँ। मैं यह चाहता हूँ कि तुम्हें स्वयं अपने ऊपर विश्वास हो।"

वह अधोमुख होकर सोचने लगा। मैंने मन में वेदना अनुभव की। लाखों युवकों में मैंने इसे चुना है, क्या मैं धोखा खाऊँगा?

मैंने उसे विदा किया, वह चला गया।

दूसरे दिन ठीक समय पर मिलते ही उसने कहा-श्रीमन्, मैं तैयार हूँ। उसने अपना हाथ बढ़ा दिया। मैं घोर संदिग्ध अवस्था में था। क्षण-भर मैं उसे देखता रहा। क्या यह सच है? महान् विचारधाराओं के कार्य-रूप में परिणत होने का समय आ गया? ओह प्यारे भारतवर्ष।...ठहरो। मैंने खड़ा होकर उसका स्वागत किया। मैं कुछ बोल न सका। मेरे नेत्रों में आँसू थे। कुछ ठहरकर मैंने कहा-प्यारे युवक, मैं प्रतिज्ञा करता हूँ, प्राण रहते तुम्हारी रक्षा करूँगा। प्रत्येक खतरे को अपने सिर पर लूँगा। तुम्हें प्राणों से अधिक प्यार करूँगा, परन्तु फिर भी तुम्हें प्रतिज्ञा करनी है कि यदि कुअवसर उपस्थित हो तो अपने प्राणों को, शरीर को अपदार्थ समझोगे। अभी तुम्हारे सम्मुख जो भयानक गम्भीर भेद प्रकट होंगे, उन्हें तुम्हारे हृदय से बाहर तब तक न आना चाहिए, जब तक कि तुम्हारे हृदय को चीरकर टुकड़े-टुकड़े न कर दिया जाए। तुम सदा यह समझकर अपने जीवन को बलिदान करने के लिए तैयार रहना कि इससे सैकड़ों सच्चे वीरों के जीवन की रक्षा होगी, जो अब नहीं तो फिर कभी-न-कभी देश का उद्धार करेंगे। युवक के नेत्रों में स्थिरता थी। उसने सहज-शान्त स्वर में कहा-श्रीमन्, हर तरह परीक्षा कर लें।

मैंने कहा-तुम्हारे पिता की भक्ति मेरे हृदय में धरोहर है। मैंने उनसे आदेश ले लिया है। तुम्हारी यही परीक्षा काफी है। तुम केवल मुख से एक बार कह दो कि तुम भेदों को प्राणों से बढ़कर समझोगे।

"समझूँगा।"

"विपत्ति आने पर तुम स्थिर रहोगे?"

"उसी तरह, जैसे पत्थर की मूर्ति रहती है।"

"यदि तुम्हें मृत्यु का आलिंगन करना पड़े?"

"तो मैं उसे अपने पुत्र की तरह गले लगाऊँगा।"

"यदि तुम्हें भेद लेने के लिए असह्य वेदनाएँ दी जाएँ?"

"मैं धर्म से शपथपूर्वक कहता हूँ कि मृत्यु-पर्यन्त उन्हें सहन करूँगा।"

"यदि प्रलोभन दिए जाएँ?"

"वे मुझे विचलित नहीं कर सकेंगे।"

युवक के होंठ काँपे। नेत्रों की पुतलियाँ चलायमान हुईं। मैंने अधीर होकर कहा-प्रलोभन? क्या प्रलोभन तुम्हें चलायमान न कर सकेंगे?

"नहीं श्रीमन्, अभी मैं बड़े-से-बड़े प्रलोभन को त्याग आया हूँ।"

मुझे संतोष न हुआ। मैं उठकर टहलने लगा। मैं सोचने लगा-वेदना, यातना और मृत्यु, एक ओर हैं, परन्तु प्रलोभन? ओह, इसका अन्त नहीं। यह युवक वेदना सहेगा, मृत्यु का आलिंगन भी करेगा। मैं विश्वास करता हूँ, पर प्रलोभन? ओह, विश्वास नहीं होता। शायद उसे स्वयं भी विश्वास नहीं।

युवक ने मेरे पास आकर कहा- श्रीमान क्या विश्वास नहीं करते? "मेरे प्यारे मित्र, मैं तुम्हारे साथ अन्याय कर रहा हूँ। मुझे विश्वास करना चाहिए।" मैंने युवक को छाती से लगा लिया। मैंने कहा-लो, अब हम-तुम एक हुए, एक महान् कार्य की पूर्ति के लिए। यदि परमेश्वर को अभीष्ट हुआ तो हम मरकर भी अमर होंगे। हम दोनों करोड़ों मनुष्यों से अधिक शक्तिशाली हैं। हम पृथ्वी की महाविजयिनी शक्ति के सम्मुख चल रहे हैं-मरेंगे या विजयी होंगे।-आवेग में ही ये शब्द मुख से निकल गए। उसके बाद मेरा बाहुपाश कब शिथिल हुआ, कब वह युवक खिसककर मेरे पैरों में आ गिरा, मुझे स्मरण नहीं।

जगत् में असाधारण होना भी कैसा दुर्भाग्य है! पृथ्वी की असंख्य आँखें उसी के छिद्रान्वेषण में लगी रहती हैं। वह यदि जगत् के लिए मरता है, तो जगत् की दृष्टि में यह उसका साधारण-सा कर्त्तव्य है, किन्तु यदि वह एक क्षण भी अपने लिए जीता है तो मानो पाप का पर्वत उसके सिर पर लद जाता है। क्या यह दुर्भाग्य नहीं? अरे भाई, सभी कीड़े-मकोड़े, पशु-पक्षी, नर-नारी अपने ही लिए तो जीते हैं? अपने क्षण-भर के सुख और जीवन के लिए अनगिनत प्राणियों को नष्ट कर डालते हैं। कोई भी तो उनसे कुछ नहीं कहता। फिर हम पर ही यह अग्नि-वर्षा क्यों? मैंने सब कुछ त्यागा। जीवन के कष्ट और आपत्तियों की क्या कहूँ, अब तो सबको पार कर गया। अब उनकी स्मृति से क्यों मन को संताप दूँ? परन्तु शरीर और हृदय, ये जब तक जीवन-तत्त्व से संयुक्त हैं, तब तक तो प्रकृत संन्यस्त में सदैव कमी रहेगी ही। यह मेरा अब तक का अनुभव है।

मैं संन्यस्त हुआ सही, पर पिता का हृदय कहाँ रक्खा जाए? पुत्र तो आत्मा और रक्त-मांस में से भाग लेकर बना था, उसका मोह कहाँ तक त्यागूं? कहाँ तक निर्मोही बनूँ? उसकी माँ तो उसे जन्म देकर ही मर गई थी। उसने अल्प जीवन में जो कुछ दिया, अब भी वह अतीत के सब सुखों के ऊपर नृत्य कर रहा है। उस मधुर स्मृति की एक अमिट रेखा यह पुत्र था। इसे मैंने हाथों-हाथ पाला और उसे, जैसा कि मैंने चाहा था, संसार के सामने, क्रान्ति के नव्य कुमार के रूप में पेश किया। लक्षावधि देशवासी उस पर नाज करते थे और मैं अपनी सफलता पर मुग्ध होता था, उसी तरह जैसे किसान अपने कड़े परिश्रम से सींची हुई खेती को पकी देखकर मुग्ध होता है।

फिर भी मैं राजा साहब के वचन को न टाल सका। उनके भयानक साहस से मैं अवगत था। उनकी प्रत्येक गतिविधि से मैं परिचित था। पुत्र के अनिष्ट का भय पद-पद पर स्पष्ट था। किन्तु मुझे सहमत होना पड़ा। इसके अनेक कारण थे। देश के नाम पर बलिदान होने की मैं स्वयं उच्च स्वर से पुकार कर चुका था, पत्र को भी वही शिक्षा दी थी। अब उसे उस मार्ग में रोककर क्यों राजा साहब और अन्य साथियों की दृष्टि में अपदार्थ बनता? लड़के में भी साहस और उत्साह था। पर उसके मर्मस्थल की दुर्बलता मैं जानता था। विलासिता उसे गिराएगी, मुझे भय था। उसने स्वयं नवजात पुत्र और पत्नी का विसर्जन कर उस भयानक यात्रा और कठोर-पथ पर राजा साहब का अनुकरण करने का अपना इरादा प्रकट किया, तब मैं स्तब्ध रह गया। मैंने कहा-पत्र, राजा साहब का मैं चिर सहयोगी हूँ, परन्तु केवल मुख से। तुम तो इतने उत्साह से यह बात कह रहे हो, कदाचित् तुम अवश्यम्भावी विपद् से अवगत नहीं। कार्य की गुरुता और कठिनाई तम यथावत नहीं समझ रहे हो। यह तुमसे होने वाला कार्य नहीं, महादुस्साध्य है। यह लौह पुरुषों का महकमा है। इसके लिए वे पुरुष चाहिए जो लोहे का शरीर लोहे की आत्मा और लोहे का हृदय रखते हों। मेरे बेटे, मैं जानता हूँ। तुम वह नहीं हो। घर में बैठो, बैठे-बैठे जो बने करो। देश और जाति के लिए यही यथेष्ट है।

उसने एक न सुनी। वह मूर्ख मुझ पिता के सम्मुख भी कायर बनना न चाहता था। उसने अस्वाभाविक करारे स्वर में हठ प्रदर्शन किया और मुझे सहमति देनी पड़ी।

वही हुआ, जिसका भय था। पृथ्वी के उस छोर पर वे विपत्ति के अग्नि-समुद्र में बड़े कौशल और सावधानी से घुस रहे थे। अरे, जब अग्नि-समुद्र में घुसना था, फिर कौशल क्या? वह फँस गया, राजा साहब बाल-बाल बचकर निकल भागे। मैं यहीं बैठा उनकी गतिविधि का निरीक्षण कर रहा था। महासमर की प्रचण्ड ज्वालाएँ यूरोप को भस्म कर रही थीं। उनकी चिंगारी कब मेरी कुटी को भस्म कर देगी, यह कहना शक्य न था। यूरोप के दैनिक पत्रों को देखने के अतिरिक्त मैं और कुछ कर ही न सकता था। मन ही न लगता था। उसके उस पत्र पर सरकारी गुप्त विभाग के सर्वोच्च अधिकारी की एक टिप्पणी थी। उससे समझ गया, पुत्र

की मृत्यु का मूल्य बहुत अधिक है। वह मूल्य मेरे पास था तो, पर मैंने बहुत चेष्टा की कि प्राण देकर उस मूल्य को न दूँ। पर हाय! अवसर ही ऐसा आ गया, मेरे प्राणों का कुछ भी मूल्य इस सौदे में न रहा। उसने सब कुछ कह दिया था। उसके वक्तव्य की सत्यता के प्रमाण मात्र मेरे पास थे। मैं कई दिन तक उसके बच्चे को छाती से लगाकर तड़पता फिरा। अपने संन्यास वेश की असत्यता मुझ पर खुल गई। ओह, मुझे वह काला काम करना पड़ा। मैंने पुत्र के प्राणों की पिता की तरह रक्षा की।

पर उसके बदले हुआ क्या। देश-भर में तलाशियों और गिरफ्तारियों की धूम मच गई। होनहार, अटपटे वीरों ने हँसते-हँसते फाँसी पाई। कुछ कालेपानी जाकर वहीं घुल गए। कुछ युग व्यतीत कर लौट आए। देशोद्धार का सुयोग अतल पाताल में चला गया। मेरे दुष्कर्म का यह भेद एक राजा साहब को ही मालूम था, पर वे भारत में आ न सकते थे। एक पत्र उन्होंने भेजा था। ओह, जाने दो, जब उसे भस्म कर दिया है, तब उसकी चर्चा क्यों? जिस बात के भूलने में सुख है, उसे हठपूर्वक स्मरण क्यों किया जाए?

महाजातियों का यह संघर्ष कैसा सुन्दर है। यदि मैं भी इन्हीं जातियों में जन्म लेने का सौभाग्य प्राप्त करता तो क्या आज चूहे की तरह इधर-से-उधर प्राण बचाता फिरता? महाशक्ति की सेनाओं की कमान इन्हीं हाथों में होती, पर जीवन में कभी वह क्षण आएगा भी? आए या न आए, मैं अन्त तक न थकूँगा। भोजन और सोना कई दिन से नसीब नहीं हुए। नाविक के वेश में, मछलियों की सड़ी गंध में छिपे-छिपे सिर भन्ना गया, पर विपत्ति तो अभी सिर पर है। वह दूर पर रण की तोपों का गर्जन सुनाई पड़ रहा है। वह सर्चलाइट का श्वेत सर्प समुद्र पर लहरा रहा है। किन्तु प्रभात होते ही तो किनारे लगेंगे? किनारे पर शत्रु हैं या मित्र, कौन जाने? मित्र हुए तो इस बार जान बची, पर यदि शत्रु हुए तो आज ही प्राणान्त है। जीवन भी कैसी चीज़ है? इस समय राजमहल याद आ रहे हैं। महारानी मानो करुण नेत्रों से झाँक रही हैं, परन्तु क्या इस महायुद्ध में मैं अपने वंशधरों की भाँति अपने देश के लिए जूझने में पीछे रहूँ? जूझने के ढंग तो यथावसर निराले होते ही हैं, परन्तु जिन विदेशियों को मैं मित्र बनाकर अपना और अपने देश का ऐसा गम्भीर दायित्व सौंप रहा हूँ, वे क्या सच्चे रहेंगे? एक विदेशी से प्राण छुड़ाने को दूसरे का आश्रय लेना सुन्दर नीति तो नहीं, परन्तु दूसरी गति भी नहीं थी। फिर, अब लौटने का उपाय भी तो नहीं है। एक बार देश में आग फैल जाए। अमन, आराम और शान्ति की इच्छा नष्ट हो जाए, देश जूझ मरने की हौंस मन में उत्पन्न करे, फिर तो आज़ादी स्वयं ही आ जाएगी। यह महासमर तो महाराज्यों के भाग्य का निबटारा करेगा, महाजातियों के भाग्य का निबटारा तो कहीं अन्यत्र ही होगा। सुदूरपूर्व में शान्त समुद्र की लहरें रक्त से लाल होंगी, एशिया की प्रसुप्त आत्मा जागरित होकर हुंकार भरेगी, तब यूरोप का

श्वेत दर्प ध्वंस होगा। उसी दिन के लिए तो मेरा आयोजन है। ओह! अभी मुझे बहुत काम हैं, पहली यात्रा में ही यह विघ्न हुआ।

अभी मुझे बारम्बार चीन, जापान, रूस, अमेरिका और न जाने कहाँ-कहाँ जाना होगा। महाविध्वंस क्या यों ही हो जाएगा? परन्तु वह युवक तो फँस गया। बुरा हुआ। बचना संभव ही न था। महासाहस उसमें न था। चिन्तनीय बात तो यह है कि सब कुछ उसे ज्ञात है। आवश्यक कागज़ भी बहुत-से वहीं रह गए हैं। तब वह क्या प्राणों के लोभ से देश को चौपट करेगा? विश्वासघाती होगा? मरने में क्षण-भर का ही तो दु:ख है। वह अवश्य उसे सह लेगा, भेद न खोलेगा। फिर भी सचेत रहना आवश्यक है। मुझे अब नया कार्यक्रम बनाना उचित है। अपने मार्ग की गति भी बदलनी उचित है। ये नाविक विश्वसनीय हैं कुछ और ही करूँगा।

ओह देश! मेरे प्यारे स्वदेश! यह तन, मन, धन, सब तुझ पर न्यौछावर है। तेरी एक-एक रज-कण में मेरे जैसे लाख शरीर बनते-बिगड़ते हैं। फिर इस शरीर का क्या मोह? मेरे प्यारे स्वदेश! मैंने सब कुछ तुझे दिया है। अब प्राण भी दूंगा। इस धरोहर को पास रखने योग्य अब मेरे पास ठौर भी नहीं रह गया है। आह, क्या कभी मैं तुझे देख सकूँगा? वह नील श्यामल रूप! अरे बचपन की क्या-क्या बातें याद आ रही हैं? परन्तु नहीं, मुझे इस समय कायर नहीं बनना चाहिए। मैं प्रण करता हूँ, देश की भूमि पर तभी पैर रक्खूँगा, जब उसे पूर्ण स्वाधीन कर लूँगा।

प्राण बचे तो, पर वे मोल बिक गए थे। उन पर मेरा काबू न था। अब स्वेच्छानुसार मैं न कुछ कर सकता था, न सोच सकता था। उन बहुमूल्य गोपनीय बातों के बदले मुझे गुप्त विभाग में उच्च पद मिला था। मेरे प्राण जैसे मेरे लिए कीमती थे, वैसे ही उस गुप्त विभाग के लिए भी थे। मेरा जीवन रहस्यमय था। मेरे हृदय में कुछ और भी है, तथा मेरी ओट में कुछ रहस्य-भेद होगा, इस तत्त्व ने मेरे प्राणों को इस अधम शरीर में सुरक्षित रखा और इस कापुरुष ने यही गनीमत समझा। शिशु की फैली हुई बाँहें और हँसता हुआ मुख मैं कुछ काल तक देखता रहा, उस जेल-यन्त्रणा और मृत्यु की कोठरी में भी और इस अफ़सरी की सुखद किन्तु भीषण कुर्सी पर भी। परन्तु पाप के पथ पर तो पाप की हाट लगी ही रहती है। फिर लिली की बात क्यों छिपाऊँ? न जाने क्यों वह मुझ अभागे पर मुग्ध हुई। उसका पति मेरा उच्च ऑफिसर था। हम लोगों ने विष द्वारा उस कंटक को दूर कर दिया। अब लिली थी और मैं था। परन्तु मृतात्मा हमारे बीच में जीवित की अपेक्षा अधिक भयानक रूप में थी। एक बार फाँसी के फंदे को हम दोनों ने अपने संयुक्त गर्दनों के इर्द-गिर्द देखा। हमने सोचा, यहाँ से भाग चलें। तार दिया, जहाज का टिकट भी ले लिया, पर भाग न सके। जहाज़ पर खूनी आसामी कहकर पकड़े गए। पर लिली का रोना देखने योग्य था। वह छूटती कैसे, हड्डियों तक घुस गई थी। हताश, दोनों मृत्यु का आलिंगन करने को तैयार हो गए। परन्तु ये कठिन प्राण तो इस शरीर

में जमकर बैठे थे। उन्हीं शक्तियों ने प्राण बचा लिए। मैं लिली के मृतक पति के पद पर उसी मृतक के नाम से बैठ गया। लिली अब वास्तव में मेरी पत्नी थी। अब मानो मैं मर गया हूँ, मैं नहीं हूँ, जिसे मैंने लिली के लिए मारा, मानो वह मैं हूँ। शिशु का यह हास्य और पत्नी के वे नेत्र अब भी कभी-कभी स्वप्न की तरह स्मरण आते हैं, पर पूर्वजन्म की इन बातों में अब क्या रक्खा है? लिली से मैं अब भी प्यार की आशा करता था। छि: ! कैसी विडम्बना है। पति के हत्यारे को प्यार करना क्या साधारण है? फिर यदि प्रेम की सुखद गोद में हत्या जैसा पाप घुस जाए, तब वह जिन्हें सुखद प्रतीत हो वे निश्चय ही राक्षस होंगे। हृदय की उन वेदनाओं को क्या कहा जाए, जिन्होंने शरीर को नष्ट कर दिया है? और वह अभागा भी कैसा दु:खी जीव है जो उसी के साथ रहने को विवश किया गया है जो उससे घृणा करती है? हमारे रस की प्रत्येक बूँद में विष है, पर उसे रस कहकर पीना हम दोनों के लिए अनिवार्य है। हाय रे प्रारब्ध!

मैं अभागिनी अबला स्त्री क्या करती। मरना सुखकर था, परन्तु शिशु कुमार के मन्द हास्य ने उसे दुरूह कर दिया। क्या कोई भी माँ अपने फूल से बच्चे को इसी तरह हँसते छोड़कर मर सकती है? अब तो मैं पहले माँ थी, पीछे पत्नी। इसीलिए गोद के शिशु को धरती में पटककर परोक्ष पति के नाम पर मरना मेरे लिए सम्भव ही न रहा। मैं सुख-दु:ख के बीच झूलती रही। मैं मृत्यु और जीवन की ड्योढ़ियों में पड़ी ठोकर खाती रही। मुझ दुखिया के कष्ट, मूक मनोवेदना का अनुमान तो कीजिए? मेरी बात पूछने वाला कौन था? मेरे मन को सहारा किसका था? मैं पति के सहवासकाल की प्रत्येक घटना, प्रत्येक बात, अपनी आँखों से प्रतिक्षण देखती, सोते समय और जागते समय भी। मैं कभी हँसती और कभी रो देती। कभी सोते-सोते या बैठे-ही-बैठे चमक उठती। मुझे ऐसा प्रतीत होता था मानो वे आ गए। उन्होंने अभी-अभी शिशु कुमार को आवाज़ दी है। कण्ठ-स्वर में मैं प्रत्यक्ष सुन पाती। मैं द्वार की ओर दौड़ती, परन्तु तत्काल ही समझ जाती, ओह! कुछ नहीं, यह सब मनोविकार था। मैं नहीं कह सकती कि सोने के समय जागती थी या जागने के समय सोती थी। प्राय: मैं जड़वत् बैठी रहती। उस समय मैं किसी की कोई बात ही न सुन पाती थी। मैं उस समय देखती थी-वे उन्हें पकड़कर फाँसी पर चढ़ा रहे हैं, उनके शरीर में तलवार घुसेड़ रहे हैं। शरीर रक्त से भर रहा है। मैं एकाएक चीत्कार कर उठती, और फिर धरती पर धड़ाम से गिरकर बेहोश हो जाती थी।

शिशु कुमार को देखकर ही मैं सचेत रह सकती थी। मुझे तब वास्तव में हँसना ही पड़ता था। वह उनके सिखाए ढंग पर मेरे गले में बाँहें डालकर जब ज़रा-जरा तोतली वाणी से सितार

की झनकार के स्वर में कहता-माताजी, 'रूठो मत' तब मैं मानो किसी गूढ़ जगत से एकाएक भूतल पर आती। होठों पर मुस्कान न आती, पर नेत्रों में आँसू आ जाते थे। उन्हें शिशु कुमार से छिपाने के लिए मैं उसे ज़ोर-से छाती से लगा लेती थी।

उस दिन स्वामीजी एकाएक मेरे सम्मुख आ खड़े हुए। उनके होंठ काँप रहे थे और पैर लड़खड़ा रहे थे। उनके मुख पर हवाइयाँ उड़ रही थीं, वे कुछ कहना चाहते थे, पर बोली न निकलती थी। मैं घबराकर उठ खड़ी हुई। मैंने कभी उन्हें इतना विचलित न देखा था। मैंने कहा-बात क्या है पिताजी? "वह जीवित है, वह आ रहा है" वे अधिक न बोल सके। आँसुओं की धारा उनके नेत्रों से बहने लगी। उन्होंने मुँह फेरकर अच्छी तरह रुदन किया।

मेरे शरीर में रक्त की गति रुक गई। मेरी हड्डी-हड्डी काँपने लगी। मैंने खड़े रहने की बड़ी चेष्टा की, पर न रह सकी। मेरा सिर घूम रहा था, छाती फटी पड़ती थी। मैं बैठ गई या गिर गई। स्मरण नहीं।

स्वामीजी ने घूमकर कहा-बेटी, आज सातवीं तारीख है। दस तारीख के प्रातःकाल जहाज़ बम्बई के बन्दरगाह पर लगेगा। हमें आज ही चलना होगा। तुम अपना सामान ले लो। अभी समय है। गाड़ी साढ़े नौ पर चलती है। वे इतना कहकर चले गए।

मार्ग में मैं जीवित थी या मृत, नहीं कह सकती। बम्बई कब पहुँची, स्मरण नहीं। रेल दौड़ रही थी, मैं मानो आकाश में घुसी जा रही थी, मानों मैं अभी सूर्यमण्डल को भेदन करूँगी। डेक पर सहस्रावधि नर-नारी खड़े थे। एक भीमकाय जहाज़ उन्मत्त समुद्र की जल-राशि के हृदय को विदीर्ण करता हुआ भयानक दानव की तरह तट की ओर निकट आ रहा था। मेरी संज्ञा प्रायः लुप्त थी। जहाज़ के डेक पर लगते ही नर-नारियों का समुद्र किनारे उतरने लगा। मैं सम्पूर्ण चेष्टा से उनके बीच कुछ खोज सकने-भर की संज्ञा संचित कर रही थी। सब कुछ एक रंगीन बिन्दु के समान दीख पड़ता था। नहीं कह सकती कब तक हम लोग खड़े रहे। हठात् स्वामीजी ने कहा-इस जहाज़ में तो वह नहीं है। क्या कारण हुआ। उनके प्रदीप्त नेत्र दूर तक घूमकर मेरे मुख पर आ लगे। बम्बई आने पर यही शब्द मैं ठीक-ठीक सुन सकी। मैं समझी, यह सब भृग-मरीचिका थी। वे नहीं आए, वे नहीं आएँगे। मैंने अनन्त तक फैली हुई जल-राशि पर दृष्टि दौड़ाई। हठात् मेरे मन में एक भाव उदय हुआ। मैंने कहा-पिताजी, तब मैं कहाँ जाऊँगी? मेरे ये शब्द मेरे ही कानों में तोप के भीषण गर्जन की तरह प्रतीत हुए।

स्वामीजी ने मेरे मुख की तरफ देखा। उन्होंने आश्वासन देकर कहा-अवश्य कुछ कारण हुआ है। पत्र या तार शीघ्र मिलेगा। तब भविष्य के कर्तव्य पर विचार करेंगे। अभी घर चलो। मैंने एक पग भी न हिलाया। बहुत तर्क हुआ। विजय मेरी हुई। सोते हुए शिशु कुमार को छोटी बहू की गोद में सौंप, उसे बिना ही अच्छी तरह देखे, उसे बिना ही चूमे, मैं अनन्त समुद्र के

पार, उस अज्ञात प्रदेश में, उस पति को ढूँढ लाने चली। मेरा माता होना धिक्कार हुआ! हाय रे! अधम नारी हृदय!

इस कृष्णकाय और साधारण पुरुष ने क्या जादू कर दिया? ओह, मैंने कैसा घोर दुष्कर्म किया? अब इन रक्तरंजित हाथों को कौन प्यार करेगा! यही व्यक्ति? और वह कितना भयानक, कितना घृणास्पद है! क्यों यह पापिष्ठ हमारे बीच में आया? क्यों इसने हमारे प्रशान्त प्रेम में आग लगाई? मैं इसे घृणा करती हूँ। पति की मृतक आँखें कैसी चमक रही हैं। वे सब कुछ जानती हैं। उन्होंने अपना सभी प्रेम और विश्वास मुझे दिया, इसीलिए कि मैं अपनी वासना के लिए उनका प्राण हरण करूँ? परन्तु अब तो मैं इसके साथ रहने के लिए बाध्य हूँ, छुटकारा पा नहीं सकती। यह वह विदेशी कृष्णकाय हत्यारा नहीं, मेरा वही पति है। इसमें क्या राजनीतिक महत्त्व है, इसे तो वह गप्त-विभाग जाने, जिसने इस भाग्यहीन को इतना बड़ा पद दिया है। पर मैं कैसे मान लूँ? क्या आँखें फोड़ लूँ, हृदय को चीर डालूँ?

सुनती थी कि यह विवाहित है। इसके पुत्र, पत्नी है। आज उसे देख भी लिया। वह इसे ले जाने के लिए यहाँ आई है, पर वह सब कैसे सम्भव हो सकता है? अब यदि यह अपना पूर्व नाम भी स्मरण करेगा तो उसकी सजा मौत है। और कैसी भयानक बात है। मैं उससे मिली, कितनी सीधी-सादी, दुखिया स्त्री है। वह अपने हट पर है। किन्तु उसे मालूम नहीं कि प्रबल और समर्थ हाथ उसके विपरीत है। अपराध का इतना समर्थन कहाँ किसने देखा होगा? ओफ़!

कल मैंने उन्हें देखा। वही थे, किन्तु कितना परिवर्तन हो गया है। फिर भी मेरी आँखें क्या उन्हें भूल सकती थीं? उन्होंने भी देखा। मैं समझ गई, उनकी हड्डी तक काँप गई है, पर क्यों? वे दौड़कर क्यों नहीं मेरे पास आए? इतना डरे क्यों? क्या पहचाना नहीं? ओह, हे ईश्वर, तब मेरे लिए ठौर कहाँ है? इतना करके भी मैं वंचित रही? आशा के कच्चे तार के सहारे ये प्राण इस अधम शरीर को यहाँ तक ले आए। आकर जो पाना था पाया भी, पर क्या मैं पाकर भी न पा सकूँगी? ओह पति के नाम पर मर-मिटने वालियों से भी मेरा साहस बढ़कर है। मैं आगे बढ़ी। दिन छिप गया था। गहरा कोहरा इस विदेश की महानगरी में अद्भुत और भयानक मालूम होता था। प्रकाश-स्तम्भों की धुंधली रोशनी में मैं उनके पीछे बढ़ी चली गई और साहसपूर्वक उनका हाथ पकड़ लिया। उन्होंने रुककर देखा, भद्र विदेशी भाषा में उन्होंने कहा-देवि, आप कौन हैं? क्यों आपने मुझे रोका है? आपका क्या काम है, कहिए?-अरे! वही तो कंठ-स्वर था। सदा तो इसे मैंने सुना है, पर अपरिचित शब्द-जाल कैसा? मैं रो उठी, मैं गिर गई, चरणों पर नहीं, धरती पर। उन्होंने मुझ उठाया, तसल्ली दी। मैंने देखा, वही, वही, वही हैं। मैंने गले में बाँहें डाल दीं। जितना रो सकती थी, रोई। मैंने कहा-दासी पर यह निष्ठुरता क्यों? यदि वह अपराधिनी है, तो शिशु कुमार को क्यों भूल गए? देखो प्यारे, वह सूखकर

कांटा हो गया है। वह सदैव तुम्हारा ही नाम रटा करता है। तुमने स्वयं उसे अपना नाम रटाया था। वे भी रो उठे। अन्त में उन्होंने कहा-प्रिये, धीरज धरो। मेरे कलेजे की आग देखो। मैं जीवन्मृत हूँ, मैं कब का मर चुका हूँ। सरकारी खातों में मेरी मृत्यु-तिथि दर्ज है। पर जो वास्तव में मर गया है, उस नाम से मैं जीवित हूँ। उसका नाम मेरा नाम है, उसका पद मेरा पद है, उसकी स्त्री मेरी स्त्री है। ओह! वह मुझे घृणा करती है, और मैं उसे। हम दोनों हत्या के अभियुक्त है। फाँसी की रस्सी हम दोनों की गर्दनों के चारों ओर पड़ी है। ज्यों ही हमने यह भेद खोला-अपना पूर्व नाम जाना, कि उसका फंदा कस दिया गया। उसी दिन यह अधम देह प्राणों से रहित हो जाएगी।

मैंने यह भेद समझा ही नहीं। मैं अवाक् रह गई। पर जो कुछ सुनना था, सभी सुना। मैंने कहा-मैं अधिकारियों से कहूँगी, कानून से लड़ूँगी। उन्होंने कहा-सभी तरह मेरे प्राण जाएँगे। मेरे प्राण लेकर तुम क्या करोगी? क्या इसीलिए यहाँ आई हो?

मैं क्या करती? मैं मूर्छित हो गई। उन्होंने धीरे-धीरे कहा-मेरे पास बहुत धन हो गया है। चाहे जितना ले जाओ। शिशु कुमार को पढ़ाओ और अपने सधवा होने की बात भूल जाओ। मैं यदि मर सकता तो तभी मरता, जब वीर की तरह मरने का संयोग आया था। अब इस तरह जीने के बाद, ज्यों-ज्यों पाप और कायरता शरीर में घुसती जाती है, त्यों-त्यों मैं मरने से भय खाता जाता हूँ, प्रिये, तुमने बहुत सहन किया है, और भी सहन करो। मुझे तब तक जीने दो, जब तक जी सकता हूँ। ग्लानि और अनुताप को मैं सहन कर गया हूँ। इससे अब ज्यादा कष्ट और कौन होगा?

मैंने कहा-जिस मूल्य में तुम जीवित रहो, वह मैं दूंगी। मैं भयभीत नहीं, शोकाकुल भी नहीं। मैं दस वर्ष पूर्व भीरू स्त्री थी, पर तुम्हारे वियोग और जीवन की कठिनाइयों ने मुझे पुरुष-सा साहसी बना दिया है। अब मैं उन तमाम अतीत स्मृतियों को भूल जाऊँगी, जिनके सहारे जी रही थी। जब तुम 'जीवन्मृत' हो तो मैं भी जीवन्मृत हुई। वे सब कुछ पिछले जन्म की बातें हुईं। वह गंगा का उप कूल, वे जीवन के उल्लासपूर्ण दिवस, उस वनवीथिका में तुम्हारा खो जाना, वह शिशु कुमार के जन्म से प्रथम का प्यार, उसके जन्म-दिन का वह दुर्लभ उपहार...आह! वे सब मेरे पूर्वजन्म की बातें हैं। मैं उस जन्म में पुत्रवती, सौभाग्य-सिन्दूर की अधिकारिणी, प्रेम और दुलार की पुतली थी। आज उन्हें भूलना भी कठिन है और याद रखना भी दुर्लभ! पर भूलूं तो क्या? और याद रखूँ तो क्या? जिसे पा नहीं सकती, उसकी कल्पना करने से ही क्या लाभ?

मेरे इस असाधारण साहस का यही फल हुआ। मैंने उन्हें विदा किया, इस जन्म के लिए। मेरा उनका शरीर-सम्बन्ध विच्छेद हुआ। उन्होंने मुझे बहुत-कुछ देना चाहा, पर मैंने स्वीकार न किया। मैंने कहा-तुमने अपने सुख के दिनों में जो शिशु कुमार मुझे दिया है, वही मेरे लिए बहुत है। मैं उसी के सहारे अवशिष्ट आयु काट दूंगी। तुम जाओ और पाप, छल, पाखंड, विश्वासघात में जीवन बिताओ। मेरे जीवन्मृत स्वामी, तुम्हें धिक्कार है। मैं तुम्हारा धन छू नहीं सकती, मैं पसीना बेचकर अपना और शिशु कुमार का पेट भरूँगी।-मैं चली आई।

***

अपराजित

स्टेशन से बाहर आकर देखा-वह सीधा, चित, एक शहतीर के समान सड़क के किनारे एक पटरी पर पड़ा है। उसकी आँखें आधी बन्द और आधी खुली ऐसी दीख रही थीं कि जैसे वह किसी गहन चिन्ता में व्यस्त हो। दाढ़ी-मूंछों के अस्त-व्यस्त खिचड़ी बाल मिट्टी और गन्दगी से लथपथ उसके सारे चेहरे को ढक रहे थे। उसके दोनों होंठ उन दाढ़ी-मूंछों में बिलकुल छिप गये थे। पर पीले, टेढ़े और जड़ें निकले हुए दो दाँत उसके अधखुले मुँह में से बाहर चमक रहे थे। उसके मुँह के इर्द-गिर्द भीतर-बाहर मक्खियाँ स्वच्छन्द आ-जा रही थीं। दो-चार हठीली नाक और आँख की गन्दगी पर जमकर बैठ गयी थीं। उसके दोनों हाथ धरती पर निश्चल पड़े थे और पैर सीधे बराबर तने थे। कमर में एक चीथड़ा नाममात्र को उसकी शरम ढांप रहा था। पर जैसे उसकी शर्म अब निर्भय होकर ताक-झाँक कर रही थी। मक्खियाँ तो वहाँ भी अब निश्शंक भीतर-बाहर आने-जाने में व्यस्त थीं। होंठ दीख नहीं रहे थे पर मुख की मन्द मुस्कान और चित्त की शान्ति उस आकृति से फूट रही थी। निश्चय ही जब अन्तिम चित्र अंकित किया जा रहा था-तब उसका तन-मन सब वेदनाओं, चिन्ताओं, सब जिम्मेदारियों से सुध-बुध-मुक्त था।

बगल में एक बहुत पुराने तामचीनी के बर्तन में चाय थी। सम्भवत: रात को अपने अन्तिम सम्पूर्ण मूलधन से, उसने एक प्याला चाय फेरी वाले से खरीदी होगी और उस मूल्यवान चाय को ज़रा सुस्ता कर, थोड़ी तबीयत ठहर जाने पर, उसका पूरा रसास्वादन लेकर पीने की उसकी भावना रही होगी, पर चलाचली की बेला में उसे इतना अवकाश नहीं मिला, चाय उसी पात्र में ठण्डी होती रही-वह बिलकुल ठण्डी हो गयी थी।

चारों ओर काफी भीड़ इकट्ठी हो गयी थी। अभी धूप काफी नहीं फैली थी। ठण्डी हवा बह रही थी। भीड़ के सभी लोग उसे कौतूहल और उत्सुकता से देख रहे थे। बालकों की दृष्टि में भय और वेदना थी। एक-दो बूढ़ी स्त्रियाँ भी थीं। वे करुणा के दो-चार शब्द कह रही थीं। एक पण्डित जी यमुना-स्नान कर तिलक-छाप लगाये, रामनामी ओढ़े, उधर से जा रहे थे। वे भीड़ देखकर निकट आये और 'अनित्यानि शरीराणि' कहकर तथा एक लम्बा श्वास खींचकर चल दिये। एक लाला जी देखकर बोले, "शिव, शिव, शिव, बेचारा जाड़े में ठिठुरकर मर गया।" दो-तीन आदमी बोले, "ओफ रात कितनी ठण्ड थी?" एक बालक ने भयभीत नेत्रों से साथी की ओर देखकर पूछा, "यह मर गया?" दूसरे ने साहसिकता से कहा, "देखते नहीं, सांस कहाँ चल रही है? मर तो गया!" पहला बालक विमूढ़ हो गया, उसने निकट से मृत्यु-

दर्शन किया। उसने साथी से पूछा, "अब क्या होगा इसका?" इसका उत्तर दूसरा बालक नहीं दे सका।

एक कुत्ता कहीं से आकर उसे सूंघने और कूं-कूं करने लगा। फिर थोड़ी देर में वह चला गया। एक पुलिस के सिपाही ने आकर सबको डपटकर हटा दिया।

दिल्ली में धूम मची थी। भारत स्वतन्त्र हुआ था। लालकिले पर और कचहरियों पर तिरंगा फहरा रहा था। चाँदनी चौक में दीवाली मनायी जा रही थी। पंजाब में लाखों स्त्री-पुरुष अपने ही रक्त में सराबोर इधर-उधर गली-कूचों में, पटरियों पर, सड़कों पर बसने की खटपट में संलग्न थे। कभी के जेल-पंछी बगुला के पर-सा श्वेत खद्दर परिधान धारणकर धड़ल्ले से चमचमाती मोटरों पर दौड़ रहे थे। धरती की छाती पर रेलें, आकाश के बादलों में हवाई जहाज़, बाजारों, सड़कों और सड़कों के पार गली-कूचों में सुख-दुख के झूलों में झूलते नर-नारी अपनी-अपनी धुन में भाग-दौड़ कर रहे थे। नयी दिल्ली की शानदार प्रशस्त सड़कों के बीच फव्वारे उसी प्रकार मस्ती कर रहे थे। अंग्रेज़ी साहबों की जगह खद्दरधारी दुबले-पतले, मोटे-ठिगने सब पंचमेल के महामान्य मन्त्री अंग्रेजों ही की भाँति उनकी छोड़ी हुई कोठियों में उन्हीं की भाँति कौचों पर जमे चाय, टोस्ट, मक्खन उड़ा रहे थे। 'तू कहे न मेरी और मैं कहूँ न तेरी' वाली कहावत चरितार्थ हो रही थी। अंग्रेजों की छत्र-छाया में पले खूनी पुलिस वाले अब, जिन्हें बेंतों से पीट चुके थे, उन्हीं के आगे जिमनास्टिक की कसरतें कर रहे थे। रात शराब और हरामखोरी में व्यतीत कर प्रभात की चाय की चुस्की के साथ रिश्वतों से जेबें भरे अब अदालत की कुर्सी पर घमण्ड से तने हुए मजिस्ट्रेट अंग्रेजों के बेईमान कानूनों के पलड़े पर रखकर न्याय तौल रहे थे। हरामखोरी की कमाई का पेशा करने वाले काले बाज़ार के साहूकार हाथों हाथ मुट्ठी गर्म कर रहे थे। आवारागर्द, निठल्ले और मोटेमल लोगों की भीड़ सिनेमाओं की खिड़की पर जुटी थी। भूखे, थके और चिन्ता-भरी दृष्टि लिये कुछ क्लर्क फाइलों का बोझ बगल में लादे दबे कदम बढ़े चले जा रहे थे।

ट्रू मैन कभी जवाहरलाल को, कभी ईरान के शाह को, कभी पाकिस्तान के बाजीगर को 'भैया-चाचा' कहकर अपनी शतरंज के मुहरें चलाने की हिकमत में लगा था। स्टालिन बर्फ समुद्र पर तैरते हुए भेड़िये की भाँति-गुर्रा रहा था। चीन में एक राहु का उदय हुआ था और कभी का तानाशाह चांग काई शोक आज विश्व में भगोड़ा बना फिर रहा था। सारी दुनिया आतंक, भय, भूख से आशंकित थी, अणुबम और मृत्यु-किरण मनुष्य को उसके विकास का मजा चखाने को तैयार धरे थे और अभागा मानव अपने ही से भयभीत, थरथर कांप रहा था।

परन्तु उसे इन सबसे क्या? वह सब भयों, चिन्ताओं, खतरों को जीत चुका था। उसने जीवन जय किया था। अब वह अपराजित था।

***

राजा साहब की कुतिया

यह भी ऐसी ही कहानी है। राजा-रईसों की सनक, भड़क और हिमायत का अच्छा दिग्दर्शन इस कहानी में है।

जी हाँ, हिन्दुस्तान की आजादी और मेरी बर्बादी एक ही साथ हुई। संयोग की बात है-बस, एक ज़रा-सी चूक ने तकदीर का बेड़ा गर्क कर दिया। अब आप जब सुनने पर आमादा हैं तो पूरा किस्सा ही सुन लीजिए।

आप तो जानते ही हैं कि एल-एल. बी.पास करके पूरे तीन साल अदालत की धूल फाँकी। किसी भी बात की कोर-कसर नहीं रक्खी। चालाक से चालाक मुंशी रक्खे, बीवी के सारे जेवर बेच-बेचकर मोटी-मोटी कानून की किताबें खरीदी। बढ़िया-से-बढ़िया सूट सिलवाए। हमेशा बड़े वकीलों का ठाठ रक्खा, पर कमबख्त वकालत को न चलना था-न चली। जी हाँ, कमाल ही हो गया। ठीक वक्त पर कचहरी जाता। हर अदालत में चक्कर काटता। एक-एक मुवक्किल को ताकता, भाँपता। एक-एक कानूनी पाइंट पर दस-दस नज़ीरें पेश करता, मगर बेकार मुवक्किल थे कि दूर ही से कतरा जाते। एक से बढ़कर एक नामाकूल-घनचक्कर घिसे-घिसाए वकील तो मजे-मजे जेब गर्म करके मूंछों पर ताव देते घर लौटते, और बंदा छूछे हाथ आता। ये सब तकदीर के खेल हैं, साहब, दुनिया में लियाकत की कद्र ही नहीं है। अंधी दुनिया है, भेड़ियाधसान है। बस तकदीर जिसकी सीधी उसी के पौबारह हैं। अन्त के तन्त मैं वकालत को धता बता राजा साहब का प्राइवेट सेक्रेटरी हो गया।

जी हाँ, कह तो रहा हूँ-प्राइवेट सेक्रेटरी। यकीन कीजिए। मैं आपको एम्प्लायमेंट-लेटर भी दिखा सकता हूँ। अर्ज़ करता हूँ कि पूरे सात महीने और सत्ताईस दिन वह चैन की बंसी बजाई कि जिसका नाम! यानी महीने में पूरी तनख्वाह, बढ़िया खाना, कोठी-बंगला। पान, सिग्रेट-सिनेमा और दोस्त-मेहमानों का खर्चा फोकट में। बस ज़रा-सी चूक ने सब चौपट कर दिया।

मिस जुबेदा? जी हाँ, यही नाम था उसका। राजा साहब ने मुझे जुबेदा ही की नौकरी पर बहाल किया था। बस समझ लीजिए-जुबेदा का ट्यूटर, गार्जियन, प्राइवेट सेक्रेटरी सब कुछ मैं ही था। राजा साहब उसे बेहद प्यार करते थे। जब मुझे नौकरी पर बहाल किया तो उन्होंने कहा था-बरखुरदार, जुबेदा को तुम्हारी निगरानी में सौंपकर मैं बेफ़िक्र हुआ। लेकिन खबरदार, तुम एक लम्हे के लिए भी बेफ़िक्र न होना। नज़र कड़ी रखना और दिल नर्म । जुबेदा कमसिन है, बेसमझ है-मिज़ाज उसका नाजुक है। वह बहुत ऊँचे खानदान की औलाद है, ऐसा न हो आवारा हो जाए, या उसकी आदतें बिगड़ जाएँ। जुबेदा मुझसे जल्द हिल-मिल गई। और मैं

भी उसे प्यार करने लगा। बस, मैं अपनी नौकरी पर खुश था। और नौकरी मेरी रास पर चढ़ गई थी। राजा साहब ज़िद्दी और झक्की परले सिरे के थे। पुराने जमाने के खानदानी रईस थे। हमेशा कर्ज़े से लदे रहते, फिर भी सभी तरह की लन्तरानियाँ लगी ही रहती थीं। कर्जा और लन्तरानियाँ साथ-साथ न चलें तो रईस ही क्या? उम्र साठ को पार कर गई थी। भारी-भरकम तीन मन का शरीर, बड़ा रुआबदार चेहरा, शेर की दहाड़ जैसी आवाज़, लाल-लाल आँखें। किसकी मजाल थी कि उनकी आँखों-से-आँखें मिलाए। बात-बात में शान। पीते भी खूब थे, मगर अकेले। किसी को साथ बैठाना शान के खिलाफ समझते थे। तीन-चार पैग चढ़ाने के बाद जब सवारी गठ जाती तब उनकी दहाड़ से कोठी दहलने लगती थी। उस समय जुबेदा को छोड़कर और किसी की मजाल न थी जो उनके पास फटके।

गर्मी की मुसीबत से बचने के लिए राजा साहब मसूरी की अपनी कोठी में मुकीम थे। बहुत भारी कोठी थी। सुबह का वक्‌त था। रात बूँदाबाँदी हुई थी। ठंडी हवा चल रही थी। मौसम सुहावना था। और राजा साहब खुश थे। वे हाथ में एक पतली छड़ी लिए कमरे में टहल रहे थे। एक खिदमतगार पानदान और दूसरा उगालदान लिए अगल-बगल चल रहे थे। दो लठैत पीछे। क्षण-भर पान खाना और उगालदान में पीक डालना उनकी आदत थी। ज़बेदा उनके साथ थी और उसकी अर्दली में अपनी ड्यूटी पर मुस्तैद मैं भी हाज़िर था। जुबेदा चुहल करती, कभी आगे कभी पीछे चक्करी खाती चली जा रही थी। राजा साहब देखकर खुश हो रहे थे। सच पूछिए तो जुबेदा को वे जान से बढ़कर चाहते थे।

असल में जुबेदा एक बहुत की उम्दा नस्ल की नाजुक विलायती कुतिया थी और राजा साहब ने गत वर्ष उसे मसूरी ही में पन्द्रह सौ रुपयों में खरीदा था।

अभी फाटक मुश्किल से कोई चालीस-पचास कदम था कि एक बुलडाग फाटक में घुस आया। उसे देखते ही जुबेदा बेतहाशा उसकी ओर भाग चली। राजा साहब एकदम बौखला उठे। वे पागल की तरह, 'पकड़ो-पकड़ो' चिल्लाते उसके पीछे भागे। उनके पीछे जुबेदा का प्राइवेट सेक्रेटरी मैं, और मेरे साथ लठैत, खिदमतगार अगल-बगल। जिनकी राजा साहब पर नज़र पड़ी और जिसने उनकी ललकार सुनी, भाग चला। कोठी में हड़बोंग मच गया।

फाटक पर जाकर राजा साहब हाँफते-हाँफते बदहवास होकर गिर गए। और हम लोगों को मीलों का चक्कर लगाना पड़ा। खुदा की मार इस जुबेदा की बच्ची पर। भागते-भागते कलेजा मुँह को आने लगा। पतलून चौपट हो गई। नया जूता बर्बाद हो गया। आखिर जुबेदा और जिम दोनों पकड़े गए। और उन्हें खूब मुस्तैदी से बाँध दिया गया।

खुशखबरी सुनाने जब मैं राजा साहब के कमरे में पहुँचा तो वे बिफरे हुए शेर की तरह दहाड़ रहे थे-सब खिदमतगार, लठैत, नौकर हाथ बाँधे चुप खड़े थे। राजा साहब कह रहे थे-

सबको गोली से उड़ा दूंगा। नामाकूल। मर्दूद। मेरे पहुँचने पर वे लाल-लाल आँखों से मुझे घूरने लगे। मैंने डरते-डरते हाथ जोड़कर कहा-सरकार, दोनों को पकड़ लिया है।

"बाँधा उनको?"

"जी हुजूर।"

"अलग-अलग?"

"यही मुनासिब सजा है, लेकिन उस आवारा कुत्ते की जुर्रत तो देखो। मुझे हैरत है। क्या तुम जुबेदा की खानदानी इज्जत जानते हो?"

मैंने कहा-जी हाँ, हुजूर ने उसे पन्द्रह सौ रुपये में खरीद लिया था।

"बेहूदा बकते हो, खरीद लिया क्या माने? पन्द्रह सौ रुपया क्या जुबेदा की कीमत हो सकती है?"

"जी नहीं सरकार।"

"तो फिर?" राजा साहब ने आँखें तरेरकर मेरी ओर देखा।

इस 'तो फिर' का क्या जवाब दूं, यह समझ ही न सका। हाथ बाँधे खड़ा रहा। इसी समय एक खिदमतगार घबराया हुआ दौड़ता आया। आकर उसने राजा साहब से कहा-सरकार, माधोगंज की कोठी का प्यादा हाथ में लट्ठ लिए फाटक पर खड़ा है। वह कहता है-खैरियत इसी में है कि 'जिम' को खोल दीजिए, वरना हंगामा मच जाएगा।

राजा साहब ने तैश में आकर कहा-ऐसा नहीं हो सकता। माधोगंज वालों से जो करते बने करें।

लेकिन माधोगंज की कोठी का प्यादा खुद ही भीतर घुस आया। उसने खूब झुककर राजा साहब को सलाम किया और हाथ बाँधकर अर्ज़ की-हुजूर। खुद बड़े सरकार ने मुझे भेजा है, उन्हें बहुत रंज है। लेकिन सरकार अब हुक्म हो जाए कि कुत्ता खोलकर मेरे हवाले कर दिया जाए। बड़े सरकार बड़े गुस्सैल हैं, धुन पर चढ़ गए तो नाहक कोई खून हो जाएगा।

राजा साहब गरज पड़े-क्या कहा, खून हो जाएगा? बढ़कर बोलता है। नामाकूल, मर्दूद। अच्छा ले। यह कहकर उन्होंने खूब चिल्लाकर अपने लठैतों को पुकारा-माधो, दीपा, रामू, गुल्लू, किसना।

परन्तु लठैतों के स्थान पर आ खड़े हुए माधोगंज के राजा साहब राजधारीसिंह। साठ साल की उम्र, लम्बा कद, हाथ में बढ़िया छड़ी, बदन पर पूरी रियासती पोशाक। उन्होंने एकदम

राजा साहब के सामने पहुँचकर कहा-यह आपकी सरासर ज्यादती है राजा साहब, कि आप अपने नौकरों की बेजा हरकत पर उन्हें शह देते हैं। आपका लिहाज करता हूँ-वरना एक-एक की खाल खिंचवा लूँ। बहुत हुआ, अब जिम को मेरे हवाले कीजिए।

राजा साहब ने बुलडाग की भाँति गुर्राकर कहा-क्या खूब। यह दम-खूब और शान? आप मेरे आदमियों की खाल खींच लेंगे। गोया आप ही उनके मालिक हैं। चोरी और सीना-ज़ोरी।

"लेकिन चोरी की किसने?"

"जिम ने। ट्रेसपास, एकदम क्रिमिनल ट्रेसपास।"

"आप ज्यादती कर रहे हैं राजा साहब। इसका नतीजा अच्छा न होगा। याद रखिए, खूनखराबी की नौबत आई तो इसके जिम्मेदार आप ही होंगे।"

"तो आप हमें धमकी दे रहे है? सरीहन वह आवारा कुत्ता कोठी में घुस आया और मेरी जुबेदा को भगा ले गया। इस जुल्म को तो देखिए।"

"कमाल करते हैं आप राजा साहब। जिसको आप अवारा कहते हैं, क्या आप नहीं जानते कि बहुत मुद्दत की खोज के बाद जिम को मैंने जनाब गवर्नर साहब बहादुर से सौगात में पाया था?"

"क्यों नहीं, जनाब गवर्नर साहब से तो आपकी पुश्तैनी रसाई है। जाइए, कुत्ता नहीं खोला जाएगा।"

"अच्छी नादिरशाही है। यह आप हमारी खानदानी तौहीन कर रहे हैं।"

"खूब-खूब, गोया आप भी ख़ानदानी रईस हैं। दो दिन की जमींदारी को चोरी-चकारी से बढ़ाकर और बनियागिरी से चार पैसे जोड़ लिए सो आप हो गए खानदानी रईस। कमाल हो गया। और हम जो बहादुरशाह के ज़माने से रईस न चले आ रहे हैं, सो? आपका कुत्ता हमारी खानदानी कुतिया से आशनाई करेगा। ऐं यह हिमाकत।"

"रस्सी जल गई ऐंठन बाकी है। बाल-बाल तो कर्ज में बिंधे पड़े हैं, आप खानदानी रईस बनते हैं। राजा साहब, होश की लीजिए, चोरी और डाकेबाज़ी के जुर्म में सारे खानदान को न बंधवा लूँ तो रामधारी नाम नहीं। आप हैं किस फेर में?"

"आख्खा, तो यह भी देख लिया जाएगा। कर देखिए आप। नया रुपया है, उछलेगा तो जरूर ही। लेकिन मैं कहे देता हूँ, लंदन से बैरिस्टर बुलाऊँगा, लन्दन से। भोपाल गंज रियासत की भले ही एक-एक ईंट बिक जाए। परवाह नहीं।"

"तो यहाँ भी कौन परवाह करता है। मैं खड़े-खड़े माधोगंज की जमींदारी को बेच दूंगा और वाशिंगटन से कौंसिल बलाऊँगा।"

"देखा जाएगा, गवर्नर साहब बहादुर की दोस्ती पर न फूलिएगा। शहादतें दूंगा। पता चल जाएगा कोर्ट में।"

"देख लूँगा, किसके धड़ पर दो सिर हैं! कौन शहादत देने आता है।"

"तो तुम पर तीन हरफ हैं, जो करनी में कसर रक्खो।"

"राजा साहब, लोथें बिछ जाएँगी, लोथें।"

"खून की नहरें बहा दूंगा, नहरें, समझ क्या रखा है आपने?"

दोनों पुराने रईस अपने-अपने दिल के फफोले फोड़ रहे थे। और हम लोग सिर नीचा किए खानदानी रईसों की खानदानी लड़ाई देख रहे थे। जी हाँ, रईसों की बात ही निराली है। इसी समय कुँवर साहब लपकते हुए चले आए।

हल्के नीले रंग का बुश कोट, आँखों पर गहरा काला चश्मा, हाथ में टेनिस का रैकट, गोरा रंग, घूँघर वाले बाल, होठों पर मुस्कान, इसी साल एम.ए. फाइनल किया था। कुँवर साहब ने राजा माधोगंज को देखा तो उन्होंने हँसकर उन्हें प्रणाम किया, और कहा-कमाल किया आपने चाचाजी, धूप में तकलीफ की, चलिए मैं 'जिम' को आपके यहाँ पहुँचाए आता हूँ।

राजा साहब ने एकदम गुस्सा करके कहा-अयं, यह कैसी हिमाकत? अपने ख़ानदान को नहीं देखते, कुत्ता उनके घर पहुँचाने जाओगे?

माधोगंज के राजा साहब ने जाते-जाते कहा-

"हौसला हो तो आ जाना अदालत में।"

"लंदन से बैरिस्टर बुलाऊँगा-आपने समझ क्या रखा है?"

"तो मुकाबले के लिए वाशिंगटन के वकील तैयार रहेंगे।"

इसी समय एक खिदमतगार रोता-हाँपता सिर के बाल नोंचता आ खड़ा हुआ। उसने कहा-ग़ज़ब हो गया सरकार, जुबेदा, उस जंगली जिम के साथ भाग गई।

"अयं, भाग गई?"

राजा साहब बौखलाकर अपनी तोंद पीटने और हाय-हाय करने लगे। लम्बी-लम्बी साँसें खींचते हुए उन्होंने कहा-

"मेरी खानदानी इज्जत लुट गई। कमबख्त जुबेदा की बच्ची ने न अपने खानदान का ख्याल किया न मेरे आली खानदान का। दोनों की लुटिया डुबोई।"

"बहुत देर तक राजा साहब कलपते रहे। इसके बाद मेरी ओर देखकर कहा-

"निकल जाओ। अभी चले जाओ-नामाकूल, मर्दूद।"

और इस तरह खट से मेरा पतंग कट गया। इज्जत और आराम की नौकरी छूट गई। अब सिर्फ याद रह गए वे सात महीने और सत्ताईस दिन।

अब कहाँ रहे वे खानदानी रईस। अंग्रेज़ बहादुर हिन्दुस्तान से क्या गए, शौकीन राजाओं और शानदार रईसों की नस्ल ही खत्म कर गए। भारत के भाग्य तो जरूर जागे-पर विलायती कुत्तों की और हम जैसे विलायती पढ़े-पिट्ठुओं की तकदीर तो फूटी और फिर फूटी!

***

दही की हांडी

सन् 1978 का ग्रीष्म समाप्त हो रहा था। सुंदर प्रभात में सूर्य धीरे-धीरे ऊपर चढ़ रहा था। आकाश में जहाँ-तहाँ बदली दीख पड़ती थी। मारवाड़ के प्रतापी योद्धा जसवन्तसिंह का देहान्त हो चुका था और उनके वीर पुत्र अजीतसिंह जालौर में पड़े समय की प्रतीक्षा कर रहे थे। औरंगजेब का सूबेदार नाजिम कुली जोधपुर का गवर्नर था। मारवाड़ की निरीह प्रजा जसवन्तसिंह को खोकर जैसे-तैसे मुगलों के अत्याचार सहन कर रही थी। वृद्ध और मानवीयता का शत्रु औरंगजेब कब मृत्युशय्या पर गिरे, महाराज अजीतसिंह और दुर्गादास को कब अभिसन्धि प्राप्त हो, जोधपुर का कब उद्धार हो-लक्षाधिक मारवाड़ी प्रजा इसी प्रतीक्षा में थी।

सोजत गाँव से बाहर मुगल सेना पड़ाव डाले पड़ी थी। यह सिवान के किले की कुमुक लेकर जा रही थी जिसका रक्षक मुरदिल खाँ मेवाती था-और जिसे दो मास से राठौरों ने घेर रखा था।

दो सिपाही धीरे-धीरे झूमते-झूमते गाँव में घुस रहे थे। उनके साथ एक खच्चर था। उस पर खाद्य-सामग्री लदी थी। जिस-जिस की उन्हें आवश्यकता होती थी, उसी को वे गाँव में जहाँ देखते, बिना संकोच उठाकर खच्चर पर डाल देते थे। दोनों अपनी भयानक आँखों से गाँव के आबाल-वृद्ध को घूरते हुए, घनी-काली दाढ़ी पर हाथ फेरते, कमर की तलवार को अनावश्यक रीति से हिलाते हुए घूम रहे थे। बच्चे और स्त्रियाँ भयभीत होकर घर में भाग रही थीं। वृद्ध पुरुष उन्हें देखते ही गर्दन नीची कर लेते थे। युवक चुपचाप दाँत भींचते और ठण्डी सांस भरते थे; पर गाँव में एक भी माई का लाल न था जो उनकी लूटपाट और अत्याचार का विरोध करता।

:: 2 ::

देखते-देखते सूरज सिर पर चढ़ आया। दोनों के शरीर पसीने से भीग गये। एक ने कहा, "उफ, गजब की गर्मी है! जल्दी करो, फिर, आग बरसने लगेगी। इस कमबख्त मुल्क में पानी भी तो नहीं बरसता!"

दूसरे ने कहा, "ठीक कहते हो, मगर दही? अभी तो दही लेना है।"

एक वृद्ध पुरुष नंगे बदन अपने घर के द्वार पर चारपाई पर बैठा 8-9 वर्ष के एक सुन्दर बालक से बातें कर रहा था। दोनों यम-सदृश व्यक्तियों को अपनी ही ओर आते देख बच्चा

भय से वृद्ध की छाती में चिपक गया। उसने कम्पित स्वर में कहा, "बाबा! वे तुर्क आ रहे हैं।"

"कुछ भय नहीं है बेटा, तुम भीतर जाओ!" इतना कहकर वृद्ध ने बालक को भीतर भेज दिया और स्वयं आगे बढ़कर उनसे पूछने लगा-

"आप लोग किसे ढूँढ़ रहे हैं?"

"दही चाहिए बुड्ढे। दही घर में है?"

"मेरे यहाँ दही नहीं होता, मैं पूछकर देखता हूँ।"

"हम लोग खुद देख लेंगे!" यह कहकर दोनों उद्दण्ड सिपाही ठाकुर के घर में घुसने लगे।

वृद्ध ने बाधा देकर कहा-

"यह नहीं हो सकता! वहाँ स्त्रियाँ हैं, मर्द कोई घर पर नहीं है। तुम लोग बाहर ही ठहरो!"

बिना उत्तर दिये ही एक सिपाही ने ज़ोर से बूढ़े के मुँह पर घूंसा मारा-वृद्ध धराशायी हुआ। दोनों सिपाही भीतर घुस गये और क्षण-भर में दही की भरी हुई हांडी उठाकर अपने रास्ते लगे। ग्रामवासी चित्र लिखित-से देखते रह गये।

:: 3 ::

भैंसों के लिए चारे का बोझ सिर पर लादे ठाकुर ने धीरे-धीरे गली में प्रवेश किया। गली के छोर पर मूक-मौन ग्रामवासी उसकी ओर ताकने लगे। ठाकुर ने बोझा आंगन में फेंकते हुए कहा, "हुआ क्या है, सब लोग बाहर क्यों हैं?"

"वे तुर्क जबर्दस्ती दही की हांडी उठा ले गये हैं।"

"जबर्दस्ती?"

ठाकुर ने होंठ चबाये और खूंटी से तलवार उठाकर सूंत ली। ठकुरानी ने कहा-

"सोच-समझकर काम करो। वे बादशाह के सिपाही हैं, गाँव में हमारे साथ कौन है?"

"क्या यह तलवार काफी नहीं है?" ठाकुर ने लाल-लाल आँखों से ठकुरानी को घूर कर कहा, "मुझसे माँगकर वे दही ले जा सकते थे! मैं क्या मना कर देता? पर जबर्दस्ती नहीं!"

ठाकुर ने पैर बढ़ाये। ठकुरानी ने पैर पकड़कर कहा, "इस बालक की ओर तो देखो!"

ठाकुर ने उलटकर क्षण-भर अपने 8 वर्षीय पुत्र को देखा-उसके नथुने फूल उठे। वह मुट्ठी में तलवार की मूठ पकड़े घर से बाहर हुआ। गाँव-भर देख रहा था

दोनों सिपाही दो ही खेत जा पाये थे कि ठाकुर ने दोनों को धर दबाया। क्षण-भर ही में एक को ठाकुर ने टुकड़े-टुकड़े कर दिया और दूसरा घायल होकर भाग गया।

गाँव वालों ने देखा-बायें हाथ में दही की हांडी लटकाये और दाहिने हाथ में खून की तलवार लिये ठाकुर धीर गति से गाँव में लौट रहा है। किसी को कुछ कहने का साहस नहीं हुआ। ठाकुर ने आँख उठाकर किसी की ओर देखा भी नहीं। वह चुपचाप घर में घुस गया। दही की हांडी उसने आँगन में रख दी। चादर कमर से खोलकर सहन में बिछा दी, ठकुरानी से कहा, "जो नकदी और जर-जेवर हैं, ले आओ!"

घर की जमा-पूँजी चादर पर आ पड़ी। ठाकुर ने चादर समेटी। पुत्र का हाथ पकड़ा और घर के बाहर आया।

वह धीरे-धीरे पड़ोसी ब्राह्मण के पास पहुँचा। जर-माल उसे देकर कहा, "यह बालक आपके अधीन है, इसे आप पालिएगा!" ब्राह्मण ने आँखों में आँसू भरकर बालक का हाथ पकड़ लिया। ठाकुर ने पालागन की और वह फिर अपने घर में घुस गया। उसकी आँखों में आँसू न थे-आग थी! हाथ में थी वही नंगी तलवार। उसने ठकुरानी को पुकारा, "ठकुरानी!"

ठकुरानी सामने आकर चुपचाप पति के सामने खड़ी हो गयी।

ठाकुर ने कहा, "बैठ जाओ!"

वह बैठ गयी।

"डरती हो ठकुरानी?"

"नहीं स्वामी!"

"तो चलो तुम पहले, मैं कुछ ठहरकर आता हूँ।" तलवार हवा में घूमी। ठकुरानी का सिर धरती पर लोट रहा था।

एक-एक करके पाँचों स्त्रियों के सिर काटकर ठाकुर ने छप्पर में आग लगा दी। बैसाख का सूखा फूस भभक कर जल उठा। धुंआ आकाश में छा गया।

उसके कानों ने सुना-सेना आ रही है। बाजे की अस्पष्ट ध्वनि कान में पड़ते ही वह बाहर आकर बैठ गया।

गाँव-भर नंगी तलवारें ले उसके कन्धे से कन्धा भिड़ाये खड़ा था। देखते ही देखते दल-बादल की भाँति शाही सेना ने गाँव पर हल्ला बोल दिया। मुण्ड पर मुण्ड गिरने लगे। रक्त की नदी बह गयी। गली लाशों से पट गयी। सारे गाँव को उजाड़-जलाकर, खाक करके शाही सेना रक्त की निशानी पीछे छोड़ती हई चली गयी। गाँव में एक भी जीवित मर्द न बचा था।

***

अम्बपालिका

अम्बपालिका कहानी आचार्य ने सन् 1928 में लिखी थी। हिन्दी में अम्बपालिका से सम्बन्धित यह सर्वप्रथम ही कहानी है। इसके बाद अम्बपालिका को लेकर अनेक कहानियाँ और उपन्यास भी लिखे गए तथा आचार्य ने आगे इसी आधार पर अपनी अमर रचना 'वैशाली की नगरवधू' लिखी। जिस समय यह कहानी लिखी गई थी उस समय लेखक की दृष्टि में कथा का आधार बहुत अस्पष्ट था। उसका बाद में जो परिष्कार हुआ वह तो नगरवधू में व्यक्त है। परन्तु यह कहानी बिना संशोधन किए वैसी की वैसी ही दी जा रही है। इसमें लेखक के भीतर का उदीयमान साहित्यकार झाँक रहा है।

मुजफ्फरपुर से पश्चिम की ओर जो पक्की सड़क जाती है, उस पर मुजफ्फरपुर से लगभग 18-20 मील पर 'बैसोढ़' नामक एक बिलकुल छोटा-सा गाँव है, जिसमें 30-40 घर भूमि हार ब्राह्मणों के और कुछ क्षत्रियों के बच रहे हैं। इस गाँव के चारों ओर कोसों तक खण्डहर, टीले और पुरानी टूटी-फूटी मूर्तियाँ ढेर-की-ढेर मिलती हैं, जो इस बात की स्मृति दिलाती हैं कि यहाँ कभी कोई बड़ा भारी समृद्धिशाली नगर बसा रहा होगा।

वास्तव में ढाई हज़ार वर्ष पूर्व यहाँ एक विशाल नगर बसा था, जिसका नाम वैशाली था, और जो प्रबल प्रतापी लिच्छवि-गणतन्त्र के शासन में था।

वैशाली लिच्छवि-गणतन्त्र की एक प्रधान नगरी और रियासत थी। नगर व्यापारियों, जौहरियों, शिल्पकारों और भिन्न-भिन्न प्रकार के देश-विदेश के यात्रियों से परिपूर्ण था। 'श्रेष्ठी-चत्वर' नगर का प्रधान बाज़ार था, जहाँ जौहरियों और बड़े-बड़े व्यापारियों की कोठियाँ थीं और जिनकी व्यापारिक शाखाएँ समस्त उत्तर भारत में फैली हुई थीं। दुकानदार स्वच्छ परिधान धारण किए, पान कुचरते, हँस-हँसकर ग्राहकों से बातें करते। जौहरी पन्ना, लाल, मूंगा, मोती, पुखराज, हीरा और अन्य रत्नों की परीक्षा तथा लेन-देन में व्यस्त रहते थे। निपुण कारीगर अनगढ़ रत्नों को सान चढ़ाते, स्वर्ण-आभरणों में रंगीन रत्न जड़ते और मोती गूंथते थे। गन्धी लोग केसर के थैले हिलाते थे। चन्दन के तेलों में भिन्न-भिन्न सुगन्ध मिलाकर इत्र बनाए जाते और नागरिक उनका खुला उपयोग करते थे। रेशम और बहुमूल्य महीन मलमल के व्यापारियों की दुकानों पर बगदाद और फ़ारस के व्यापारी लम्बे-लम्बे लबादे पहने, भीड़-की-भीड़ पड़े रहते थे। नगर की गलियाँ संकरी और तंग थीं और उनमें गगनचुम्बी अट्टालिकाएँ खड़ी थीं, जिनके अंधेरे तहखानों में इन धन-कुबेरों का बड़ा भारी कोष और द्रव्य रखा रहता था।

संध्या-समय सुन्दर श्वेत बैलों के रथों पर, जिन पर बढ़िया सुनहरा काम हुआ रहता था, नागरिक सैर करने राजपथ पर निकलते थे। इधर-उधर हाथी झूमते हुए बढ़ा करते थे और उन पर उनके अधिपति रत्नाभरणों से सज्जित अपने दासों तथा शरीर-रक्षकों से घिरे हुए चला करते थे।

अभी दिन निकलने में देरी थी। पूर्व की ओर प्रकाश की आभा दिखाई पड़ रही थी, पर मार्ग में अँधेरा था। राजमहल के तोरण पर अभी तक प्रकाश जल रहा था। चारों ओर प्रतिहार पड़े सो रहे थे। उनमें से केवल एक भाला टेककर खड़ा नींद में झूम रहा था। तोरण के इधर-उधर कई कुत्ते पड़े सो रहे थे।

धीरे-धीरे दिन का प्रकाश फैलने लगा। राजवर्गी इधर-से-उधर आने-जाने लगे। प्रतिहार रक्षी सेना का एक नवीन दल तोरण पर आ पहुँचा। उनमें से एक दण्ड धर ने आगे बढ़कर भाले के सहारे खड़े-खड़े ऊँघते मनुष्य को पुकार कर कहा-महानामन! सावधान होओ और घर जाकर विश्राम करो। महानामन ने सजग होकर अपने दीर्घकाय का और भी विस्तार करके एक ज़ोर की अंगड़ाई ली और यह कहकर कि-तुम्हारा कल्याण हो, वह अपना भाला धरती पर टेकता हुआ तीसरे तोरण की ओर बढ़ गया। पश्चिम की ओर पुराना प्रासाद और राजमहल का उपवन था, जिसकी देख-रेख महानामन के सुपुर्द थी। यहीं उसकी छोटी-सी कुटिया थी, जहाँ वह अपनी प्रौढ़ा पत्नी के साथ 17 वर्ष से एकरस-आँधी-पानी, सर्दी-गर्मी में रहता था।

वह नींद में झूमता हुआ ऊँघ रहा था। अब भी प्रभात का प्रकाश धुंधला था। उसने अपनी कुटी के पास एक कदली वृक्ष के नीचे, आम्रकुंज में एक श्वेत वस्तु पड़ी रहने का भान किया। निकट जाकर देखा, एक नवजात शिशु स्वच्छ वस्त्रों में लिपटा अपना अँगूठा चूस रहा है। आश्चर्यचकित होकर महानामन ने शिशु को उठा लिया। देखा, कन्या है। उसने अपनी स्त्री को पुकार कर उसे वह कन्या देकर कहा-देखो, आज इस प्रकार अपने जीवन की पुरानी साध मिटी।

वह कन्या-उस दरिद्र लिच्छवि महानामन के उस दरिद्रावास में शशिकला की भाँति बढ़ने लगी। उसका नाम रक्खा गया अम्बपालिका।

वैशाली से उत्तर-पश्चिम 25 कोस पर एक छोटे-से गाँव में, एक किनारे पर एक साधारण घर था। उसके द्वार पर एक वृद्ध प्रात-काल बैठा दातुन कर रहा था। पूर्व के द्वार पर पैर की आहट सुनकर उसने पीछे को देखा, एक चम्पक पुष्प की कली के समान, एकादशवर्षिया, अति सुन्दरी बालिका, जिसके घुँघराले बाल लहलहा रहे थे, दौड़ती-दौड़ती बाहर आई और वृद्ध को देख उससे लिपटने को लपकी पर पैर फिसलने से गिर गई। वह गिरकर रोने लगी। वृद्ध ने दातुन फेंक, दौड़कर बालिका को उठाया, उसकी धूल झाड़ी, बालिका ने रोना रोककर

कहा-बाबा, घर में आटा बिल्कुल नहीं है, हम लोग क्या खाएँगे? वृद्ध ने उसे गोद में उठाते हुए कहा-कुछ चिन्ता नहीं, मैं अभी गेहूं पिसवाने की व्यवस्था करता हूँ। बालिका ने कहा-गेहूँ का भी तो एक दाना नहीं है। वृद्ध क्षणभर अवाक् रहा। उसने कहा-तब ठहर, मैं अभी शिकार मारकर लाता हूँ। बालिका ने रोककर कहा-नहीं, नहीं, मैं पक्षी का मांस नहीं खाऊँगी।

वृद्ध महानामन लिच्छवि था और कन्या थी अम्बपालिका। वृद्ध की पत्नी का स्वर्गवास हुए 8 साल व्यतीत हो गए थे। उसके बाद कन्या की परिचर्या में बाधा पड़ती देख, महानामन ने राज-सेवा छोड़कर अपने ग्राम में आकर बालिका की सेवा-सुश्रूषा अबाध रूप से करने का निश्चय कर लिया था। वह गत आठ वर्षों से इसी गाँव में रहता था। अम्बपालिका को उसने इस तरह पाला जैसे पक्षी चुग्गा दे-देकर अपने शिशु पक्षी को पालता है। परन्तु खेद है, धीरे-धीरे उसकी छोटी-सी कमाई की क्षुद्र पूँजी यत्न से खर्च करने पर भी समाप्त हो ही गई। और फिर धीरे-धीरे पत्नी के स्मृति-रूप दो-चार क्षुद्र आभूषण भी उदर-गुहा में पहुँच चुके। अब आज क्या किया जाए? अब तो आटा भी नहीं, एक दाना गेहूँ भी नहीं। वृद्ध की प्राणों की पुतली इस प्रश्न पर चिन्तित हो रही है। यह और भी कष्ट का प्रश्न था। पर वृद्ध ने हँसकर कहा-अच्छा, अच्छा, मैं अभी गेहूँ लिए आता हूँ। इतना कहकर वृद्ध ने बालिका के तड़ातड़ 3-4 चुंबन लिए और उसे गोद से उतारते-उतारते दो बूँद आँसू गिरा दिए। बालिका भीतर गई और वृद्ध चिन्तामग्न बैठ गया। अन्ततः उसने एक बार फिर महाराज की सेवा में उपस्थित होकर पुरानी नौकरी की याचना करने का निश्चय किया। उसके बाहु का पौरुष तो थक चुका था। परन्तु क्या किया जाए, कन्या का विचार सर्वोपरि था। फिर भी वृद्ध के अति गम्भीर होने का यही मात्र कारण न था। लाख वृद्ध होने पर भी उसकी भुजा में बल था, बहुत था। पर उसकी चिन्ता थी : बालिका का अप्रतिम सौन्दर्य। सहस्राधिक बालिकाएँ भी क्या उस पारिजात-कुसुम-तुल्य कुन्दकलिका के समान थीं? किस पुष्प में उतनी गंध, कोमलता और सौंदर्य था? उसे भय था कि राज-नियमानुसार वह विवाह से वंचित करके कहीं नगर-वेश्या न बना दी जाए; क्योंकि लिच्छवि-गणतंत्र में यह कानून था कि राज्य की जो कन्या अत्यधिक सुन्दरी होती थी, उसे किसी एक पुरुष की पत्नी न होने दिया जाकर नागरिकों के लिए सुरक्षित रखा जाया करता था। वास्तव में इसी भय से महानामन राजधानी छोड़कर भागा था, जिससे किसी की दृष्टि उस बालिका पर न पड़े। पर अब उपाय न था। महानामन ने राजधानी में एक बार जाने का निश्चय किया।

वैशाली की ओर जाने वाली सड़क पर वर्षा के कारण बड़ी कीचड़ हो रही थी। कहीं-कहीं तो नालों का पानी कच्ची सड़क को तोड़कर सड़क पर नदी की तरह बह रहा था। अभी वर्षा हो चुकी थी। वृद्ध और उसकी पुत्री दोनों भीग गए थे, पर धीरे-धीरे बढ़े चले जा रहे थे। हवा बंद थी, गर्मी बढ़ गई थी और दूरस्थ पर्वतों की चोटियों में अस्त होते हुए सूर्य को देख-

देखकर वृद्ध डर रहा था। निकट किसी बस्ती के चिह्न न थे। यदि कहीं चौपट में अँधेरा हो गया तो कहाँ रात कटेगी, बच्ची खाएगी क्या, यही वृद्ध के भय का कारण था। वह लाठी टेकता-टेकता धीरे-धीरे आगे बढ़ रहा था। वह स्वयं थक गया था और बालिका तो क्षण-क्षण में विश्राम की इच्छा प्रकट कर रही थी। बालिका ने कहा-पिता! अब मैं और नहीं चल सकती, मेरे पैरों में देखो, लहू बह रहा है, वे फट गए हैं। वृद्ध ने स्नेह से उसे चुमकारकर कहा-अब, थोड़ी दूर और; निकट ही कहीं गाँव या बस्ती मिलने पर ठहरने में सुभीता रहेगा। पर बालिका और कुछ पग चलकर मार्ग में ही एक ऊँची जगह पर बैठ गई। वृद्ध भी निरुपाय हो, पास ही बैठ गया। अँधकार ने चारों ओर से उन्हें घेर लिया।

सहसा बालिका ने चौंक कर कहा-पिताजी, देखो, घोड़ों की टाप का शब्द सुनाई दे रहा है। बुड्ढे ने उठकर दूर तक दृष्टि करके देखा। सड़क के निकट एक घना सेमल का वृक्ष था, जिसके नीचे घोर अँधकार था। वृद्ध कन्या का हाथ पकड़, वहीं जा छिपा। आकाश में अब भी बादल घिर रहे थे और फिर ज़ोर की वर्षा होने के रंग-ढंग दीख पड़ते थे। बीच-बीच में बिजली भी चमक जाती। थोड़ी देर बाद बहुत-से सवार वहाँ तक आ पहुँचे। वर्षा भी शुरू हो गई। सवारों ने निश्चय किया कि उस वृक्ष के नीचे आश्रय लें।

वृद्ध भय से बालिका को छाती में छिपाए वृक्ष की जड़ से चिपककर बैठ गया। सहसा बिजली की चमक में अश्वारोहियों ने वृक्ष के निकट मनुष्य-मूर्ति को देखकर कहा-अरे! वृक्ष के निकट यह कौन है? वृद्ध वहाँ से हटकर चुपचाप खेत में जाने लगा। तत्क्षण एक बर्छा आकर उसकी छाती को विदीर्ण कर गया। वृद्ध एक चीत्कार करके धरती पर गिर गया। बालिका ज़ोर से चिल्ला उठी।

अश्वारोही दल ने निकट जाकर देखा-मत पुरुष वृद्ध और निरस्त्र है। पर कन्या को देखते ही बर्छा फेंकने वाले सवार ने कहा-वाह! बूढ़े को मारकर रत्न मिला। इसमें किसी का साझा नहीं है?

बालिका भय और शोक से चिल्ला उठी। अश्वारोही ने उसकी परवा न कर उसे घोड़े पर रख लिया और वे आगे बढ़े।

वैभवशालिनी वैशाली का जो 'श्रेष्ठी-चत्वर' नामक बाज़ार था उसके उत्तर कोण पर एक विशाल प्रासाद, जिसके गुम्बजों का प्रकाश रात्रि को गंगा पार से भी दीखता था। बाहर का सिंहद्वार विशाल पत्थरों का बनाया गया था, जिसे उठाना और जोड़ना दैत्यों का ही काम हो सकता था। इन पत्थरों पर स्थापत्य कला और शिल्प की सूक्ष्म बुद्धि खर्च की गई थी। ड्योढ़ी पर गहरा हरा रंग किया हुआ था और ऊँचे महराबदार फाटक पर फूलों की गुंथी हुई सुन्दर मालाएँ लटक रही थीं। पहले आँगन में प्रवेश करने पर श्वेत अट्टालिकाओं की पंक्ति

दीख पड़ती थी। उनकी दीवारों पर काँच की तरह चमकदार श्वेत पलस्तर किया गया था। सीढ़ियों पर भिन्न-भिन्न प्रकार के खुद रंग बहुमूल्य पत्थर लगे थे, और खिड़कियों में बिल्लौर के किवाड़ थे, जिनमें श्रेष्ठी-चत्वर की बहार बैठे-ही-बैठे दीख पड़ती थी। दूसरे आँगन में गाड़ी, बैल, घोड़े, हाथी बँधे थे और महावत उन्हें चावल-घी खिला रहे थे। तीसरे आँगन में अतिथिशाला तथा आगत जनों के ठहरने का प्रबंध था। यहाँ बहुत सुन्दर विशाल पत्थरों के खम्भों पर मेहराब खड़े हुए थे। चौथे आँगन में नाट्यशाला और गायन भवन था। पाँचवें आँगन में भिन्न-भिन्न प्रकार के शिल्पकार और जौहरी लोग नाना प्रकार के आभूषण बना और रत्नों को घिस रहे थे। छठे आँगन में भिन्न-भिन्न देश के पशु-पक्षियों का अद्भुत संग्रह था। सातवाँ आँगन बिल्कुल श्वेत पत्थर का बना था, और उसमें सुनहरा काम हो रहा था। इसमें दो भीमकाय सिंह स्वर्ण की मेखलाओं से दृढ़तापूर्वक बँधे थे और चाँदी के पात्रों में पानी भरा उनके निकट धरा था। गृहस्वामिनी अम्बपालिका इसी कक्ष में विराजती थी।

संध्या हो गई थी। परिचारक और परिचारिकाएँ दौड़-धूप कर रही थीं, कोई सुगंधित जल आँगन में छिड़क रही थी, कोई धूप जलाकर भवन को सुवासित कर रही थी, कोई सहस्र दीप-गुच्छ में सुगन्धित तेल डालकर प्रकाशित करने में व्यस्त थी। बहुत-से माली तोरण और अलिन्द पर ताजे पुष्पों के गुलदस्ते और मालाओं को सजा रहे थे। अलिन्द में दंड धर अपने-अपने स्थानों पर भाला टेक स्थिर भाव से खड़े थे। द्वारपाल तोरण पार अपने द्वार-रक्षक दल के साथ सशस्त्र उपस्थित था।

क्षणभर बाद प्रासाद भाँति-भाँति के रंगीन प्रकाशों से जगमगा उठा। भाँति-भाँति के रंगीन फव्वारे चलने लगे और उन पर प्रकाश का प्रतिबिम्ब इन्द्रधनुष की बहार दिखाने लगा। धीरे-धीरे प्रतिष्ठित नागरिक कोई पालकी में, कोई रथ पर और कोई हाथी पर चढ़कर प्रथम तोरण पार कर आने लगे। परिचारकगण दौड़-दौड़कर अतिथियों को सादर उतारकर भीतरी अलिन्द में पहुँचाने तथा उनकी सवारियों की व्यवस्था करने लगे। हाथी-घोड़े, रथ, पालकी आदि वाहनों का ताँता लग गया। उनकी भीड़ से बाहर का विशाल प्रांगण भर गया।

सातवें तोरण के भीतर श्वेत पत्थर के एक विशाल सभा-भवन में अम्बपालिका नागरिक युवकों भी अभ्यर्थना कर रही थी। वह भवन एक टुकड़े के 64 हरे रंग के पत्थर के खम्भों पर निर्मित हुआ था, और इस पर रंगीन रत्नों को जड़ कर फूल-पत्ती, पक्ष तथा वन के दृश्य बनाए गए थे। छत पर स्वर्ण का पत्तर मढ़ा था, जहाँ पर बारीक खुदाई और रंगीन मीना का काम हो रहा था। इस विशाल भवन में दुग्ध-फेन के समान उज्ज्वल वर्ण का अति मुलायम और बहुमूल्य बिछा वन बिछा था। थोड़े-थोड़े अन्तर से बहुत-सी वेदियाँ, पृथक् बनी थीं, जहाँ कोमल उपधान, मद्य के स्वर्ण-पात्र और प्यालियाँ, जुआ खेलने के पासे तथा अन्य विनोद-

सामग्री, भिन्न-भिन्न प्रकार के ग्रन्थ, बहुमूल्य चित्र तथा अन्य बहुत-सी मनोरंजन की सामग्री थीं।

महाप्रतिहार अलिन्द तक अतिथि युवकों को लाता, वहाँ से प्रधान परिचारिका उसे कक्ष तक ले आती। कक्ष-द्वार पर स्वयं अम्बपालिका साक्षात् रति के समान आगत जनों का हाथ पकड़कर स्वागत करती, एक वेदी पर ले जाकर बैठाती, सुगन्ध और पुष्प-मालाओं से सत्कार करती तथा अपने हाथों से मद्य डालकर पिलाती थी। उस स्वर्ग-सदन में, रूप, यौवन और जीवन के आलोक में अर्धरात्रि तक नित्य ही माधुर्य और आनन्द का प्रवाह बहता था। सैकड़ों दासियाँ दौड़-धूप करके याचित वस्तु तत्काल जुटा देतीं। फिर कुछ ठहरकर संगीत-लहरी उठती। कोमल तन्तु-वाद्य गम्भीर मृदंग के साथ वैशाली के श्रेष्ठी पुत्रों, राजवर्गियों और कुमारों के हृदय को मसोस डालता था। वाद्य की ताल पर मोम की पुतली के समान कुमारियाँ मधुर स्वर से स्वर-ताल और मूर्च्छनामय संगीत-गान करतीं, और नर्तकियाँ ठुमककर नाचती थीं। उस स्वप्न-सौन्दर्य के दृश्य को युवक सुगन्धित मद्य के घूँट के साथ पीकर अपने जन्म को धन्य मानते थे।

अम्बपालिका अब 20 वर्ष की पूर्ण युवती थी। उसका यौवन और सौन्दर्य मध्याकाश में था। और लिच्छवि गणतन्त्र के राजा ही नहीं, मगध, कोशल और विदेह के महाराजा तक उसके लिए सदैव अभिलाषी बने रहते थे। इन सभी महानृपतियों की ओर से रत्न, अस्त्र, हाथी आदि भेंट में आते रहते थे और अम्बपालिका अपनी कृपा और प्रेम के चिह्न-स्वरूप कभी-कभी ताजे फूलों की एकाध माला तथा कुछ गंध द्रव्य उन्हें प्रदान कर दिया करती थी।

विधाता ने मानो उसे स्वर्ण से बनाया था। उसका रंग गोरा ही न था, उस पर सुनहरी प्रभा थी-जैसे चम्पे की अविकसित कली में होती है। उसके शरीर की लचक, अंगों की सुडौलता वर्णन से बाहर की बात थी। उस सौन्दर्य में विशेषता यह थी कि समय का अत्याचार भी उस सौन्दर्य को नष्ट न कर सका था। जैसे मोती का पर्त उतार देने से नई आभा, नया पानी दमकने लगता है, उसी प्रकार अम्बपालिका का शरीर प्रतिवर्ष निखार पाता था। उसका कद कुछ लंबा, देह मांसल और कुच पीन थे। तिस पर उसकी कमर इतनी पतली थी कि उसे कटि बंधन बाँधने की आवश्यकता ही नहीं पड़ती थी। उसके अंग-प्रत्यंग चैतन्य थे, मानो प्रकृति ने उन्हें नृत्य करने और आनन्द-भोग करने को ही बनाया था।

उसके नेत्रों में सूक्ष्म लालसा की झलक और दृष्टि में गज़ब की मदिरा भर रही थी। उसका स्वभाव सतेज था. चितवन में दृढ़ता, निर्भीकता, विनोद और स्वेच्छाचारिता साफ झलकती थी। उसे देखते ही आमोद-प्रमोद की अभिलाषा प्रत्येक पुरुष के हृदय में उत्पन्न हो जाती थी।

जैसा कहा जा चुका है, उसकी रंगत पर एक सुनहरी झलक थी, गाल कोमल और गुलाबी थे, ओठ लाल और उत्फुल्ल थे, मानो कोई पका हुआ रसीला फल चमक रहा हो। उसके दाँत हीरे की तरह स्वच्छ, चमकदार और अनार की पंक्ति की तरह सुडौल, कुच पीन तथा अनीदार थे। नाक पतली, गर्दन हंस जैसी, कंधे सुडौल, बाहु मृणाल जैसी थी। सिर के बाल काले, लंबे, घुँघराले तथा रेशम से भी मुलायम थे। आँखें काली और कँटीली, अँगुलियाँ पतली और मुलायम थीं। उन पर उसके गुलाबी नाखूनों की बड़ी बहार थी। पैर छोटे और सुन्दर थे। जब वह ठसक के साथ उठकर खड़ी हो जाती तो लोग उसे एकटक देखते रह जाते थे। उसकी भुजाओं और देह का पूर्व भाग सदा खुला रहता था।

वैशाली में बड़ी भारी बेचैनी फैल गई। अश्वारोही दल-के-दल नगर के तोरण से होकर नगर के बाहर निकल रहे थे। प्रतिहार लोग और किसी को न बाहर निकलने देते थे और न भीतर घुसने देते थे। तोरण के इधर-उधर बहुत-से नागरिक सेना का यह अकस्मात प्रस्थान देख रहे थे। एक पुरुष ने पूछा-क्यों भाई, जानते हो यह सेना कहाँ जा रही है? उसने कहा-न, यह कोई नहीं जानता। अश्वारोही दल निकल गया। पीछे कई सेना-नायक धीरे-धीरे परामर्श करते चले गए।

क्षण-भर में संवाद फैल गया। मगध के प्रतापी सम्राट शिशुनागवंशी बिम्बसार ने वैशाली पर चढ़ाई की। गंगा के दक्षिण छोर पर दुर्जेय मगध सेना दृष्टि के उस छोर से इस छोर तक फैली हुई थी। इस सेना में 10 हज़ार हाथी, 50 हजार अश्वारोही और पाँच लाख पैदल थे।

वैशाली के लिच्छवि-गणतंत्र का प्रताप भी साधारण न था। गंगा के उत्तर कोण पर देखते-देखते सैन्य-समूह एकत्रित हो गया। लिच्छवियों के पास 8 हज़ार हाथी, 1 लाख अश्वारोही और 6 लाख पैदल थे।

तीन दिन तक दोनों दल आमने-सामने डटे रहे। तीसरे दिन लिच्छवि लोगों ने देखा, उस पार डेरों की संख्या कम हो गई है। निपुण सहस्रों सैनिक घाट से पार आने की तैयारी कर रहे हैं, यह समझने में देर न लगी। दोपहर होते-होते मगध-सेना गंगा पार करने लगी। लिच्छवि-सेना चुपचाप खड़ी रही। ज्यों ही कुछ सेना ने भूमि पर पाँव रखा त्यों ही वैशाली की सेना जय-जयकार करते बढ़ चली, मानो सहस्र उल्का पात हुए हों। मेघ-संघर्षण की तरह घोर गर्जना करके दोनों सेनाएँ भिड़ गईं। मगध-सेना की गति रुक गई। बाण, बर्छे और तलवारों की प्रलय मच गई। उस दिन, दिन-भर संग्राम रहा। सूर्यास्त देख, दोनों सेनाएँ पीछे को फिरीं।

दो मास से नगर का घेरा जारी है। बीच-बीच में युद्ध हो जाता है। कोई पक्ष निर्बल नहीं होता। नगर की तीन दिशाएँ मगध-शिविर से घिरी हैं। बीच में जो सबसे बड़ा डेरा है, उसके

ऊपर सोने का गरुड़ ध्वज अस्त होते सूर्य की किरणों से अग्नि की तरह दमक रहा है। उसके आगे एक स्वर्ण-पीठ पर गौरवर्ण सम्राट विराजमान हैं। निकट एक-दो विश्वासी पार्षद हैं। सम्राट् अति सुन्दर, बलिष्ठ और गम्भीर मूर्ति हैं। नेत्रों में तेज और स्नेह, दृष्टि में वीरत्व और औदार्य तथा प्रतिभा में अदम्य तेज प्रकट हो रहा है। सम्राट् आधे लेटे हुए कुछ मंत्रणा कर रहे हैं। एक कर्णिक नीचे बैठा उनके आदेशानुसार लिखता जाता है। एक दंड धर ने आगे बढ़कर पुकार कर कहा-महानायक युवराज भट्टारकपादीय गोपालदेव तोरण पर उपस्थित हैं। सम्राट ने चौंक कर उधर देखा और भीतर बुलाने का संकेत किया। साथ ही कर्णिक और मन्त्री को विदा किया।

गोपालदेव ने तलवार म्यान से खींच शीश से लगाई और फिर विनम्र निवेदन किया-महाराजाधिराज की आज्ञानुसार सब व्यवस्था ठीक है। देवश्री पधारने का कष्ट करें। सम्राट् के नेत्रों में उत्फुल्लता उत्पन्न हुई। वे उठकर वस्त्र पहनने के लिए पट-मंडप में घुस गए।

वैशाली के राजपथ जनशून्य थे, दो प्रहर रात्रि जा चुकी थी, युद्ध के आतंक ने नगर के उल्लास को मूर्छित कर दिया था। कहीं-कहीं प्रहरी खड़े उस अंधकारमयी रात्रि में भयानक भूत-से प्रतीत होते थे। धीरे-धीरे दो मनुष्य मूर्तियाँ अन्धकार का भेदन करती हुई वैशाली के गुप्त द्वार के निकट पहुंचीं। एक ने द्वार पर आघात किया, भीतर प्रश्न हुआ-संकेत?

मनुष्य मूर्ति ने कहा-अभिनय!

हल्की चीत्कार करके द्वार खुल गया। दोनों मूर्तियाँ भीतर घुसकर राजपथ छोड़, अँधेरी गलियों की अट्टालिकाओं की परछाई में छिपती-छिपती आगे बढ़ने लगीं। एक स्थान पर प्रहरी ने बाधा देकर पूछा-कौन? एक व्यक्ति ने कहा-आगे बढ़कर देखो। प्रहरी निकट आया। हठात् दूसरे व्यक्ति ने उसका सिर धड़ से जुदा कर दिया। दोनों फिर आगे बढ़े। अम्बपालिका के द्वार पर अन्ततः उनकी यात्रा समाप्त हुई। द्वार पर एक प्रतिहार मानो उनकी प्रतीक्षा कर रहा था। संकेत करते ही उसने द्वार खोल दिया और आगन्तुक गण को भीतर लेकर द्वार बंद कर लिया।

आज इस विशाल राजमहल सदृश भवन में सन्नाटा था। न रंग-बिरंगी रोशनी, न फव्वारे, न दास-दासी गणों की दौड़-धूप। दोनों व्यक्ति चुपचाप प्रतिहार के साथ जा रहे थे। सातवें अलिन्द को पार करने पर देखा, एक और मूर्ति एक खम्भे के सहारे खड़ी है। उसने आगे बढ़कर कहा-इधर से पधारिए श्रीमान् ! प्रतिहार वहीं रुक गया। नवीन व्यक्ति स्त्री थी और वह सर्वांग काले वस्त्र से ढाँपे हुए थी। दोनों आगन्तुक कई प्रांगण और अलिंद पार करते हुए कुछ सीढ़ियाँ उतरकर एक छोटे-से द्वार पर पहुँचे जो चाँदी का था और जिस पर अतिशय मनोहर जाली का काम हो रहा था और उसी जाली में से छन-छन कर रंगीन प्रकाश बाहर पड़ रहा था।

द्वार खोलते ही देखा, एक बहुत बड़ा कक्ष भिन्न-भिन्न प्रकार की सुख-सामग्रियों से परिपूर्ण था। यद्यपि उतना बड़ा नहीं, जहाँ नागरिकजनों का प्राय: स्वागत होता था, परन्तु सजावट की दृष्टि से इस कक्ष के सम्मुख उसकी गणना नहीं हो सकती थी। यह समस्त भवन श्वेत और काले पत्थरों से बना था। और सर्वत्र ही सुनहरी पच्चीकारी का काम हो रहा था। उसमें बड़े-बड़े बिल्लौर के अठपहलू अमूल्य खम्भे लगे थे, जिनमें मनुष्य का हूबहू प्रतिबिम्ब सहस्रों की संख्याओं में दीखता था। बड़े-बड़े और भिन्न-भिन्न भावपूर्ण चित्र टँगे थे। सहस्र दीप-गुच्छों में सुगन्धित तेल जल रहा था। समस्त कक्ष भीनी सुगन्ध से महक रहा था। धरती पर एक महामूल्यवान् रंगीन बिछा वन था जिस पर पैर पड़ते ही हाथ भर धंस जाता था। बीचो बीच एक विचित्र आकृति की सोलह-पहलू सोने की चौकी पड़ी थी, जिस पर मोर-पंख के खम्भों पर मोतियों की झालर लगा एक चँदोवा तन रहा था और पीछे रंगीन रेशम के परदे लटक रहे थे, जिसमें ताजे पुष्पों का श्रृंगार बड़ी सुघड़ाई से किया गया था। निकट ही एक छोटी-सी रत्नजटित तिपाई पर मद्य-पात्र और पन्ने का बड़ा-सा पात्र धरा हुआ था।

हठात् सामने का परदा उठा और उसमें वह रूप-राशि प्रकट हुई जिसके बिना अलिंद शून्य हो रहा था। उसे देखते ही आगन्तुक गण में से एक तो धीरे-धीरे पीछे हटकर कक्ष से बाहर हो गया, दूसरा व्यक्ति स्तम्भित-सा खड़ा रहा। अम्बपालिका आगे बढ़ी। वह बहुत महीन श्वेत रेशम की पोशाक पहने हुए थी। वह इतनी बारीक थी कि उसके आर-पार साफ दीख पड़ता था। उसमें से छन कर उसके सुनहरे शरीर की रंगत अपूर्व छटा दिखा रही थी। पर यह कमर तक ही था। वह चोली या कोई दूसरा वस्त्र नहीं पहने थी। इसलिए उसकी कमर के ऊपर के अंग-प्रत्यंग साफ दीख पड़ते थे।

विधाता ने उसे किस क्षण में गढ़ा था। हमारी तो यह धारणा है कि कोई चित्रकार न तो वैसा चित्र ही अंकित कर सकता था और न कोई मूर्तिकार वैसी मूर्ति ही बना सकता था।

उस भुवन-मोहिनी की छटा आगन्तुक के हृदय को छेद कर पार हो गई। गहरे काले रंग के बाल उसके उज्ज्वल और स्निग्ध कंधों पर लहरा रहे थे। स्फटिक के समान चिकने मस्तक पर मोतियों का गुथा हुआ आभूषण अपूर्व शोभा दिखा रहा था। उसकी काली और कँटीली आँखें, तोते के समान नुकीली नाक, बिम्ब फल जैसे अधर-ओष्ठ और अनार दाने के समान उज्ज्वल दाँत, गोरा और गोल चिबुक बिना ही श्रृंगार के अनुराग और आनन्द बिखेर रहा था। अब से ढाई हजार वर्ष पूर्व की वह वैशाली की वेश्या ऐसी ही थी।

मोती की कोर लगी हुई सुन्दर ओढ़नी पीछे की ओर लटक रही थी और इसलिए उसका उन्मत्त कर देने वाला मुख साफ देखा जा सकता था। वह अपनी पतली कमर में एक ढीला-

सा बहुमूल्य रंगीन शाल लपेटे हुए थी। हंस के समान उज्ज्वल गर्दन में अंगूर के बराबर मोतियों की माला लटक रही थी और गोरी-गोरी गोल कलाइयों में नीलम की पहुँची पड़ी हुई थी।

उस मकड़ी के जाले के समान बारीक उज्ज्वल परिधान के नीचे, सुनहरे तारों की बुनावट का एक अद्भुत घाघरा था, जो उस प्रकाश में बिजली की तरह चमक रहा था। पैरों में छोटी-छोटी लाल रंग की उपानत् थीं, जो सुनहरे फ़ीते से कस रही थीं।

उस समय कक्ष में गुलाबी रंग का प्रकाश हो रहा था। उस प्रकाश में अम्बपालिका का मानो परदा चीरकर इस रूप-रंग में प्रकट होना आगन्तुक व्यक्ति को मूर्तिमती मदिरा का अवतरण-सा प्रतीत हुआ। वह अभी तक स्तब्ध खड़ा था। धीरे-धीरे अम्बपालिका आगे बढ़ी। उसके पीछे 16 दासियाँ एक ही रूप और रंग की मानो पाषाण-प्रतिमाएँ ही आगे बढ़ रही थीं।

अम्बपालिका धीरे-धीरे आगे बढ़कर आगन्तुक के निकट आकर झुकी और फिर घुटने के बल बैठ, उसने कहा-परमेश्वर, परम वैष्णव, परम भट्टारक, महाराजाधिराज की जय हो। इसके बाद उसने सम्राट् के चरणों में प्रणाम करने को सिर झुका दिया। दासियाँ भी पृथ्वी पर झुकी गईं।

आगन्तुक महाप्रतापी मगध-सम्राट बिम्बसार थे। उन्होंने हाथ बढ़ाकर अम्बपालिका को ऊपर उठाया। अम्बपालिका ने निवेदन किया-महाराजाधिराज पीठ पर विराजें। सम्राट् ने ऊपर का परिच्छद उतार फेंका, वे पीठ पर विराजमान हुए।

अम्बपालिका ने नीचे धरती पर बैठकर सम्राट का गन्ध, पुष्प आदि से सत्कार किया। इसके बाद उसने अपनी मद-भरी आँखें सम्राट् पर डालकर कहा-महाराजाधिराज ने बड़ी अनुकंपा की, बड़ा कष्ट किया।

सम्राट् ने किंचित् मोहक स्वर में कहा-अम्बपाली! यदि मैं यह कहूँ कि केवल विनोद के लिए आया हूँ तो यह यथार्थ नहीं। तुम्हारे रूप-गुण की प्रशंसा सुनकर स्थिर नहीं रह सका, और इस कठिन युद्ध में व्यस्त रहने पर भी तुम्हें देखने के लिए शत्रुपुरी में घुस आया, परन्तु तुम्हारा प्रबन्ध धन्य है।

अम्बपालिका-(लज्जित-सी होकर ज़रा मुस्कराकर) मैं पहले ही सुन चुकी हूँ कि देव स्त्रियों की चाटुकारी में बड़े प्रवीण हैं।

सम्राट-चाटुकारी नहीं, अम्बपालिके! तुम वास्तव में रूप और गण में अद्वितीय हो!

अम्बपालिका-श्रीमान्, मैं कृतार्थ हुई। इसके बाद वह अपने मुक्तावनिंदित दाँतों की छटा दिखाते हुए सम्राट् की सेवा में खड़ी हुई। सम्राट् ने प्याला ले और उसे खींचकर बगल में बैठा

लिया। संकेत पाते ही दासियों ने क्षणभर में गायन-वाद्य का संरजाम जुटा दिया। कक्ष संगीत-लहरी में डूब गया और उस गम्भीर निस्तब्ध रात्रि में मगध के प्रतापी सम्राट् उस एक वेश्या पर अपने साम्राज्य को भूल बैठे।

एक वर्ष बीत गया। प्रतापी लिच्छवि-राज मगध साम्राज्य के आगे मस्तक नत करने को बाध्य हुए। अब वैशाली में उमंग न थी। अम्बपालिका का द्वार सदैव बन्द रहता था। द्वार पर कड़ा पहरा था। कोई व्यक्ति न उसे देख सकता था, न उससे मिल सकता था। उसके बहुत-से युवक मित्र उस युद्ध में निहत हुए थे, पर जो बच रहे थे, वे अम्बपाली के इस परिवर्तन पर आश्चर्यान्वित थे। वे किसी भी तरह उसका साक्षात् न कर सकते थे। दूर-दूर तक यह बात फैल गई थी।

अम्बपालिका के सहस्रावधि वेतन-भोगी दास-दासी, सैनिक और अनुचरों में से भी केवल दो व्यक्ति थे जो अम्बपालिका को देख सकते और उससे बात कर सकते थे। एक प्रधान परिचारिका यूथिका, दूसरा एक वृद्ध दंड धर जिसे भीतर-बाहर सर्वत्र आने की स्वतन्त्रता थी। सम्राट् का आगमन केवल इन्हीं दोनों को मालूम था और वे दोनों ही यह रहस्य भी जानते थे कि अम्बपालिका को सम्राट् से गर्भ है।

यथासमय पुत्र् प्रसव हुआ। यह रहस्य भी केवल इन्हीं दो व्यक्तियों पर ही प्रकट हुआ। और वह पत्र उसी दंड धर ने गुप्त रूप से राजधानी ले जाकर मगध सम्राट् की गोद में डालकर, अम्बपालिका का अनुरोध सुनाकर कहा-महाराजाधिराज की सेवा में मेरी स्वामिनी ने निवेदन किया है कि उनकी तुच्छ भेंट-स्वरूप मगध के भावी सम्राट् आपके चरणों में समर्पित हैं। सम्राट् ने शिशु को सिंहासन पर डालकर वृद्ध दंड धर से उत्फुल्ल नयन से कहा-मगध के सम्राट को झटपट अभिवादन करो। दंड धर ने कोश से तलवार निकाल, मस्तक पर लगाई और तीन बार जयघोष करके तलवार शिशु के चरणों में रख दी। सम्राट् ने तलवार उठाकर वृद्ध की कमर में बाँधते-बाँधते कहा-अपनी स्वामिनी को मेरी यह तुच्छ भेंट देना। यह कहकर उन्होंने एक वस्तु वृद्ध के हाथ में चुपचाप दे दी। वह वस्तु क्या थी, यह ज्ञात होने का कोई उपाय नहीं।

भगवान् बुद्ध वैशाली में पधारे हैं और अम्बपालिका की बाड़ी में ठहरे हैं। आज हठात् अम्बपालिका के महल में हलचल मच रही है। सभी दास-दासी, प्रतिहार, द्वारपाल दौड़-धूप कर रहे हैं। हाथी, घोड़े, पालकी, रथ सज रहे हैं। सवार शस्त्र-सज्जित हो रहे हैं। अम्बपालिका भगवान् बुद्ध के दर्शनार्थ बाड़ी में जा रही है। एक वर्ष बाद आज वह फिर सर्वसाधारण के सम्मुख निकल रही है। समस्त वैशाली में यह समाचार फैल गया है। लोग झुंड-के-झुंड उसे

देखने राजमार्ग पर डट गए हैं। अम्बपालिका एक श्वेत हाथी पर सवार होकर धीरे-धीरे आगे बढ़ रही है। दासियों का पैदल झुंड उसके पीछे है, उसके पीछे अश्वारोही दल है और उसके बाद हाथियों पर भगवान् की पूजा-सामग्री। सबसे पीछे बहुत-से वाहन, कर्मचारी और पौरगण।

अम्बपालिका एक साधारण पीत-वर्ण परिधान धारण किए अधोमुख बैठी है। एक भी आभूषण उसके शरीर पर नहीं है। बाड़ी से कुछ दूर ही उसने सवारी रोकने की आज्ञा दी। वह पैदल भगवान् के निवास तक पहुँची, पीछे 100 दासियों के हाथ में पूजन-सामग्री थी।

तथागत बुद्ध की अवस्था अस्सी को पार कर गई थी। एक गौरवर्ण, दीर्घकाय, श्वेतकेश, कृश, किन्तु बलिष्ठ महापुरुष पद्मासन से शान्त मुद्रा में एक सघन वृक्ष की छाया में बैठे थे। सहस्रावधिक शिष्यगण दूर तक मुंडित-शिर और पीत वस्त्र धारण किए स्तब्ध-से श्रीमुख के प्रत्येक शब्द को हृत्पटल पर लिख रहे थे। आनन्द नामक शिष्य ने निवेदन किया-प्रभु! अम्बपालिका दर्शनार्थ आई है। तथागत ने किंचित् हास्य से अपने करुण नेत्र ऊपर उठाए। अम्बपालिका धरती में लोट कर कहने लगी-प्रभो! त्राहि माम्। त्राहि माम्।

भगवान् ने कहा-कल्याण! कल्याण! आनन्द ने कहा-उठो अम्बपाली। महाप्रभु प्रसन्न हैं। अम्बपाली ने यथाविधि भगवान् का अर्घ्यदान, पाद्य, मधुपर्क से पूजन किया और चरण-रज नेत्रों में लगाई, फिर हाथ बाँध सम्मुख खड़ी हो गई।

भगवान् ने हँसकर कहा-अब और क्या चाहिए अम्बपाली?

"प्रभो! भगवन्। इस अपदार्थ का आतिथ्य स्वीकार हो, इन चरण-कमलों की देव दुर्लभ रज-कण किंकरी की कुटिया को प्रदान हो।"

प्रभु ने करुण स्वर में कहा-तथास्तु। भिक्षुगण सहस्र कंठ से जयोल्लास से चिल्ला उठे। परन्तु यह क्या? उस नाद को विदीर्ण करता हुआ एक और नाद उठा। भगवान् ने पूछा-आनन्द। यह क्या है? "प्रभो! लिच्छविराजवर्ग और अमात्यवर्ग श्रीपाद-पद्म के दर्शनार्थ आ रहा है।" प्रभु हँस पड़े। अम्बपालिका हट गई। प्रतापी लिच्छविराजगण, राजकुमार, अमात्यवर्ग और अन्त: पुर ने एक साथ ही भगवान् के चरणों में महान् मस्तक झुका दिए। भगवान् ने कहा-कल्याण! कल्याण!

महाराज ने पद-धूलि मुकुट पर लगाकर कहा-महाप्रभु। यह तुच्छ राजधानी इन चरणों में पधारने से कृतकृत्य हुई। परन्तु प्रभो। यह वेश्या की बाड़ी है, श्रीचरणों के योग्य नहीं। प्रभु के लिए राजप्रासाद प्रस्तुत है और राजवंश प्रभु-पद-सेवा को बहुत उत्सुक है। भगवान् ने हंसकर कहा-तथागत के लिए वेश्या और राजा में क्या अन्तर है? तथागत समदृष्टि है।

"प्रभो! तब कल का आतिथ्य राज-परिवार को प्रदान कर कृतार्थ करें!"

"वह तो मैं अम्बपालिका का स्वीकार कर चुका।"

राजा निरुत्तर हुए। वे फिर प्रणाम कर लौटे। कुछ श्वेत वस्त्र धारण किए थे, कुछ लाल और कुछ आभूषण पहने थे।

अम्बपालिका रथ में बैठकर लौटी। उसने आज्ञा दी-मेरा रथ लिच्छवि महाराजाओं के बराबर हाँको। उनके पहिये के बराबर मेरा पहिया और उनके धुरे के बराबर मेरा धुरा रहे, तथा उनके घोड़े के बराबर मेरा घोड़ा।

लिच्छवियों ने देखकर क्रोध-मिश्रित आश्चर्य से पूछा-अम्बपालिके, यह क्या बात है? तू हम लोगों के बराबर अपना रथ हाँक रही है?

उसने उत्तर दिया-मेरे प्रभु। मैंने तथागत और उसके शिष्य वर्ग को भोजन का निमन्त्रण दिया है और वह उन्होंने स्वीकार किया है।

उन्होंने कहा-हे अम्बपाली। हमसे एक लाख स्वर्ण-मुद्रा ले और यह भोजन हमें कराने दे।

"मेरे प्रभु, यह सम्भव ही नहीं है।"

"तब 100 ग्राम ले और यह निमन्त्रण हमें बेच दे।"

"नहीं स्वामी। कदापि नहीं।"

"आधा राज्य ले और यह निमन्त्रण हमें दे दे।"

"मेरे प्रभु। आप एक तुच्छ भूखंड के स्वामी हैं, पर यदि समस्त भूमंडल के चक्रवर्ती भी होते और अपना समस्त साम्राज्य मुझे देते तो भी मैं ऐसी कीर्ति की जेवनार को नहीं बेच सकती थी।"

लिच्छवि राजाओं ने तब अपना हाथ पटककर कहा-हाय! अम्बपालिका ने हमें पराजित कर दिया, अम्बपालिका हमसे बढ़ गई। अम्बपालिके! तब तुम स्वच्छन्दता से हमसे आगे रथ हाँको। अम्बपालिका ने रथ बढ़ाया। गर्द का एक तूफान पीछे रह गया।

दस सहस्र भिक्षुओं के साथ भगवान् बुद्ध ने अम्बपालिका के प्रासाद को आलोकित किया। वैशाली के राजमार्ग में नगर के प्राणी आ जूझे थे। महापुरुष बुद्ध और उनके वीतरागी भिक्षु भूमि पर दृष्टि दिए पैदल धीरे-धीरे आगे बढ़ रहे थे। नगर के श्रेष्ठिगण दुकानों से उठ-उठकर मार्ग की भूमि को भगवान् के चरण रखने से पूर्व अपने उत्तरीय से झाड़ रहे थे। कोई नागरिक भीड़ से निकलकर पथ पर अपने बहुमूल्य शाल बिछा रहे थे। महाप्रभु बिना कुछ कहे एकरस धीरे-धीरे आगे बढ़ रहे थे। वह महान संन्यासी, प्रबल वीतरागी, महाप्राण वृद्ध, पुरुष श्रेष्ठ जय-जयकार की प्रचंड घोषणा से ज़रा भी विचलित नहीं हो रहा था। उसकी दृष्टि मानो पृथ्वी में पाताल तक घुस गई थी। और स्त्रियाँ झरोखों से खील और पुष्प-वर्षा कर रही थीं। अम्बपालिका

का तोरण आते ही चार दंड धरो ने दौड़कर पथ पर कौशेय बिछा दिया। द्वार में प्रवेश करने पर सर्वत्र कौशेय बिछा था। अनगिनत कर्मचारी भिक्षुगण के सम्मानार्थ दौड़ गए। पीत-वसनधारी मुंडित भिक्षु नक्षत्रों की तरह उस विशाल प्रांगण में, महाजन-समूह में चमक रहे थे।

अतिथिशाला में भगवान् के पहुंचते ही अम्बपालिका ने 200 दासियों के साथ स्वयं आकर तथागत के चरणों में सिर झुकाया और वहाँ से वह अपने अंचल से पथ की धूल झाड़ती हुई प्रभु को भीतरी अलिन्द तक ले गई। इस समय प्रभु के साथ केवल आनन्द चल रहे थे।

प्रांगण के मध्य में एक चंदन की चौकी पर शुद्ध आसन बिछा था। अम्बपालिका के अनुरोध पर प्रभु वहाँ विराजमान हुए। अम्बपालिका ने अर्घ्य-पाद्य दान करके भोजन प्रस्तुत करने की आज्ञा माँगी। आज्ञा मिलते ही अम्बपालिका स्वयं स्वर्ण-थाल में भोजन ले आई। अनेक प्रकार के चावल और रोटियाँ थीं। अम्बपालिका सेवा में करबद्ध खड़ी रही। भगवान् ने मौन होकर भोजन किया और तृप्त होकर कहा-बस।

अम्बपालिका के नेत्रों से अश्रुधारा बही। प्रभु ज्यों ही शुद्ध होकर आसन पर विराजे, अम्बपालिका ने पृथ्वी में गिरकर प्रणाम किया।

भगवान् ने कहा-अम्बपालिका, अब और तेरी क्या इच्छा है?

"प्रभु एक तुच्छ भिक्षा प्रदान हो?"

तथागत ने गंभीर होकर कहा-वह क्या है?

"प्रभो। आज्ञा कीजिए, कोई भिक्षु अपना उत्तरीय प्रदान करे।" आनन्द ने उत्तरीय उतारकर अम्बपालिका को दे दिया। क्षण-भर के लिए अम्बपालिका भीतर गई परन्तु दूसरे ही क्षण वह उसी वस्त्र से अंग लपेटे आ रही थी। उस बौद्ध भिक्षु के प्रदान किए एकमात्र वस्त्र को छोड़कर उसके पास न कोई और वस्त्र था, न आभरण। उसके नेत्रों से अविरल अश्रुधारा बह रही थी। भगवान् विमूढ़ उसका व्यापार देख रहे थे। वह आकर भगवान् के सम्मुख फिर लोट गई।

भगवान् ने शुभ हस्त से उसे स्पर्श करके कहा-उठो, उठो। हे कल्याणी। तुम्हारी इच्छा क्या है?

"महाप्रभु । अपवित्र दासी की घृष्टता क्षमा हो। यह महानारी-शरीर कलंकित करके मैं जीवित रहने पर बाधित की गई; शुभ संकल्प से मैं वंचित रही, प्रभो, यह समस्त संपदा कलुषित तपश्चर्या का संचय है। मैं कितनी व्याकुल, कितनी कुंठित, कितनी शून्यहृदया रहकर अब तक जीवित रही हूँ, यह कैसे कहूँ। मेरे जीवन में दो ज्वलन्त दिन आए। प्रथम दिन के फलस्वरूप मैं आज मगध के भावी सम्राट् की राज माता हूँ, परन्तु भगवन् । आज के महान् पुण्ययोग के फलस्वरूप अब मैं इससे भी उच्च पद प्राप्त करने की धृष्ट अभिलाषा करती हूँ। महाप्रभु प्रसन्न हों। जब भगवान् की चरण-रज से यह घर पवित्र हुआ, तब यहाँ विलास और पाप कैसा? उसकी सामग्री ही क्यों, उसकी स्मृति ही क्यों?

इसलिए भगवान् के चरण-कमलों में यह सारी संपदा-महल, अटारी, धन, कोष, हाथी, प्यादे, रथ, वस्त्र, भंडार आदि सब समर्पित है। प्रभु ने भिक्षा का उत्तरीय मुझे भिक्षा में दिया है, मेरे शरीर की लज्जा-निवारण को यह बहुत है स्वामिन्। आज से अम्बपाली भिक्षुणी हुई। अब यह इस भिक्षा में प्राप्त पवित्र वस्त्र को प्राण देकर भी सम्मानित करेगी। हे प्रभु। आज्ञा हो।"

इतना कहकर अविरल अश्रुधारा से भगवत्-चरणों को धोती हुई, अम्बपालिका बुद्ध की चरण-रज नेत्रों से लगाकर उठी, और धीरे-धीरे महल से बाहर चली। महावीतराग बुद्ध के नेत्र आप्यायित हुए। उन्होंने 'तथास्तु' कहा और खड़े होकर उसका सिर स्पर्श करके कहा-कल्याण! कल्याण! सहस्र्-सहस्र कंठ से 'जय अम्बपालिके, जय अम्बपालिके' का गगनभेदी नाद उठा। सहस्रों नर-नारी पीछे चले। अम्बपालिका उस पीत परिधान को धारण किए, नीचा सिर किए, पैदल उसी राजमार्ग से भूमि पर दृष्टि दिए धीरे-धीरे नगर से बाहर जा रही थी और उसके पीछे समस्त नगर उमड़ा जा रहा था। खिड़कियों से पौर वधएँ पुष्प और खील-वर्षा कर रही थीं।

भगवान् ने कहा-हे आनन्द, यह स्थान बौद्ध भिक्षुओं का प्रथम विहार होगा। बौद्ध भिक्षु यहाँ रहकर सन्मार्ग का अन्वेषण करेंगे-यही तथागत की इच्छा है।

आनन्द ने सिर झुकाया। भिक्षु-मंडल जय-नाद कर उठा। बुद्ध भगवान् धीरे-धीरे उठकर नगर के राजमार्ग से आते हुए अम्बपालिका की बाड़ी में आकर अपने आसन पर विराजमान हुए। कुछ दूर एक वृक्ष की जड़ में अम्बपालिका स्थिर बैठी थी। भगवान् को स्थित देख वह उठी और धीर भाव से प्रभु के सम्मुख आकर खड़ी हुई। भगवान् ने उसकी ओर देखा। अम्बपालिका ने विनयावनत होकर कहा-

'बुद्धं सरणं गच्छामि
धम्म सरणं गच्छामि
संघ सरणं गच्छामि'

तथागत स्थिर हुए। उन्होंने तत्काल पवित्र जल उसके मस्तक पर सिंचन किया और पवित्र वाक्यों का उपदेश देकर कहा-भिक्षुओं! महासाध्वी अम्बपालिका का स्वागत करो।

फिर जय नाद से दिशाएँ गूंज उठीं और अम्बपालिका तथागत तथा अन्य वृद्ध भिक्षुगण को प्रणाम कर वहाँ से चल दी और फिर वैशाली के पुरुष उसे न देख सके!!

***

सिंह-वाहिनी

संध्या का समय था। एक वृक्ष के झुरमुट में दो व्यक्ति धीरे-धीरे बातें कर रहे थे। एक युवक था। दूसरी युवती।

युवक ने कहा-

"ओह जीवन का मूल्य कितना है, चलो भाग चलें, मैं इस खद्दर को भस्म किये देता हूँ।"

"और देश-प्रेम?"

"भाड़ में जाये।"

"वह वीर-भाव?"

"नष्ट हो।"

"वे बड़े-बड़े व्याख्यान?"

"बकवास थे।"

"तुम्हीं तो वे थे?"

"जब था तब था।"

"अब?"

"अब मैं और तुम। चलो, भाग चलें।"

"आज की सभा में?"

"मैं नहीं जाऊँगा।"

"क्यों?"

"मुझे सूचना मिल चुकी है कि आज मेरी गिरफ्तारी होगी।"

"तब वे हज़ारों भोले-भाले मनुष्य?"

"सब जहन्नुम में जाएँ।"

युवती चुप हुई। युवक ने कहा-

"क्या सोचती हो?"

"कुछ नहीं। कब चलोगे? कहाँ चलोगे?"

"यह फिर सोचेंगे। आज रात की गाड़ी से पश्चिम को कहीं का भी टिकट लेकर चल दो, फिर शान्ति से सोचेंगे।"

"अच्छी बात है-मुझसे क्या कहते हो?"

"रात को 9 बजे तैयार रहना।"

"और कुछ?"

"कुछ नहीं।"

"तब जाओ।"

युवती युवक की प्रतीक्षा किये बिना चली गयी।

:: 2 ::

भीड़ का पार न था। रामनाथ जी का व्याख्यान होगा। साढ़े आठ का समय था-पर नौ बज रहे हैं। कहाँ है वह सबल वाग्धारा का वीर देशभक्त? हज़ारों हृदय उसके लिए उत्सुक हैं। अनेक लाल पगड़ियाँ और पुलिस सुपरिटेन्डेन्ट सुनहरी झब्बे में लौह भूषण छिपाए उसकी प्रतीक्षा में थे।

सभापति ने ऊब कर कहा, "महाशय, खेद है कि आज के वक्ता श्री रामनाथ जी का अभी तक पता नहीं है, अतएव आज की यह सभा विसर्जित की जाती है।"

इसी समय एक ओजस्वी स्त्री-कण्ठ ने कहा, "नहीं।" आकाश चीरकर यह 'नहीं' जनरव पर छा गया। भीड़ में से एक युवती धीरे-धीरे सभा-मंच की ओर अग्रसर हुई। मंच पर आकर उसने कहा, "भाइयो, रामनाथ जी किसी विशेष कार्य में व्यस्त हैं, उसके स्थानापन्न मैं अपने प्राण और शरीर को लिये आयी हूँ। मुझे दुःख है कि मैं उनकी तरह व्याख्यान नहीं दे सकती, मगर मैं अभी इसी क्षण मजिस्ट्रेट की आज्ञा का विरोध करती हूँ। मैं अभी निर्दिष्ट स्थान पर जाती हूँ-आपमें से जिसे चलना हो मेरे साथ चलें। किन्तु जो केवल व्याख्यान सुनने के शौकीन हैं वे कहीं से किराये पर कोई व्याख्याता बुला लें।"

लोग स्तब्ध थे। स्त्री ने क्षण-भर जनसमुदाय को देखा, साड़ी का काछा कसा और चल दी। सारा ही जनसमुदाय उसके पीछे चल खड़ा हुआ। दो घण्टे बाद वह वीर बाला जेल की अंधेरी कोठरी में बन्द थी।

"तुमने यह क्या किया?"

"जो कुछ तुम्हें करना चाहिए था।"

"मुझसे कहा क्यों नहीं?"

"तुम इस योग्य न थे।"

"अब?"

"तुम जाओ, मैं यहीं तुम्हारे स्थान पर हूँ।"

"मैं जाऊँ?"

"तब क्या करोगे?"

"मैं कहूँ?"

"अवश्य।"

"और तुमसे?"

"हाँ मुझसे।"

युवती ज़ोर से हँसी, इस हँसी में अवज्ञा थी। उसने कहा, "तुम्हारे त्याग और वीरता के रूप को ही मैंने प्यार किया था; पर उसके भीतर तुम्हारा वह कायर रूप है, इसकी आशा न थी। जाओ, चले जाओ, हिन्दू स्त्री एक ही पुरुष को जीवन में प्यार करती है। मैंने जो भूल की है-उसका प्रतिशोध मैं करूँगी। जाओ प्यारे, जीवन का बहुत मूल्य है।"

इतना कहकर युवती कोठरी में पीछे को लौट गयी। वार्डर ने युवक को बाहर कर दिया।

:: 3 ::

चार मास बाद युवती ने जेल से लौटकर सुना कि रामनाथ का यश दिग्दिगंत में व्याप्त है। वह इस समय जेल में है। इन चार मासों में उसने वीरता की हद कर दी है। वह किसी तरह न रुक सकी। जेल में मिलने गयी। रामनाथ जेल के अस्पताल में विषम ज्वर में भुन रहा था।

"कैसे हो?"

"ओह तुम आ गयीं, देखो कैसा अच्छा हूँ।"

"मुझे क्षमा करो, मैंने तुम्हारा अपमान किया था!"

"तुमने मेरे मान की रक्षा किस तरह की है, यह कहने की बात नहीं!"

"अब?"

"मैं मरूँगा नहीं, आकर फिर कर्त्तव्य-पालन करूँगा! तब प्रिये, तुम मेरे स्थान पर!"

"पर मैं व्याख्यान नहीं दे सकती।"

“उसकी जरूरत नहीं। तुम्हारे मौन भाषण में वह बल है कि बड़े-बड़े वाग्मियों की मर्यादा की रक्षा हो सकती है।”

“जी कैसा है?”

“अब और कैसा होगा?”

“मैं आशा करती हूँ, शीघ्र अच्छे हो जाओगे!”

“और बाहर आकर, अपनी सिंह-वाहिनी को युद्ध करते, अपनी आँखों से देखूँगा!”

“मुझे क्या आज्ञा है?”

“यही कि जब-जब मैं कायर बनूँ, अपना प्यार और हृदय देकर मुझे वीर बनाये रखना!”

***

जीमूतवाहन

प्राचीन काल में मनुष्यों से ऊपर और देवों से नीचे कुछ जातियाँ थीं, जो साधारणत: देव-योनि में ही मानी जाती थीं। उनमें यक्ष, गन्धर्व, अप्सरा, किन्नर, विद्याधर, सिद्ध आदि जातियाँ परिगणित थीं। विद्याधरों के राजा जीमूतकेतु थे। जब वे बहुत वृद्ध हो गये, तो अपने पुत्र जीमूतवाहन को राज्य दे, वन में जाकर तप करने लगे। परन्तु जीमूतवाहन बड़े पितृभक्त और धर्मात्मा थे। पिता के बिना राज्य उन्हें न रुचा, और सिद्ध मन्त्रियों को राज्य-भार सौंप, वे भी तपोवन में माता-पिता की सेवा में आकर रहने लगे।

वहाँ समय पाकर उनके मित्र आत्रेय ने एक दिन कहा, "मित्र, राज्य छोड़कर, बहुत दिनों तक वन में रहकर तुमने माता-पिता की सेवा की, अब चलकर अपना राजपाट सम्भालो!"

परन्तु जीमूतवाहन ने बहुत समझाने-बुझाने पर भी पिता की सेवा नहीं छोड़ी। आत्रेय ने यह भी भय दिखाया कि तुम्हारा परम शत्रु मातंग तुम्हारे राज्य पर दाँत रखता है, वह अवश्य घात करेगा! इस पर जीमूतवाहन ने कहा, "मातंग यदि मेरा राज्य चाहता है तो वह मैं उसे दे दूंगा। परोपकार के लिए मैं शरीर भी दे सकता हूँ!"

कालान्तर में जीमूतकेतु ने पुत्र से कहा, "पत्र, बहुत दिनों तक उपयोग में आने के कारण समिधा, कुश, पुष्प आदि का यहाँ अभाव हो गया है; इसलिए तुम मलय पर्वत पर जाकर रहने योग्य कोई उत्तम स्थान देखो।"

आत्रेय को साथ लेकर जीमूतवाहन मलय पर्वत पर गया। मलय पर्वत पर चन्दन का सघन वन था। कहीं स्वच्छ-सुशीतल झरने कल-कल शब्द करते बह रहे थे। कहीं पानी की धारा पत्थरों से टकराकर और चूर-चूर होकर जलकण छिटका रही थी। मधुर मलय पवन चन्दन की मीठी सुगन्ध लिये झरने के जल से शीतल हो बह रहा था। जीमूतवाहन को वह स्थल बहुत भाया। वह अपने मित्र से बात करने लगा-इसी समय उसे सामने कोई आश्रम नज़र आया, जहाँ से हवन का धुंआ निकल रहा था। जीमूतवाहन ने कहा, "वह देखो, कोई आश्रम प्रतीत होता है। वस्त्र बनाने के लिया यहाँ के वृक्षों की छाल सावधानी से उखाड़ी गयी है। उस निर्मल झरने की धार के नीचे पुराने कमण्डलु दिखाई दे रहे हैं। इधर-उधर बटुकों की टूटी हुई मुंज-मेखलाएँ पड़ी हैं। वृक्षों की ऊँची शाखाओं पर मोर और तोते सामगान-सा कर रहे हैं। चलों देखें।"

दोनों आगे बढ़े। जीमूतवाहन ने कहा, "अहा, वह देखो मित्र, मुनि लोग बालकों के आगे वेद की व्याख्या कर रहे हैं। उधर कुछ बालक समिधा बटोर रहे हैं। कुछ बालिकाएँ पौधों को सींच रही हैं। पास ही कहीं से वीणा के साथ संगीत की भी ध्वनि आ रही है।"

आत्रेय ने कहा, "मित्र, वीणा बजाकर कौन गा रहा है!"

जीमूतवाहन ने कहा, "सम्मुख एक देवालय है-वहाँ सम्भव है कोई देवांगना हो!" दोनों देवालय की ओर बढ़ चले।

मलयगिरि पर सिद्धों का निवास था। वहीं कुलपति विश्वमित्र का आश्रम और गौरी का एक मन्दिर था। सिद्धराज की कन्या मलयवती उत्तम पति प्राप्त करने की इच्छा से गौरी के मन्दिर के आँगन में वीणा पर देवी की स्तुति गा रही थी। जीमूतवाहन अपने मित्र आत्रेय के साथ मन्दिर के पास आये, तो देखा कि देवालय में प्रदीप जलाकर एक अनुपम सुन्दरी देवकन्या वीणा बजाकर गा रही है। दोनों छिपकर सुनने लगे।

गाना समाप्त करके मलयवती ने सखी से कहा, "सखी, आज स्वप्न में भगवती गौरी ने मुझे वर दिया कि विद्याधरों का चक्रवर्ती राजा शीघ्र तुम्हारा पाणिग्रहण करेगा!"

यह सुनकर आत्रेय ने जीमूतवाहन को वहाँ ले जाकर खड़ा कर दिया और कहा, "देवी, भगवती गौरी ने यही वर तुम्हें दिया है!"

मलयवती ने प्रेम और लज्जा से जीमूतवाहन को देखा और अनमनी होकर वहाँ से चलने लगी। पर उसकी सखी चतुरिका ने कहा, "यह एक भद्र अतिथि है। हमें इसका सत्कार करना चाहिए।" उसने जीमूतवाहन और उसके मित्र का सत्कार कर बैठने को कहा।

सिद्धराज विश्वावसु की इच्छा थी कि वे विद्याधर-कुमार जीमूतवाहन को ही कन्यादान करें। इसलिए जीमूतवाहन का वहाँ आना सुन उन्होंने अपने पुत्र मित्रावसु को उनकी खोज में भेजा था। इधर दोपहर के स्नान का समय हो चुका था। विश्वावसु ने एक तपस्वी मलयवती को बुलाने भेजा था। उसने मलयवती के पास जीमूतवाहन को बैठे देखा। पिता की आज्ञा सुन मलयवती मन्दिर से चली गयी।

मलयवती जीमूतवाहन के प्रेम में व्याकुल हो गयी और चंदनलतागृह में आकर अपनी सखी से अपने मन का सन्ताप कहने लगी। इसी समय जीमतवाहन ने अपने माता-पिता के लिए गौरी-मन्दिर के निकट आश्रम बना लिया और वे माता-पिता के साथ वहीं आकर रहने लगे। इधर सिद्धराज के पुत्र मित्रावसु ने जीमूतवाहन से मलयवती के पाणिग्रहण की प्रार्थना की। अन्त में माता-पिता की आज्ञा ले जीमूतवाहन का विवाह मलयवती से हो गया।

विवाह के दूसरे ही दिन मित्रावसु ने सूचना दी कि तुम्हारे शत्रु मातंग ने तुम्हारे राज्य पर आक्रमण कर उसे हस्तगत कर लिया है। परन्तु तुम्हें कष्ट करने की आवश्यकता नहीं, मैं अभी सिद्धगण के साथ आकाशगामी विमानों पर चढ़कर जाता हूँ और मातंग को मारकर तुम्हारे राज्य का उद्धार करता हूँ।

परन्तु जीमूतवाहन ने उन्हें यह कहकर रोक दिया कि "मैं राज्य के लिए रक्तपात नहीं चाहता, न मातंग से शत्रुता रखता हूँ। वह राज्य का अभिलाषी है, तो राज्यभोग करे। पर-पीड़न मुझसे न होगा।"

जीमूतवाहून मलयवती को लेकर अपने पिता के आश्रम में आ रहे। मलय पर्वत की तलहटी में समुद्र था। एक दिन वहाँ मित्रावसु के साथ जीमूतवाहन टहलने गये तो बातों ही बातों में कहने लगे, "मित्र, यहाँ सिद्धाश्रम में सब सुख तो हैं, परन्तु पृथ्वी पर रहने वाला कोई दु:खी जन नहीं, जिसकी मैं सेवा कर सकूँ।"

बातें करते-करते वे पहाड़ पर चढ़ने लगे। कुछ दूरी पर पहाड़ जैसी सफेद वस्तु देखकर जीमूतवाहन ने कहा, "मित्र, यह क्या है?"

मित्रावसु ने कहा, "यह नागों की हड्डियाँ हैं। यहाँ गरुड़ आकर नित्य एक नाग को खाता है-इसी से उनकी हड्डियों का इतना ढेर एकत्र हो गया है। गरुड़ खाता तो एक ही नाग को था, पर उसके लिए समुद्र में इतनी उथल-पुथल मचती थी कि बहुतेरे नाग मर जाते! इससे नागराज वासुकी को आशंका हो गयी कि ऐसे तो शीघ्र ही नाग-कुल का विनाश हो जाएगा। अब उन्होंने यह व्यवस्था कर दी है कि प्रतिदिन एक नाग ठीक समय पर उसके भोजन को भेज देते हैं। यह गरुड़ द्वारा खाये हुए उन्हीं नागों की हड्डियों का ढेर है!"

जीमूतवाहन यह समाचार सुनकर बहुत दु:खी हुआ और मित्रावसु के चले जाने पर भी वह वहीं बैठकर नागों के दु:ख की चिन्ता करने लगा। इसी समय किसी स्त्री के रोने का शब्द उसने सुना। वह कह रही थी, "शंखचूड़, आज तुम्हारी बारी है। अपनी आँखों से तुम्हारा वध मैं कैसे देखूँगी!"

जीमूतवाहन ने निकट जाकर देखा, एक नाग आगे-आगे चल रहा है। उसके पीछे उसकी वृद्धा माता विलाप करती जा रही है। एक दास दो लाल वस्त्र लिये साथ चल रहा है और कह रहा है, "शंखचूड़! लो वध का चिह्न यह लाल वस्त्र ओढ़ लो और इस चट्टान पर बैठकर गरुड़ की प्रतीक्षा करो! परन्तु तुम्हारी माता तो पुत्र-शोक से अधीर हो रही है।"

दास वह वस्त्र उसे देकर चला गया। गरुड़ के आने का समय हो गया था। शंखचूड़ की माता पछाड़ खाने और रोने लगी। जीमूतवाहन का हृदय करुणा से भर गया। उसने आगे बढ़कर कहा, "माता, शोक मत करो! मैं तुम्हारे पुत्र के बदले अपना शरीर अर्पण करूँगा। लाओ, यह लाल वस्त्र मुझे दे दो!"

परन्तु शंखचूड़ और उसकी माता इस बात पर राजी नहीं हुए और वे जीमूतवाहन को धन्यवाद दे देव-प्रणाम करने मन्दिर में चले। इसी बीच मलयवती की माता ने कंचुकी के द्वारा जीमूतवाहन के लिए एक जोड़ा लाल मांगलिक वस्त्र भेजा था। कंचुकी यह सुनकर कि जीमूतवाहन समुद्र तट पर घूमने गये हैं, यहीं वह वस्त्र लेकर आ गया। वस्त्र लेकर जीमूतवाहन ने कंचुकी को विदा किया और वस्त्र अपनी देह पर लपेटकर उस शिला पर जा बैठा। इसी

समय बिजली की भाँति उतरकर गरुड़ ने जीमूतवाहन को पंजे में उठा लिया और मलय पर्वत की ऊँची चोटी पर ले जाकर उसे खाना आरम्भ किया।

उधर विश्वावसु के प्रतिहार जीमूतवाहन को ढूंढ़ते इधर आ पहुँचे। उन्हें चिन्ता हई कि वह समुद्र-तट से अभी तक क्यों नहीं लौटे। अमंगल की आशंका से वृद्ध माता-पिता का हृदय काँप उठा। इसी समय रक्त और माँस से लिपटी जीमूतवाहन की चूड़ामणि वहाँ गिरी। उसे देख जीमूतवाहन की माता रोने लगी; पर प्रतिहार ने कहा, "यह गरुड़ के भोजन का समय है! जान पड़ता है जो नाग आज उनके भोजन के निमित्त गया है, यह उसके सिर की मणि है।"

शंखचूड़ जब उस शिला के निकट आया तब तक तो गरुड़ जीमूतवाहन को लेकर मलय की ऊँची चोटी पर जा पहुंचा था। शंखचूड़ रोता हुआ उधर आ पहुँचा और उसने कहा, "जीमूतवाहन ने मेरे बदले गरुड़ को अपना शरीर दे दिया।" यह सुनकर सब लोग हाहाकार करने लगे और रोते-कलपते मलय-शिखर की ओर दौड़ चले, जहाँ गरुड़ जीमूतवाहन को खा रहा था।

गरुड़ जीमूतवाहन के आधे शरीर को खा चुका था। जीमूतवाहन कह रहा था, "गरुड़! खाओ और खाओ! तृप्त होकर भोजन करो! अभी मेरे शरीर में माँस है। तुम भूखे हो!"

गरुड़ को यह देखकर बड़ा आश्चर्य हुआ। वे सोचने लगे, "ऐसा तो कभी नहीं हुआ, जबकि मैंने इतने नाग खाये। न यह रोता-चीखता है, न दर्द से तड़पता है। उल्टे आनन्दित हो रहा है।"

उन्होंने कहा, "महात्मा, तू कौन है? तेरे जैसा धैर्यवान पुरुष मैंने नहीं देखा।"

इसी समय दौड़ते हुए आकर शंखचूड़ ने कहा, "ये नाग नहीं हैं। नाग मैं हूँ। इन्हें छोड़ दो। सर्वनाश हो गया। मुझे खाओ गरुड़! यह तो विद्याधर जीमूतवाहन हैं।"

जीमूतवाहन ने कातर होकर कहा, "तुम क्यों आये शंखचूड़ ? क्यों मेरी इच्छापूर्ति में बाधा दी?"

गरुड़ ने शंखचूड़ की बात सुनकर कहा, "यह तो बड़ा अनर्थ हो गया! क्या विद्याधर जीमूतवाहन ने विपत्ति में पड़े नाग की रक्षा के लिए अपना शरीर दान कर दिया है?"

इसी समय जीमूतवाहन के माता-पिता गिरते-पड़ते आ पहुंचे। उन्हें देखकर जीमूतवाहन ने कहा, "शंखचूड़, मेरा शरीर अपने दुपट्टे से ढक दो, क्योंकि माता-पिता देखेंगे तो प्राण त्याग देंगे।"

जीमूतवाहन के माता-पिता मलयवती के साथ वहीं पहुँचकर विलाप करने लगे। पर जीमूतवाहन को जीवित देखकर उन्हें कुछ धैर्य हुआ। गरुड़ ने कहा, "इस महात्मा का त्याग

तो महान है! मैंने आज से जीव-हिंसा त्याग दी।" परन्तु इसी समय गरुड़ का वचन सुन, जीमूतवाहन के मुँह पर मुस्कान आयी और प्राण निकल गये।

सब लोग विलाप करने लगे। इस पर गरुड़ ने कहा, "मैं स्वर्ग से अमृत लाकर जीमूतवाहन तथा अन्य सब नागों को अभी जीवित करता हूँ।" यह कहकर वे आकाश में उड़ गये।

इधर सब लोग मृत जीमूतवाहन के मृत शरीर के दाह का प्रबन्ध करने लगे। मलयवती ने आकाश की ओर मुँह करके रोते हुए कहा, "देवी गौरी तुमने तो वर दिया था कि विद्याधर चक्रवर्ती राजा मेरे पति होंगे! यह क्या हुआ?"

इसी समय गरुड़ ने आकाश से अमृत की वर्षा कर दी। जीमूतवाहन फिर ज्यों-के-त्यों होकर उठ बैठा। सब नाग भी जीवित हो, जीभ से अमृत चाटते हुए पहाड़ी से उतरने लगे।

देवी ने जीमूतवाहन को विद्याधर चक्रवर्ती का पद प्रदान किया।

***

हथिनी पेट में है

जयपुर की गद्दी पर प्रसिद्ध महाराज जय सिंह विराजमान थे। महाराज की प्रतिभा, विद्या, शौर्य और उदारता दूर-दूर तक प्रसिद्ध थी। परन्तु यह वह समय था, जब राजाओं के अधिकार अपरिमित हुआ करते थे। उनकी आज्ञा ही कानून थी। उस समय तक राजपूती जीवन की अकड़ और बांकापन बिलकुल ही नष्ट हो गया था। राजा लोग निरंकुश शासन करते, तनिक-सी बात पर तन जाते, और बात ही बात में खून की नदी बह जाया करती थी। राज्य के ठिकानेदार प्राय: भाई-बन्धु, सम्बन्धी या माफीदार होते थे। ये समय पड़ने पर प्राण और सर्वस्व देकर भी राज्य और राजा की रक्षा करते थे। इनकी सेवाओं के आधार पर राज्य में इनका मान और रुतबा होता था। ये सच्चे मन से जहाँ राज्य के लिए आत्माहुति करते थे, वहाँ अपने स्वातंत्र्य, अधिकार और आत्मसम्मान का भी बड़ा ख्याल रखते थे। राजा यदि कभी निरंकुशता का व्यवहार इनके साथ करता तो ये कभी न झुकते, चाहे ठिकाना मिट्टी में मिल जाता!

:: 2 ::

जयपुर में थलोट नाम का एक छोटा-सा ठिकाना है। इसकी वार्षिक आय लगभग अस्सी हज़ार है। उस समय के ठाकुर का नाम था गोकुलनाथ सिंह।

दीपावली का उत्सव था और महाराज को खास तौर से उत्सव में सम्मिलित होने को बुलाया गया था। महाराज अपने पूरे लवाजमे सहित ठिकाने में पधारने वाले थे। महाराज के पधारने से उत्सव की शोभा द्विगुण हो गयी थी। अन्य सरदार भी उत्सव में आये थे। हाथी, घोड़ा, रथ, पालकी की भरमार थी। शराब के दौर चल रहे थे। वेश्याएँ नृत्य कर रही थीं। दूर-दूर से नटनियाँ अपना-अपना करतब दिखाने आयी थीं। बड़े-बड़े फिकैत और पहलवान भी अपनी करतब दिखाने आये थे। महाराज की सवारी आने का समाचार सुनकर ठाकुर साहब उनकी अगवानी को चले। चार कोस उधर ही महाराज की अगवानी की गयी।

ठिकाने की दो चीजें राज्य-भर में प्रसिद्ध थीं-एक तो हथिनी थी, जिसका नाम भीमा था और दूसरी एक वेश्या, जिसका नाम राजकुंवरि था। दोनों चीज़ों की बहुत प्रशंसा थी और महाराज स्वयं उन्हें देखने को उत्सुक थे। हथिनी में करामात यह थी कि उसके दाँतों पर चौकी रखकर राजकुंवरि नाचा करती थी।

वही हथिनी और राजकुंवरि अपने पूरे श्रृंगार के साथ ठाकुर साहब के साथ इस समय भी महाराज की अगवानी के लिए हाजिर थी। महाराज ने एक बार एक सुनहरी झूल और

चित्र-विचित्र रंगों से सज्जित हथिनी की ओर देखकर मुस्कराकर कहा, "ठाकरां, यही वह तुम्हारी करामाती हथिनी है? और वह पतुरिया कहाँ है?"

ठाकुर ने विनम्र स्वर में तनिक हँसकर कहा, "अन्नदाता, यह हथिनी श्रीमानों की सेवा में उपस्थित है और राजकुंवरि भी दरबार की सेवा में यहीं है!" इसके बाद ठाकुर का इशारा पाकर राजकुंवरि सिर से पैर तक जड़ाऊ पेशवाज पहने महाराज के सामने बिजली-सी आ खड़ी हई। उसने एक बार धरती तक झुककर महाराज का मुजरा किया और फिर हाथ बान्धकर खड़ी हो गयी।

उस रूप, यौवन और चन्चलता के त्रिकुटे की ओर महाराज देर तक देखते रहे, और फिर एकाएक हँस दिये। ठाकुर ने कहा, "अन्नदाता, हुक्म हो, तो राजकुंवरि एक चीज़ सुनावे!"

महाराज ने कहा, "हाथी के दाँत पर ही इसे नाचना होगा!" उसी समय चन्दन की एक जड़ाऊ चौकी हथिनी के दाँतों पर लाकर रखी गयी और राजकुंवरि उछलकर उस पर चढ़ गयी। साजिन्दे साफे बाँधकर खड़े हुए। राजकुंवरि ने ठुमकी ली, और एक तान फेंकी। लोगों में सन्नाटा छा गया। कुछ समय को वह समाँ बँधा कि सकते का आलम हो गया। जब संगीत-ध्वनि रुकी और राजकुंवरि ने छम से कूदकर महाराज को मुजरा किया, तो महाराज को एकाएक होश आया। उन्होंने गले से मोतियों की माला उतारकर हँसते-हँसते उसके ऊपर फेंक दी। राजकुंवरि ने फिर एक बार महाराज को मुजरा किया और उछलकर चौकी पर चढ़ गयी। ठाकुर ने महाराज को हथिनी पर सवार होने का संकेत किया। महाराज हथिनी पर सवार हुए। सवारी आगे बढ़ी और राजकुंवरि हथिनी के दाँतों पर रखी छोटी-सी चौकी पर अपनी कलाओं का विस्तार करती हुई चली। महाराज हथिनी और राजकुंवरि दोनों पर मुग्ध हो गये। उन्होंने उनकी उनकी भूरि-भूरि प्रशंसा की। उत्सव के बाद महाराज वापस पधारे।

:: 3 ::

जयपुर पहुँचकर महाराज ने ठाकुर को लिखा कि हथिनी और राजकुंवरि को राज्य में भेज दो, हम उन्हें रखेंगे!

ठाकुर ने जवाब में लिखा, "हथिनी पेट में है, मिलना कठिन है; और जूठी पातुर महाराज के योग्य नहीं!"

महाराज उत्तर पढ़कर आग हो गये। उन्होंने मूंछों पर ताव देकर जवाब लिखाया, "अच्छी बात है, बहुत जल्दी पेट चीरकर हथिनी निकाल ली जाएगी!" इसके बाद महाराज ने ठाकुर पर तत्काल ही सेना भेज दी।

ठाकुर विवश, किले पर चले गये, और अष्टभुजी देवी की प्रार्थना करके युद्ध को सन्नद्ध हुए। उस समय उन्होंने अपने वृद्ध कामदार वीजावर्गी महाजन बाबा जी को बुलाकर कहा, “बाबा जी, लाल कुंवर जी की तुम्हें लाज है।” वृद्ध काम दार ने ठाकुर का मुजरा किया और कुंवर की रक्षा का वचन दिया।

उस छोटी-सी सेना में घनघोर युद्ध हुआ, और ठाकुर युद्ध में काम आये; तब बाबा जी को ठकुरानी ने बुलाकर कहाँ, “बाबा, ठाकरां को आपने अन्तिम समय जो वचन दिया था, उसकी याद कीजिए और लाल की मातमी कराइए!”

मातमी का अर्थ यह है कि मृत ठाकुर के पुत्र के लिए राज्य से पगड़ी आये और बाँधी जाए। जब तक यह क्रिया नहीं होती, पुत्र ठिकाने का अधिकारी नहीं समझा जाता।

बाबा साहब ने वचन दिया और चले गये।

:: 4 ::

बाबा जी जयपुर आये। राजकुंवरि से मिले और कहा, “बाई, हमने और तुमने दोनों ही ने ठिकाने का नमक खाया है। ठाकुर तो बात पर जूझ मरे, अब लाल जी का बन्दोबस्त होना चाहिए। उनकी मातमी होनी चाहिए!”

दोनों ने परामर्श किया। बाबा जी बड़े भारी तबलची थे। राजकुंवरि ने हँसकर कहा, “बाबा जी, लाल जी की मातमी तो हो जाएगी, पर आपको तबलची बनना पड़ेगा।”

बाबा जी ने अपनी सफेद दाढ़ी पर हाथ फेरा और हँसकर कहा, “राजकुंवरि, वह भी मैं बनूँगा!”

महाराज की वर्षगांठ थी। राजकुंवरि सोलहों श्रृंगार किये उपस्थित थी। पर गाने का रंग ही न जमता था। महाराज मदिरा में लाल हो रहे थे। उन्होंने कहा, “राज, क्या बात है? उड़ी ही जाती हो, रंग क्यों नहीं जमता?”

राजकुंवरि ने कहा, “अन्नदाता, कसूर माफ! बिना अच्छा तबलची मिले, गाने का कभी रंग नहीं जमता। थलोट का-सा तबलची यहाँ कहाँ?”

महाराज ने कहा, “तब उसे बुलाया जाए।”

राजकुंवरि ने कहा, “पर अन्नदाता, ठाकुर उसे सदैव मुँह माँगा इनाम देते थे। बिना महाराज से ऐसा इनाम पाये, वह न आवेगा!”

महाराज ने कहा, “उसे यहाँ भी मुँह माँगा इनाम मिलेगा। बुलाया जाए।”

बाबा जी तबला लेकर बैठे। कुछ ही देर में वह समाँ बँधा कि लोग झूम गये। बाबा जी और राजकुंवरि ने अपनी कलाओं को खत्म कर दिया था।

महाराज ने प्रसन्न होकर कहा, "माँग, क्या माँगता है?"

बाबा जी ने हाथ जोड़कर कहा, "अन्नदाता, थलोट के लाल जी की मातमी कराई जाए।" महाराज का मुँह लाल हो गया।

बाबा जी ने आगे बढ़कर कहा, "महाराज, मैं तबलची नहीं हूँ। दरबार को खुश करने और लाल जी की मातमी के लिए ही मैंने यह काम भी किया। ठाकुर बात के धनी थे, बात पर उन्होंने जान दी, अब आप लाल जी को क्षमा प्रदान करें।" राजकुंवरि ने भी महाराज से बहुत-बहुत अनुरोध किया। महाराज प्रसन्न हुए, और मातमी का हुक्म दिया। लाल जी धूमधाम से ठिकाने के स्वामी हुए।

:: 5 ::

नवयुवक ठाकुर पर यौवन और अधिकार का मद सवार हुआ। लफंगों और खुशामदियों ने उसकी कच्ची बुद्धि को मनमाने ढंग पर लगाया। वृद्ध काम दार की शिक्षाएँ उन्हें अब विष के समान प्रतीत होने लगीं। वह उनसे विरक्त और विपरीत आचरण करने लगे। धीरे-धीरे बाबा जी का ड्योढ़ियों में आना-जाना भी बहुत कम हो गया। बाबा जी घर पर ही कचहरी किया करते थे। अन्त में लोगों ने ठाकुर के ऐसे कान भरे कि युवक ठाकुर ने बाबा जी को मरवा देने का संकल्प कर लिया और हुक्म भी दे दिया।

जब बाबा जी के पास ड्योढ़ियों से बुलावा पहुँचा, तो वह सब कुछ समझ गये। उन्होंने परिजनों के सब लोगों को बुलाया। उनसे मिले। बहुतों को कुछ दिया भी। इसके बाद पीले वस्त्र पहने और मिठाई खाकर किले की ओर चले। घर के लोग कुछ भी भेद न जानते थे, वे कुछ भी न समझ सके।

किले में आकर सुना कि लाल जी झरोखे में हैं। बाबा जी ने वहीं पहुंचकर ठाकुर को मुजरा किया और कहा, "क्या हुक्म है?"

नवयुवक ठाकुर अवाक् रह गये। कुछ देर वह नीची दृष्टि किये बैठे रहे। उनके मुँह से बोली न निकली, न वह बाबा जी की ओर देख ही सके। यह देखकर बाबा जी हँस दिये।

लाल जी खड़े हो गये। उन्होंने धीमे स्वर में कहा, "मैंने आपको मारने की आज्ञा दी है, जो इच्छा हो, कहिये।"

बाबा जी ने कहा, “ठिकाने का पूरा-पूरा ख्याल रखना, मेरे सब कागजात ठीक-ठाक हैं, उन्हें सम्भाल लेना।”

लाल जी की आँखों में आँसू भर आये। उन्होंने कहा, “यह झरोखा तो आप देखते ही हैं।” वह रोने लगे।

बाबा साहब ने एक क्षण आकाश की ओर देखा और झरोखे से कूद गये।

बिजली के समान यह समाचार ठिकाने में फैल गया। झुण्ड के झुण्ड लोग इस वीर एवं साहसी वृद्ध के अन्तिम दर्शन को आये। घटना आकस्मिक कहकर प्रसिद्ध की गयी, पर असली भेद छिपा नहीं रहा।

धूमधाम से अर्थी उठायी गयी और लाल जी भी नंगे पैर श्मशान तक गये। राज्य में इस घटना का समाचार पहुँचा, और नवयुवक ठाकुर शीघ्र ही गद्दी से च्युत कर दिये गये। आज भी थलोट के वृद्ध पुरुष इस पवित्र त्यागी राज सेवक के साहस की वीरता की गाथा गाते हैं।

***

कहानी खत्म हो गई

एक असहाय विधवा के पतन की दर्दनाक कथा, जिसे नीचे धकेलने में समाज ने चेष्टा की परन्तु पाप और अपराध की गठरी उसी के सिर बँधी।

चाय आने में देर हो रही थी। और मेरा मिज़ाज गर्म होता जा रहा था। आप तो जानते ही हैं, मैं इंतजार का आदी नहीं। फिर चाय का इंतजार।

मेजर वर्मा ने यह बात भाँप ली, उन्होंने एक हिट दिया। बोले-चौधरी, उस औरत का फिर क्या हुआ?

क्षणभर के लिए चाय पर से मेरा ध्यान हट गया, एक सिहरन-सी सारे शरीर में दौड़ गई, जैसे बिजली का तार छू गया हो। मैंने चौंक कर मेजर की ओर देखा। पर जवाब देते न बना, बात मुँह से न फूटी। अजीब बेचैनी मैं महसूस करने लगा।

लेकिन मेजर वर्मा जैसे अपने प्रश्न का उत्तर लेने पर तुले हुए थे। वे एकटक मेरी ओर देख रहे थे। प्रश्न का मेरे ऊपर जो असर हुआ था, उसे मित्र-मंडली ने भी भाँप लिया। वे लोग अपनी गपशप में लगे थे, पर विंग कमांडर भारद्वाज ने हँसकर कहा-कौन औरत भई, उसमें हमारा भी शेअर है।

भारद्वाज की हँसी में न मैंने साथ दिया न मेजर वर्मा ने। वर्मा की उत्सुकता उनकी आँखों से प्रकट हो रही थी। मैं उनकी आँखों से आँख न मिला सका। आप ही मेरी आँखें नीचे को झुक गईं। मैंने धीरे से कहा-मर गई।

मेजर को छाती में जैसे किसी ने घूँसा मारा। उन्होंने एकदम कुर्सी से उछलकर कहा-अरे, कब?

“कल सुबह”-मैंने धीरे-से कहा।

मित्र-मंडली की गपशप एकदम बन्द हो गई। वे सब मेरी ओर देखने लगे। वातावरण एकदम गम्भीर हो गया। मेरे चेहरे पर जो वेदना की रेखाएँ उभर आई थीं, उन्होंने सभी को अभिभूत कर दिया। सबसे अधिक फ़ील किया मिसेज शुक्ला ने। उन्होंने मेरी ओर खिसककर अपने नंगे कन्धे मेरे कन्धों से छुआ दिए, फिर धीरे-से पूछा-कौन थी?

“थी एक,” एक गहरी साँस लेकर मैंने कहा।

"क्या बीमार थी?"

"बीमार कोई और था, लेकिन मर गई वह।" मेरा जवाब असाधारण था, और मैं एकाएक उत्तेजित और असंयत हो उठा था। मेजर भी जैसे मेरे जवाब से जड़ बन गए थे। इसी से इस औरत के सम्बन्ध में सभी की जिज्ञासा जाग गई।

वेटर कब चाय रख गया, इसका ज्ञान भी हममें से किसी को नहीं हुआ। भारद्वाज ने कहा-यह तो बहुत ही सीरियस केस मालूम पड़ता है।

मेजर वर्मा ने बीच ही में बात पकड़ ली। उन्होंने कहा-सीरियस होने में क्या शक है। लेकिन हुआ क्या?

"क्या पूरा ही किस्सा सुना दूँ?" मैंने कुछ दर्द भरे स्वर में कहा। मेरे कहने का ढंग शायद कुछ प्रभावशाली था। सभी मेरे मुँह की ओर देखने लगे। भारद्वाज ने कहा-जरूर-जरूर। पूरा की किस्सा सुनाइए।

मिसेज शर्मा ने चा' का प्याला तैयार किया, मेरी ओर बढ़ाया, कहा-लीजिए, एक सिप लीजिए।

मैंने दो सिप लिए और प्याला एक ओर टेबुल पर रख दिया। फिर मैंने कहा-आप लोग समझते होंगे, ज्यादातर ट्रेजेडी शहरों में होती है, क्योंकि वहाँ संघर्ष है, दिमाग है, कानून है, रुपया है, शान है।

सब चुपचाप सुनते रहे। मैं आगे क्या कहना चाहता हूँ, इसी पर सब का ध्यान केन्द्रित था। मैंने कहा-लेकिन हमारे देहातों में भी कभी ऐसी ट्रेजेडी हो जाती है जो मनुष्यता और सभ्यता को एक करारा चैलेंज देती है। वहाँ रुपया नहीं है, दिमाग नहीं है, कानून नहीं है, शान नहीं है, केवल दिल है।

कमांडर भारद्वाज उछल पड़े। ज़ोर-ज़ोर से बोले-अरे यार, तो यह कोई दिलवाला मामला है। तब मैं जरूर सुनूँगा। उन्होंने सिगरेट का एक गहरा कश लिया। भारद्वाज का यह गुंडा जैसा टोन मुझे पसन्द न आया। वास्तव में मेरा मूड कुछ दूसरा ही था-मैंने एक व्यंग्यबाण छोड़ा, कहा-क्यों नहीं, आप दिल फेंक जो ठहरे। पर यह कहानी दिल वालों की है।

भारद्वाज उतर गए। पर झेंप की हँसी हँसते हुए बोले-सुनाओ यार, यहाँ दिलवाले भी बैठे हैं।

और एक सिप चा' का लिया। फिर मेजर वर्मा की ओर मुखातिब होकर कहा-आपने तो उसे पुलिस की हिरासत में ही देखा था न?

मेजर ने कहा-जी हाँ, ओह, उस दिल हिला देने वाले वाकए को तो मैं जिंदगी भर भूल नहीं सकता। खासकर वह घटना जब पुलिस के अफ़सर ने तरबूज की मिसाल देकर वह झोला मेरे सामने उलट दिया था। तोबा-तोबा।।

मिसेज़ शर्मा एकदम बौखला उठीं, बोलीं-अजी, पहेली न बुझाइए, किस्सा सुनाइए। हुआ क्या ?

मेजर की आँखें भय से फटी-फटी हो रही थीं। जैसे अभी-भी वे इस झोले से बाहर हुई चीज़ को देख रहे थे। मैंने उन्हीं को लक्ष्य कर कहा-उस वक्त तक भी पूरा किस्सा मुझे मालूम न था, सारी बातें तो पीछे मुझे मालूम हुईं। पर तब तो वह मर ही चुकी थी। अपने पर शर्मिंदा होने और अफ़सोस करने के अलावा हम कर ही क्या सकते थे ?

बहुत देर तक मेरे मुँह से बात न फूटी। कितनी ही बातें-कल्पना और सत्य की-मेरे मानस-नेत्रों में नाच उठीं, सच पूछिए, तो मैं अभी तक उस घटना से मर्माहत न था, अभी-एक दिन पहले ही की घटना थी। घाव ताजा था। इस क्षण उसकी वे आँखें, आँखों की वह वेदना, निराशा और सारी ही मानव-सभ्यता को धिक्कार करने का सन्देश, जो मृत्यु के समय उसके निस्पन्द होंठ दे रहे थे, मेरे नेत्रों में आ खड़े हुए। मेरा कंठ रुक गया।

मिसेज़ शर्मा बहुत विचलित हो गईं। उन्होंने कहा-जाने दीजिए, यदि आपको वह किस्सा सुनाने में तकलीफ हो रही है तो मत कहिए। आप चा' लीजिए। उन्होंने एक ताजा प्याला तैयार कर मेरे आगे बढ़ाया। उनकी उँगलियाँ काँप रही थीं और उद्वेग तथा भावावेश से उनका हृदय आंदोलित हो रहा है, यह स्पष्ट दीख पड़ता था।

प्याले की ओर मैंने आँख उठाकर भी न देखा और मैंने किस्सा कहना शुरू किया-

वह हमारे ही गाँव की लड़की थी। उसका बाप हमारी जमींदारी में सर्वहारा था। बूढ़ा और भला आदमी था। हमारा ग्रामीण जीवन शहर के जीवन से सर्वथा भिन्न होता है। आप कदाचित् उसकी कल्पना भी नहीं कर सकते। गाँव में हम सब छोटे-बड़े, ऊँच-नीच एक पारिवारिक भावना से रहते हैं। न जाने कब से-सम्भवत: आदियुग की यह परिवार-भावना हमारे गाँवों में अब तक चली आ रही है। सुनते हैं कि प्राचीन काल में, जब नगर नहीं थे, सभ्यता नहीं थी, जीवन अपने ही में केंद्रित था और मनुष्य जीवन-संघर्ष को सबसे बड़ा मानता था। आदर्शों की, सभ्यता की, धर्म-मर्यादा की तब तक उत्पत्ति भी न हुई थी, तभी से मनुष्य ने ग्राम-संस्था स्थापित की। सामाजिक जीवन का वह प्रथम अध्याय था। उसी से मनुष्य ने सामूहिक हितों का सर्जन करके समाज-संस्था की नींव डाली। 'ग्राम' का अर्थ था-समूह। कुछ लोग एकत्र होकर जहाँ बसते वह ग्राम कहाता था। आवश्यक नहीं था कि यह ग्राम वास स्थायी हो। वह तो चल ग्राम था। ग्राम का अर्थ स्थान सूचक न था; समूह सूचक था; अत: उस काल मनुष्यों

के ग्राम जीवन-यापन के संघर्ष से प्रताड़ित घूमा करते थे-यहाँ-से-वहाँ, वहाँ-से-यहाँ। परिस्थितियों ने उनमें सामूहिक हितों की सृष्टि कर दी। सुख-दु:ख, लाभ-हानि सभी में उनके स्वार्थ एकत्र हो गए और एक ग्राम-समूह एक परिवार की भाँति रहने लगा। इस परिवार में जाति-भेद को स्थान न था। सब वृद्ध पितृतुल्य थे, सब वृद्धाएँ माता, और सब युवक-युवतियाँ परस्पर भाई-बहिन। उनका सबका एक ग्राम था, एक गोत्र था। गोत्र का अर्थ था चरागाह, जहाँ उनके पशु चरते थे। एक ग्राम का परिचय दूसरे ग्राम के मनुष्यों से इसी ग्राम-गोत्र के द्वारा होता था। उसी के नाम से वह ग्राम-गोत्र प्रसिद्ध होता था।

शताब्दियाँ बीती, सहस्राब्दियाँ बीती। नगर बसे, सभ्यता का विकास हुआ। जीवन के आदर्श बदले, क्रम बदला, समाज बदला, बदलता चला गया।

गाँवों में भी यह परिवर्तन पहुँचा। सहस्राब्दियों के प्रभाव से गाँव भला अछूत कैसे रह सकते थे। अब 'गाँव' स्थान के अर्थ में था-समूह के अर्थ में नहीं। अब लोगों की बस्ती को गाँव कहते थे। समाज में अनेक जातियाँ हो गई थीं। गंगो गाँव में भी अनेक जातियाँ बसती थीं; हिन्दू थे, मुसलमान थे। हिन्दुओं में भी ब्राह्मण थे, क्षत्रिय थे, जाट थे, अहीर थे, भंगी थे, चमार थे, धोबी थे, नाई थे। समाज की व्यवस्था के अनुसार वे अपना-अपना काम करते थे। गाँवों में किसानों की ही बस्ती अधिक होती है। जो लोग किसान और किसानों के उप जीवी नहीं होते वे शहर में, कस्बे में बसते हैं उनकी वहाँ सम्पत्ति भी है। जमींदार हैं, किसान हैं, उनके खेत हैं, घरबार है। किसी के कम, किसी के अधिक। कोई रईस है, कोई अमीर। इस प्रकार समाज के संगठन का, व्यवस्था का, राजसत्ता का, कानून का, धर्म का-सभी का युगवर्ती प्रभाव गाँवों पर पड़ा। उससे उनमें परिवर्तन भी आया है, पर एक प्राचीनतम बात अभी तक गाँवों में चली आ रही है। वह है परिवार भावना। गाँव की बूढ़ी भंगन को भी ब्राह्मण की पतोहू सास कहकर पाँव पड़ती है। गाँव की प्रत्येक लड़की गाँव के प्रत्येक लड़के की बहिन और प्रत्येक प्रौढ़ की लड़की है। गाँव में सब छोटे-बड़ों का सम्बन्ध-चाचा, ताऊ, भाई, भतीजा, देवर, भाभी, काका, ताई आदि पारिवारिक सम्बन्ध हैं। यहाँ तक कि गाँव-की लड़की जिस दूसरे गाँव में ब्याही जाती है, उस गाँव का पानी भी न पीने वाले वृद्ध पुरुष अब भी गाँवों में जीवित हैं। यह है हमारे गाँवों की परिवार-परम्परा-शताब्दियों, सहस्राब्दियों से चली आती हुई।

हाँ, तो मैं उस लड़की की बात कह रहा था। वह हमारे गाँव की लड़की थी, और हमारी जमींदारी के सर्वहारा की बेटी थी। हमारा घर जमींदार का घर था। गाँव के सारे ही स्त्री-पुरुष हमारी रैयत थे। वे हमारे घर आते-जाते रहते थे-स्त्रियाँ भी पुरुष भी। काम से भी और बेकाम से भी। बाहर पिताजी का दीवानख़ाना और भीतर जनाने में माताजी का कमरा आने-जानेवाले स्त्री-पुरुष से भरा ही रहता था। हवेली हमारी बहुत भारी थी। सत्तावन के ग़दर में अंग्रेज़ सरकार

ने हमारे दादा को इक्कीस गाँव इनाम दिए थे और तभी हमारे दादा ने अपनी हवेली के लिए इतनी जगह घेर ली थी कि उसमें आधा गाँव समा जाता था। सस्ते का ज़माना था। राज, बढ़ई उन दिनों दो-ढाई आना रोज मज़दूरी लेते, मजदूर एक आना। बड़े-बड़े महराब, मोटी-मोटी दीवारें, लम्बे-लम्बे दालान भी आज भला बन सकते हैं? अब तो हम उनकी मरम्मत भी नहीं कर सकते। हवेली वीरान होती जा रही है। अब तो न हाथी, न घोड़े, न रथ, न बहली। इनके सब थान वीरान पड़े हैं। अब तो सिर्फ यह मोटर है और हम हैं।

मैं असल बात से दूर होकर बहकता जा रहा था। भीतर मेरे रक्त में एक गर्मी-सी आ रही थी। और जोश में ये सब बातें मैं कहे जा रहा था-एकाएक मुझे ध्यान आया। असल मुद्दे की बात तो पीछे ही रह गई।

परन्तु सब सन्नाटा बाँधे सुन रहे थे। सब जैसे किसी अतीत उदारचित्त वातावरण में पहुँच चुके थे। मैंने ज़रा रुककर कहना शुरू किया-

उन दिनों मैं कालेज में लॉ का फाइनल दे रहा था। दशहरे की छुट्टियों में जब मैं घर आया तो पहली बार उसे देखा-'देखा' कहना ठीक न होगा। मुझे कहना चाहिए : पहली बार मेरा ध्यान उसकी ओर गया। इससे पहले बहुत बार देख चुका था-रूखे-बिखरे बाल, मैला मोटा ओढ़ना, पुराना घाघरा, नंगे धूल भरे पैर, पर रंग गोरा। लेकिन गाँव में ऐसी बहुत लड़कियाँ थीं-राह-वाह में, खेत में बहुधा मिल जाती थीं। मैं तो जमींदार का लड़का था। शहर में पढ़ता था। सूट-बूट पहनकर ठसक से गाँव में निकलता था। सो किसी लड़की-लड़के की क्या मजाल जो मुझसे बात करे। मुझे देखते ही वे सहम कर पीछे हट जाते थे। जो समझदार होते थे वे सलाम करते थे। सयानी लड़कियाँ ओट में छिप जाती थीं, छोटी कौतुक से मुझे देखती थीं। इसी से इस लड़की पर भी पहले कभी मेरा ध्यान नहीं गया।

पर इस बार की बात जुदा थी। मैं घर कोई डेढ़ साल में आया था। पिछली गर्मी की छुट्टियों में यूनिवर्सिटी की टीम कश्मीर चली गई थी। मैं भी उसमें चला गया था, अत: छुट्टियों में घर नहीं आया था। घर में दशहरे की सफ़ाई-सजावट की धूम-धाम थी। भाभियाँ घर सजाने में व्यस्त थीं और वह उनकी सहायता कर रही थी। अब उसके बाल बिखरे न थे। ठीक-ठीक बालों की माँग निकली थी, कपड़े सलीके के शहरी ढंग के बारीक और बढ़िया थे। स्वस्थ तारुण्य उसकी एड़ियों में झाँक रहा था। जीवन की ताज़गी से वह लहलहा रही थी। जीवन में पहली बार किसी लड़की को मैंने रुचि से देखा था। उसका चेहरा गुलाब के समान रंगीन और आँखें तारों के समान चमकीली थीं। वह हँसती नहीं थी-फूल बिखेरती थी, चलती न थी-धरती को डगमग करती थी। मैं क्या कहूँ? मुझे एक ही क्षण में ऐसा प्रतीत हुआ कि जैसे दस-पाँच

अंगीठियाँ मेरे अंग में धधक रही हैं और मैं तपकर लाल हो रहा हूँ। आग की लपटें मेरी आँखों से निकलने लगीं और मैं वहाँ से लड़खड़ाता हुआ ऊपर कमरे में आकर औंधे मुँह पलंग पर पड़ रहा। मैंने समझा-मुझे बुखार चढ़ गया है।

इतना कहकर मैं ज़रा चुप हुआ। बीते हुए दिन एक-एक करके नेत्रों में आने लगे। लेकिन कमांडर भारद्वाज बेचैन हो रहे थे। उन्होंने इत्मीनान से कुर्सी पर आसन जमाते हुए कहा-कहे जाओ, कहे जाओ दोस्त; मामला ठंडा मत होने दो। उन्होंने नई सिगरेट सुलगाई।

मैंने आगे कहना आरम्भ किया-

वह मुझे देखकर लजाई थी, मुस्कराई थी, भाभी की ओट में छिप गई थी, छिपकर उसने फिर मुझे देखा था। वह सब-देखना, मुस्कराना, छिपना, लजाना, सिनेमा की तस्वीर की भाँति अनेक बार, सौ बार, हज़ार बार तेजी-से मेरी आँखों में घूम रहा था। धरती-आसमान भी सब घूम रहे थे।

बहुत देर तक मेरी यही हालत रही। पर फिर मुझे ज़रा-सी नींद आ गई। जगने पर मेरा मन कुछ शान्त था। मुझमें समझ आ गई थी। अभी हृदय मेरा कोरा था, तारुण्य मेरा निर्दोष था। इस प्रथम विकार पर मुझे लज्जा आई। मुझे लगा; यह खराब बात है। गाँव की सभी बहू-बेटियाँ मेरी बहनें हैं। पिताजी ने कई बार यह कहा है : हम जमींदार हैं, इससे और भी हमारा गौरव बढ़ जाता है। मुझे ऐसा न सोचना चाहिए। यह मेरी प्रतिष्ठा-मर्यादा के सर्वथा विपरीत है। मैं मन-ही-मन अपने को धिक्कारने लगा। और एकबारगी ही उसे मन से निकाल फेंका।

लेकिन कहाँ? पलंग से उठते ही मैं खिड़की में आ खड़ा हुआ, और नीचे आंगन में चारों ओर देखने लगा। जैसे कुछ खो गया है। किसे भला? यह मैंने अपने मन से पूछा। और जब मन ने कहा- 'उसी को' तो मैं अपने पर बहुत झुंझलाया। वैसे ही कमीज़ पहने मैं नीचे उतरा और सीधा बाग की तरफ चल दिया। देर तक बाग में और नहर की पटरी पर फिरता रहा। माली से बातें कीं। मुझे प्रसन्नता हुई कि वह तूफान खत्म हो गया। अब उसकी कभी याद न करूँगा। वाहियात बात पर रात को बहुत देर तक नींद न आई। उसका वह मुस्कराना, लजाकर भाभी की ओट में छिपकर देखना। वाहियात । वाहियात। ये सब खुराफात, गन्दी बातें हैं। भला इनसे मुझे क्या सरोकार।

लेकिन नींद नहीं आ रही थी। मैंने एक मोटी-सी कानून की किताब उठा ली, और एक कठिन कानूनी नुक्ते पर कुछ रूलिंग्स पढ़ने लगा। लेकिन वहाँ तो प्रत्येक अक्षर की ओट से वह झाँक रही थी। मुस्करा रही थी। धत्।

भारद्वाज ज़ोर-से हँस पड़े।

मैंने कहा-ठीक है, आप हँस सकते हैं। मेरे दुश्चरित्र और दुराचार का यह प्रमाण जो आपको मिल गया।

मैं चुप हो गया। और मैंने आँखें बन्द कर लीं। लेकिन वही तरबूज।। एक प्रकार से मैं चीख उठा-

मेजर वर्मा ने कहा-रहने दीजिए। बाकी कहानी फिर कभी सुन ली जाएगी। अभी आपकी तबीयत दुरुस्त नहीं है। लेकिन मैंने कहना आरम्भ कर दिया-

दूसरे दिन मैंने उसे नहीं देखा। यह नहीं कह सकता कि देखना नहीं चाहा। पर मैंने अपने मन को रोकने में कोई कोर-कसर नहीं रखी। पर बेकार। उसकी छिपी हुई नजरें झाँकती ही रहीं। उसके होंठ मुस्कराते ही रहे। मैंने सुना : उसकी सगाई हो गई है, और इसी साहलग में उसका ब्याह होगा।

दशहरे के दिन मेरा तिलक चढ़ा। बहुत धूमधाम हुई। गाजे-बाजे, जश्न, दावत, कहाँ तक कहूँ। पिता का सबसे छोटा बेटा था। वे सबसे अधिक मुझको प्यार करते थे। भीड़-भाड़ में एक होकर मैंने देखा, हर बार मुझे प्रतीत हुआ : वह मुझको देख रही है।

छुट्टियों समाप्त होने पर मैं होस्टल में लौट आया। धीरे-धीरे वह उन्माद बीत गया। स्मृति अवश्य बनी रही, वह भी धुंधली होते-होते छिप गई। अगले वर्ष मेरी शादी हुई। सुषमा ने आकर मेरे जीवन को एक नया मोड़ दिया। सुषमा जैसी पत्नी पाकर मैं कृतार्थ हो गया। वह जैसी सुशिक्षिता है, वैसी ही शीलवती, परिश्रमी और हँसमुख स्वभाव की है। उसके प्रेम, सेवा और विनय से मैं उसमें लीन हो गया। उस लड़की की याद करके और अपनी हिमाकत का विचार करके कभी-कभी मुझे हँसी आ जाती थी-पर कभी मैंने किसी से अपने मन का यह कलुष कहा नहीं। परीक्षा पास करके मैं घर पर रहकर जमींदारी की देखभाल करने लगा। खेती और बागवानी का मुझे शौक था। उसमें मैंने मन लगाया। बड़े भाई डिप्टी-कलक्टर होकर बिहार चले गए थे। पिताजी का स्वर्गवास हो गया। मँझले भाई भी केन्द्र के शिक्षा विभाग में अण्डर सेक्रेटरी हो गए। घर पर केवल मैं अकेला रह गया। दिन बीतते चले गए। तीन बरस बीत गए। और ईश्वर की कृपा से सुषमा की कोख भरी। मेरे आनन्द का ठिकाना न रहा।

एक दिन बूढ़े सर्वहारा रोते हुए मेरे पास आए। चौधारे आँसू बहाते हुए उन्होंने कहा-बर्बाद हो गया, छोटे सरकार। लुट गया। लड़की मेरी विधवा हो गई, उसकी तकदीर फूट गई। मेरी इकलौती बेटी थी सरकार, उसे बेटा बनाकर पाला था। उस पर यह गाज गिरी।

बूढ़ा बहुत देर तक रोता रहा। यद्यपि वे सब बातें मैं भूल चुका था पर स्मृति के चिह्न तो बाकी ही थे। सुनकर मुझे दुःख हुआ। बूढ़े को तसल्ली दी। और जब वह चला गया, एक बूंद

आँसू मेरी आँख से भी टपक पड़ा। वाहियात बात थी। लेकिन मन का कच्चा तो सदा से हूँ। मेरा मन द्रवित हो गया। बूढ़े ने कहा था कि वह उसे यहाँ ले आया है, तब एक बार उसे देखने की भी लालसा हो गई। पर वह सब बात मन की थी-मन में रही। महीनों बीत गए। कभी-कभी उसका ध्यान आता, दया आती, पर कुछ विशेष आकर्षण न था। सुषमा धीरे-धीरे कमज़ोर और पीली पड़ती जा रही थी। मुझे उसकी चिन्ता थी। ज्यों-ज्यों डिलीवरी का समय निकट आ रहा था, मेरी उद्विग्नता बढ़ती जाती थी-इन सब कारणों से मैं उस बिचारी विधवा को भूल ही गया। सुषमा के प्यार ने मुझे अभिभूत कर लिया था। सुषमा मेरे जीवन का आधार थी, और अब मैं इस प्रकार के विचारों को भी मन में रखना पाप समझता था। मुझे पाकर सुषमा खुश थी। वह देवता की भाँति मेरी पूजा करती थी।

मिसेज शर्मा एकदम द्रवित हो उठीं। उन्होंने कहा-भई बन्द करो। आप सचमुच देवता हैं। आप जैसा पति पाने के कारण मैं तो सुषमा बहिन से ईर्ष्या करती हूँ।

मैं जैसे चीख पड़ा। मेरे गले की नसें तन गईं और मुट्ठियाँ भिंच गईं। मैंने कहा-श्रीमती जी, जल्दी अपनी राय कायम न कीजिए, पूरी कहानी सुन लीजिए।

मेरी वहशत और भावभंगी देख मिसेज शर्मा डर गई। वे फटी-फटी आँखों से मेरी ओर टुकुर-टुकुर देखने लगीं। मैं इस योग्य न था कि इस समय उनसे अपने अशिष्ट व्यवहार के लिए क्षमा माँगूं। मैंने कहानी आगे बढ़ाई-

एक दिन देखता क्या हूँ कि वह सुषमा के पास बैठी है। इस समय वह यौवन से भरपूर थी। उस समय यदि वह खिलती कली थी तो आज पूर्ण विकसित पुष्प। परिधान उसका साधारण था। पर स्वच्छता और सलीका-जो बहुधा देहात में नहीं देखा जाता-उसकी हर अदा से प्रकट होता था। उसका रंग अब ज़रा और निखर गया था, अंग भर गए थे और रूप की दुपहरी उस पर चढ़ी थी। अथवा एक ही शब्द में कहूँ तो वह इस समय बसन्त की फुलवारी हो रही थी। एकाएक मैंने उसे पहचाना नहीं, पर दूसरे ही क्षण जब उसने उठकर हाथ जोड़कर मुस्कराकर मुझे प्रणाम किया, मैंने उसे पहचान लिया। हाय री तकदीर। वही मुस्कराहट, वही चितवन है। क्षणभर को मेरे शरीर में रक्त की गति रुक गई और मेरे पैर काँपने लगे। साहस करके मैंने पूछा, “अच्छी हो” तो उसने लाज से सिर झुकाकर सिर्फ ‘जी’ कह दिया।

छी छी! फिर वे भूली हुई बातें न जाने कहाँ से जीवित हो उठीं। वही मुस्कराना, छिपना और आँखें…मैं तेजी-से भाग आया। सीधा ऊपर जा दरवाजे बन्द कर अपने शयनागार में आ पड़ा। एक आहत हिरन की भाँति-जिसे अभी-अभी शिकारी ने तीर मारा हो।

उस दिन मैंने खाना नहीं खाया। सिरदर्द का बहाना करके पड़ा रहा। सुषमा की परेशानी ने मुझे और भी पागल बना दिया। कभी यूडीक्लोन सिर पर डालती, कभी नर्म-नर्म हथेलियों

से सिर दबाती, कभी बाल सहलाती, कभी डाक्टर बुलाने का आग्रह करती। मुझ बेईमान, पाखण्डी, मक्कार के लिए वह उस एक ही दिन में आधी रह गई।

मैंने जलती हुई आँखों से मिसेज़ शर्मा की ओर देखा और कहा-कहिए, कहिए, अब भी आपको सुषमा पर ईर्ष्या होती है, परन्तु अभी ज़रा और ठहर जाइए।

एकाएक मेरी आवाज़ मुर्दे की जैसी मरी हुई हो गई। खूब जोर लगाकर मैं कहने लगा-

दूसरे दिन सुबह होते ही मैं जमींदारी के जरूरी काम का बहाना करके इलाके पर चला गया। 6-7 दिन तक मैं घर नहीं लौटा। आप दाद दीजिए मेरे जानवर पन की, जब कि सुषमा की यह हालत थी, इस कदर नाजुक, कोई उसे देखने वाला न था। पहली ही डिलीवरी थी उसे, और नफ़्स का गुलाम कहाँ, किस हालत में फिर रहा था। मैं आपसे नहीं छिपाना चाहता कि मुझे न खाना भाता था, न नींद आती थी, न दिन चैन पड़ता था, न रात को कल पड़ती थी। वही शैतान आँखें, वही मुँह छिपाकर मुस्कराना, वही गहरे गुलाबी गाल, कमबख्त न जाने कहाँ से उभरे चले आते थे, मेरी बदनसीब नजरों में? जैसे मेरे रक्त की प्रत्येक बूंद में उन आँखों का खेत उग आया था। उस चितवन की, उस मुस्कान की रिमझिम बरसात हो रही थी। जी हाँ, एक क्षण को भी मैं उसे न भूल सका, एक क्षण को भी मैंने सुषमा को याद नहीं किया, एक क्षण को भी मैंने उसकी असहायावस्था पर गौर न किया। अन्त में मैंने अपने-आपको धिक्कारा, मन में पक्का इरादा किया, उस शैतान को मैं गाँव से निकाल दूंगा, एक क्षण भी न रहने दूंगा।

सातवें दिन मैं घर लौटा। अभी दहलीज पार करके मैं सुषमा के कमरे में जा ही रहा था कि देखता क्या हूँ-सामने से वह आ रही है, मुझे देखकर वह ठिठक रही। निकट आने पर उसने मुस्कराकर और हाथ जोड़कर मुझे नमस्कार किया। फिर वह मुस्कराती हुई ही चली गई। अजी, मुस्कराती हुई नहीं-मेरे मन में छिपी समूची वासना का सांगोपांग विवरण पढ़ती हुई। वह गहरे लाल रंग का लहँगा और उस पर चिलकेदार दुपट्टा पहने हुई थी।

भाड़ में जाए यह। गुस्से से होंठ चबाता हुआ मैं सुषमा के कमरे में पहुँचा कल ही से उसे ज्वर था। मुझे देख वह मुस्कराई और मैं उसकी जलती हुई हथेलियों को मुट्ठी में दबाए देर तक चुपचाप बैठा रहा। कुछ बोलने की ताब ही न रही। सुषमा ही बोली। उसने कहा-

"गुमसुम क्यों हो?"

"कुछ नहीं। बहुत थक गया हूँ, बहुत दौड़-धूप करनी पड़ी।"

सुषमा एकदम व्यस्त हो उठी। वह लेटी न रह सकी। उसने अधीर स्वर में कहा-मुँह कैसा सूख गया है। बिस्तर लगवाती हूँ, ज़रा सो रहो। उसने आवाज़ दी-अरी..., और वह आ खड़ी हुई। मैंने उसकी ओर नहीं देखा। सुषमा ने कहा-जरा झटपट यहीं बिस्तर लगा दे। बाबू की तबीयत ठीक नहीं है।

मैंने बहुत ना-नूँ की। वहाँ-सुषमा के सामने मैं अपनी दुर्बलता प्रकट नहीं करना चाहता था। मैंने कहा-नहीं नहीं, ऐसा ही है तो मैं ऊपर अपने कमरे में जा सोऊँगा। मगर तुम आराम करो। तुम्हें ज्वर है। पर उस साध्वी पतिप्राणा को अपने ज्वर की क्या चिन्ता थी? क्या उसे उस पाखण्डी के मन का भी हाल मालूम था? उसने कहा-तो जा बहिन, ऊपर ही जाकर बिस्तर लगा दे।

मेरा निषेध सुषमा ने माना नहीं। उसे भेज दिया। मैं जड़ बना वहीं बैठा रहा।

वह लौटकर आई। उसी तरह मुस्कराकर उसने कहा-भैयाजी का बिछौना बिछा है।

"भैयाजी", यह शब्द जैसे बंदूक की गोली की भाँति मेरे मस्तिष्क में घुस गया। लेकिन मुझे तो गाँव की सभी लड़कियाँ भैयाजी ही कहती हैं। वही गाँव का प्राचीन पारिवारिक सम्बन्ध । परन्तु इस समय तो यह शब्द मेरे मुँह पर एक तमाचा था। मैं वहाँ न ठहर सका। तेजी-से उठकर ऊपर अपने कमरे में बिस्तर पर आ पड़ा। कमरे की चटखनी भीतर से चढ़ा ली। क्यों? मैं कह नहीं सकता।

बहुत देर तक मैं सोता रहा। जब उठा तो शाम हो चुकी थी। उठकर मैं सीधा सुषमा के पास जा बैठा। क्षणभर बाद ही वह चा' लेकर आई। चा' टेबुल पर रखकर चली गई। सुषमा जानती थी कि मैं इंतजार नहीं कर सकता, खासकर चाय का। पर यह बात क्या यह भी जानती है?

उसके जाने के बाद मैंने सुषमा से कहा-क्या इसे तुमने नौकर रख लिया?

उसने हँसकर कहा-नहीं, नहीं। बहुत अच्छी लड़की है। मुझे अकेली और बीमार देखा तो आप ही मेरे पास आ गई। तभी से घर के काम-काज में जुटी है। तुम्हारे जाने के बाद से रोज़ ही दिन-भर यहीं रहती रही है। कितना सहारा मिला मुझे इससे। तुम्हारे ऊपर जाने के बाद ही मैंने इससे कह दिया था कि तुम चा' का इंतजार नहीं कर सकते। चा' तैयार कर देना। सब बातें मुझसे पूछकर यह न जाने कब से बैठी इंतजार कर रही थी। सुषमा हँस दी। और मैंने मन का उद्वेग छिपाने को एक बिस्कुट समूचा ही मुँह में ठूँस लिया।

अब मेरे जीवन का नया अध्याय आरम्भ होने में देर न थी। मुझे सुषमा शीघ्र ही कुसुम-कोमल पुत्र देगी, जो हम दोनों के प्रेम का जीता-जागता प्रमाण होगा। अब मुझे इस शैतानी

विचार को मन में नहीं लाना चाहिए। फिर मेरा अपना चरित्र है, प्रतिष्ठा है, उसका भी तो मुझे ख्याल रखना चाहिए। जैसे मेरे भीतर एक नये बल का संचार हुआ, मेरे ओठों पर हँसी खेल गई, मैंने बड़े आनन्द से चाय का एक प्याला अपने हाथ से बनाकर सुषमा को दिया। सुषमा आनन्द से विभोर हो गई। कुछ तो अपनी अस्वस्थता के कारण-और कुछ मुझे अस्त-व्यस्त देखकर वह बहुत परेशान हो गई थी। अब मेरे हाथ से प्याला लेकर वह खुश हो गई। उसने कहा-अब तो कुछ ही दिनों की बात है। उसकी आँखें हँस रही थीं। और मैं आनन्द-सागर में गोते लगा रहा था। अपनी मूर्खता पर मैं मन-ही-मन हँसने लगा। चुड़ैल कहीं की। धत्! धत्!

सुषमा ने कहा-जाओ, ज़रा घूम आओ, तबीयत ठीक हो जाएगी। खाओगे क्या, मिसरानी से कह दो।

मैंने कहा-सुषमा, आज तो मैं तुम्हारे साथ ही खाऊँगा। जो चाहे बनवा लो। लेकिन, उठना नहीं-तुम्हें ज्वर है। ज़रा शरीर का ध्यान रखो।

स्त्रियाँ कितनी भावुक और कोमल होती हैं। मेरी इतनी ही-सी बात पर सुषमा गद्गद् हो गई। और मैं अपने को तीसमारखां समझने लगा था। अपनी समझ में तो मैंने मन का सारा ही मैल धो डाला था। अब तो दिल में कहीं किसी कोने में भी न वह हँसी थी, न चितवन। इसे कहते हैं मार पर विजय। मदन दहन शिव ने इसी भाँति किया था। बुद्ध ने भी मार पर इसी भाँति विजय पाई थी।

मैं कपड़े बदलकर ज्यों ही सीढ़ियों से उतरा देखता क्या हूँ, वह सुषमा के लिए एक कटोरा दूध लेकर उसके कमरे में जा रही है। मैंने मन में कहा-इसकी ओर देखना ही न चाहिए। मैं आँखें नीची किए दस कदम आगे बढ़ गया। वह भी उसी भाँति आँखें नीची किए आगे बढ़ गई। लेकिन न जाने क्यों मैंने ठिठककर मुँह फेरकर उसकी ओर देखा। छी, छी, वह भी मुँह फेरकर मेरी ओर देख रही थी। मुझे उचट कर देखते देख वह चल दी। गुस्से से मेरा शरीर काँपने लगा, और मैं तीर की भाँति वहाँ से बाहर निकल गया।

कमाण्डर भारद्वाज जब्त न कर सके। ठठाकर हँस पड़े। बोले-यह गुस्सा किस पर था, उस पर या अपने पर?

क्षण-भर को सभी के चेहरों पर मुस्कान दौड़ गई। पर मिसेज़ शर्मा बहुत गम्भीर थीं। मेरे ऊपर घड़ों पानी गिर गया। मेरी वाणी रुक गई। बहुत देर तक कोई न बोला।

मेजर वर्मा एकाएक बहुत उत्तेजित हो उठे। वे कुर्सी से उछलकर खड़े हो गए। हाथ की सिगरेट फेंक दी और तेज नज़र से मेरी ओर ताकने लगे। मैं समझ गया, मेजर वर्मा कहानी के दूसरे छोर तक पहुँचे चुके हैं। और अब उनके मस्तिष्क में वह तरबूज...

मेरे होंठ नीले पड़ गए, और आँखें पथरा गईं। मैंने एक असहाय मूक पशु की भाँति, जिसकी गर्दन पर छुरी चल गई हो, करुण-कातर दृष्टि से मेजर वर्मा की ओर देखा। मिसेज़ शर्मा घबरा गईं। उन्होंने कहा-आपकी तबीयत तो एकदम बहुत खराब हो गई है, चौधरी साहब।

"नहीं, मैं ठीक हूँ।" कुछ प्रकृतिस्थ होते हुए मैंने कहा। मेजर वर्मा चुपचाप कुर्सी पर बैठकर मेरी ओर ताकते रहे। मरे हुए स्वर में मैंने कहा-मेजर, सारी बातें मैं न बता सकूँगा। आप और ये सब सज्जन मुझे क्षमा करें।

डिलीवरी की खटपट में मैं फँस गया। सुषमा बहुत बीमार हो गई थी। उसे मसूरी ले जाना पड़ा। पुत्र-जन्म का उत्सव धूम-धाम, शोर-गुल, बाजे-गाजे से हुआ, ये सब बातें क्या कहूँ। 4-5 महीने इन सब बातों को बीत गए।

एक दिन शाम को जब मैं घूमकर लौट रहा था, गाँव की जनशून्य राह पर मैंने देखा चादर में लिपटा हुआ कोई खड़ा है। वही थी, और मेरी ही प्रतीक्षा में खड़ी थी। निकट पहुँचने पर उसने कहा-बड़ी देर से खड़ी हूँ ज़रा उधर चलिए-मुझे आपसे कुछ कहना है।

सच पूछिए तो मैं अब उससे सचमुच ही कतराने लगा था। वह नशा तो काफ़ूर हो चुका था, और इधर महीनों से उससे मुलाकात ही नहीं हुई थी। मेरी बिलकुल इच्छा नहीं थी कि मुझे एकान्त में उससे बात करते कोई देख ले। पर मैं उसका अनुरोध न टाल सका। मैंने कहा-क्या बहुत जरूरी बात है?

उसकी आँखें भर आईं। उसने धीरे-से कहा-जी हाँ।

और जब हम रास्ते से हटकर उस बड़े बरगद की छाँह में गए तब चारों ओर अँधेरा फैल चुका था। उसने एक ही वाक्य में वह बात कह दी। सुनकर मैं ठंडा पड़ गया। मेरे मुँह से बात न निकली।

बहुत देर तक वह मेरे उत्तर की प्रतीक्षा करती रही। फिर उसने धीरे-से कहा-आपको मैं न किसी झंझट में डालना चाहती हूँ, न आप पर मैं कोई बोझ लादना चाहती हैं। सब कुछ मैं स्वयं भुगत लूँगी। परन्तु पिताजी का देहान्त हो चुका। मेरा अब पृथ्वी पर कोई नहीं है। आप गाँव के राजा हैं; रियाया के माई-बाप हैं। मैं और किसी अधिकार की बात नहीं कहती-किसी बदनामी के भय से आप डरें नहीं। मर जाऊँगी, पर आपका नाम न लूँगी। परन्तु, मैं औरत हूँ। मेरा कोई हमदर्द नहीं, आप ही अब मुझे राह बताइए।

मैं शर्म से गड़ा जा रहा था। समझ रहा था कि वह औरत मुझे कितना कायर समझ रही है। यह कुछ झूठ भी न था। मैंने अन्त में कहा-मुझसे तुम क्या चाहती हो? मैं तुम्हारे लिए क्या कर सकता हूँ? आख़िर मैं एक इज्जतदार आदमी हूँ। तुम्हें यह सोचना चाहिए।

"सोचकर ही तो कह रही हूँ।"

"क्या तुम कुछ रुपया-पैसा चाहती हो?"

"नहीं।"

"तब क्या चाहती हो?"

"अपनी इज्जत बचाना। आप राजा रईस हैं, मैं गरीब, अनाथ, विधवा, रांड, स्त्री हूँ। जिस परिस्थिति में मैं फँस गई हूँ उसके लिए मैं अकेले आपको ज़िम्मेवार नहीं ठहरा सकती। दुर्बलता मेरी भी थी। फिर, मैं तुच्छ स्त्री हूँ। सभी भोग मैं ही भोग लूँगी पर इज्जत-आबरू मेरी भी है। मेरे पिता आपके एक ईमानदार सेवक थे। मैं आपके गाँव की बेटी हूँ, मेरी बदनामी गाँव की बदनामी है। वह मैं न होने दूंगी, इसमें आप मेरी मदद कीजिए।

"लेकिन कैसी मदद? रुपया-पैसा तो तुम चाहती ही नहीं।"

"जी नहीं?"

"तब मैं क्या करूँ?"

"गाँव के किसी इज्जतदार गरीब ठाकुर से मेरा ब्याह करा दीजिए।"

"इज्जतदार ठाकुर क्यों ब्याह करने को राजी होगा।"

"आप कहेंगे तो होगा। मेरा सहारा हो जाएगा? मेरा कलंक ढका रह जाएगा। और मैं अपनी सेवा से उसे प्रसन्न कर लूंगी।"

अब आप मेरे दिल की बात सुन लीजिए। मेरी आँखों में अब मेरे पुत्र का निर्मल हास्य खेल रहा था। सुषमा प्रसव के बाद मंसूरी से लौटने पर अधिक आकर्षक हो गई थी। मैं अपनी लंपट वृत्ति पर खीझ रहा था। और अब वह आग तो सर्वथा बुझ चुकी थी। पर उससे जलकर जो फफोला पड़ गया था, वह इतना भारी जंजाल हो उठेगा-यह मैंने कभी न सोचा था और अब मुझे इस औरत में कोई दिलचस्पी न थी। इससे सब भाँति पीछा छुड़ाने और भविष्य में अपने दाम्पत्य का पूरा आनन्द लेने को मैं बेचैन था। कुछ रुपये-पैसे की बात होती तो मैं उसे दे देता। पर उसका ब्याह रचाना-यह तो एक नया सिर-दर्द था। अब भला मैं किससे कहूँ? कैसे कहूँ? सुनकर कोई क्या समझेगा, क्या कहेगा? इन्हीं सब बातों पर मैं देर तक विचार करता रहा। कुछ देर बाद मैंने धीमे स्वर में कहा-क्या तुमने किसी आदमी को पसन्द किया है?

"नहीं, पसन्द-नापसन्द की बात ही नहीं है, मुझे आप काना, अन्धा, बहरा, कोढ़ी, अपाहिज, बूढ़ा-किसी के पल्ले बाँध दीजिए। उज्र न होगा। बस, मेरी लाज ढकी रह जाए। मेरे पिता का कुल न कलंकित हो।"

उस समय मैं उस एकान्त में उससे अधिक बात करने को सर्वथा अनिच्छुक था। मैंने केवल टालने की दृष्टि से कह दिया-अच्छा देखूंगा।

मैं चलने लगा। उसने कहा-ज़रा रुकिए। एक बात और है।

"क्या?"

"वह कल गढ़ी में आकर सबके सामने कहूँगी। यहाँ कहना ठीक नहीं है।"

"अच्छा", कहकर मैं चल दिया।

दूसरे दिन पहर दिन चढ़े वह गढ़ी में आई। आकर सीधी कचहरी में जाकर दीवानजी के पास जा खड़ी हुई। उसने कहा-छोटे सरकार से अर्ज़ करने आई हूँ। दीवानजी उसे मेरे पास ले आए। धड़कते हृदय से मैं सोच रहा था-अब यह यहाँ किसलिए आई है। परन्तु, उसने एक साधारण रैयत की भाँति अधीनता दिखाकर कहा-सरकार, मैं असहाय विधवा स्त्री हूँ, मेरे पिता ने मरते दम तक रियासत की ईमानदारी से सेवा की है, अब न मेरे माँ-बाप हैं, न कोई हितू-सम्बन्धी। आप गाँव के राजा हैं, इसी से मैं आपकी शरण में आई हूँ।

मेरा दम घुट रहा था। पर मैंने मन पर काबू रखकर पूछा-क्या चाहिए तुम्हें।

"सरकार एक भैंस यदि मुझे खरीद दें तो उसका दूध-घी बेचकर अपना भी पेट पाल लूँगी, सरकार का भी कर्जा चुका दूंगी।"

मैंने बिना किसी आपत्ति के उसे भैंस ख़रीदवा दी। वह कहती तो मैं उसे दो-चार हजार रुपये भी दे सकता था। मैं जानता था कि वह उसका अधिकार था। पर उसने तो मुझसे केवल वही माँगा था जो एक साधारण रैयत जमींदार से माँगती है। अब यह कैसे कहूँ कि उसकी यह माँग मेरी प्रतिष्ठा के लिए ही थी या उसकी प्रतिष्ठा के लिए।

उसके बाद वह और दो-चार बार मुझसे एकान्त में मिली। और ब्याह की बात पर उसने जोर दिया। मैंने टालटूल की और अन्त में मैंने साफ इंकार कर दिया।

उस दिन अकस्मात् पुलिस दल बल-सहित उसे लेकर गढ़ी में आ गई। मामला क्या है, इसे जानने के लिए उसके साथ बहुत लोगों की भीड़ थी। सब भाँति-भाँति की बातें कर रहे थे। पुलिस वालों ने उसे मारा-पीटा भी था। चोट के निशान उसके मुँह और शरीर पर थे। उसके वस्त्र जगह-जगह से फट गए थे। बाल उसके बिखरे थे और चेहरे पर मुर्दनी छाई थी। आँखें उसकी फटी-फटी-सी हो रही थीं। शरीर में जगह-जगह खून लगा था। ओठों से भी खून बह रहा था।

पुलिस का अफ़सर सुशिक्षित तरुण था। वह मुझे जानता था। कहना चाहिए, मेरा मित्र था। पुलिस ने एक औरत के साथ मारपीट की है मेरे गाँव में आकर?-यह बात जानकर गुस्से

से मैं पागल हो गया। मेजर वर्मा उस दिन वहीं थे। गुस्सा इन्हें भी बहुत हुआ। हम लोगों ने पुलिस को खूब खरी-खोटी सुनाई। मैंने कहा-उसने क्या जुर्म किया है, क्या नहीं?-इसकी बात मैं नहीं कहता। पर आपको इसे मारने-पीटने का कोई अधिकार न था।

पुलिस अफ़सर ने शान्तिपूर्वक हमारा-मेरा और मेजर साब का गुस्सा सहन किया। फिर उसने कहा-चौधरी साहब, मुझे आपसे एकान्त में कुछ कहना है। यदि गाँव आपका न होता तो मैं यहाँ आता भी नहीं। इसे थाने में ले जाता। पर आपका मुझे बहुत लिहाज था-इसी से।

मैंने कहा-आखिर मामला क्या है?

"आप ज़रा दूसरे कमरे में चलिए।"

मैं, मेजर वर्मा, वह पुलिस अफ़सर दूसरे कमरे में चले आए। अफ़सर के कहने से मैंने भीतर से चटख़नी चढ़ा दी। किसी अज्ञात भय से मेरी अन्तरात्मा काँप उठी। मैं एकटक पुलिस अफ़सर के मुँह की तरफ देखने लगा। और तब उसने तरबूज की मिसाल दी। और मैं अब बयान नहीं कर सकता। मेजर वर्मा कहेंगे, इन्होंने वह सब देखा है।

"बेशक मैंने देखा था। ऐसा खौफनाक, दिल हिला देने वाला वाक़या जिंदगी भर मैंने नहीं देखा था।" कुछ ठहरकर मेजर वर्मा बोले-अफ़सर ने मेरी तरफ देखकर-क्योंकि मैं ही ज्यादा गर्म हो रहा था-व्यंग्य पूर्ण भाषा में कहा-जनाब, आप एक तरबूज लेकर उसे सिर से ऊपर उठाकर पटक दें तो कह सकते हैं कि उसका क्या परिणाम होगा?

उस नौजवान पुलिस अफ़सर की यह दिल्लगी मुझे न भाई। मैंने ज़रा गर्म लहजे में कहा-तरबूज फट जाएगा। लेकिन आपका मतलब क्या है? इस औरत ने क्या तरबूज की चोरी की है?

"जी नहीं। क्या किया है देखिए।" उसने कांस्टेबिल को संकेत किया। और उसने हाथ में लटकते हुए झोले को जमीन पर उलट दिया। एक वज़नी-सी चीज़ धमाके के साथ ज़मीन पर आ गिरी। वह एक ताजा-बच्चे की लाश थी। मिसेज़ शर्मा के मुँह से चीख निकल गई। भारद्वाज हाथ की सिगरेट फेंककर खड़े हो गए, दूसरे लोग भी अवाक् रह गए। भारद्वाज ने कहा-क्या ताजा बच्चे की लाश? हौरेबल-माई गॉड।

लेकिन मेजर वर्मा ने आगे कहना जारी रखा-बच्चे को शायद पत्थर या किसी सख्त चीज़ पर पटका गया था, जिससे उसका सिर उसी तरह फट गया था जैसे ऊँचे से फेंक देने से तरबूज फट जाता है। और उसके भीतर से लाल-लाल लोहू-तोबा-तोबा। मेजर वर्मा वाक्य पूरा किए बिना ही सिर पकड़कर बैठ गए।

फिर उन्होंने कहा-पुलिस अफ़सर ने बताया कि यह औरत तस्लीम करती है कि पहले हमल गिराया गया, लेकिन बच्चा जिंदा पैदा हुआ। उसका

गला घोंट कर मार डालने की चेष्टा की गई, पर बच्चा मरा नहीं। तब उसे चक्की के पत्थर पर सिर के बल पटक दिया गया। उससे उसका सिर फट गया। पुलिस ने बताया कि मार खाने पर ही इन सब बातों का पता इसने बताया है। पर बच्चा किसका है, यह किसी हालत में बताती नहीं है। इसी से हम निरुपाय इसे यहाँ ले आए हैं। उसने चौधरी साहब से आग्रह किया था कि वह इस औरत से उस आदमी का पता पूछे और कानून की मदद करें। चौधरी तब बहुत परेशान हो उठे थे, इसका कारण मैं तब नहीं समझा था। अब समझा कि...

अब फिर मैं कहने लगा। कचहरी में मैं पागल की भाँति चीख उठा कि उस बालक का पिता मैं था। जी हाँ, उस बालक का पिता मैं था। वह मेरा बच्चा था। वैसा ही जैसा सुषमा की गोद में हँस-खेल रहा है। लेकिन...

मिसेज़ शर्मा भी एकदम उठ खड़ी हुईं। उन्होंने कहा-बस, बस, चौधरी अब खत्म कीजिए। और वह बिना कुछ कहे चल खड़ी हुई। परन्तु मैंने कहा-

"अब तो थोड़ी ही-सी बात रह गई है। मेजर तो तुरन्त वहाँ से चल दिए थे। मेरे लिए मामला रफ़ा-दफ़ा करना लाजिमी हो गया। पुलिस को विदा कर और अपराध का खोज-पता मिटाकर उसे मैंने उसके घर भिजवा दिया। थोड़ी देर बाद एक पड़ोसी के हाथ उसने भैंस मेरे पास भिजवा दी और इसके कुछ ही देर बाद मुझे सूचना मिली कि वह मर गई।"

कहानी खत्म हो गई। और सन्नाटा छा गया। चाय प्यालों में भरी हुई ठंडी हो गई थी पर किसी ने उसे छुआ भी नहीं। एक-एक करके चुपचाप सब लोग उठकर चल दिए : मुझे प्रतीत हुआ जैसे एक लानत की नजर मेरे ऊपर फेंककर। मैं खामोश बैठा था। मेरा सिर घूम रहा था। आँखों में उस झोले में से निकली हुई चीज़ और सुषमा की गोद में खेलता-हँसता हुआ मेरा पुत्र। होठों से खून बहाती फटे कपड़ों में लांछिता वह नारी और गृहिणी-गौरव-मण्डिता सुषमा-सब मूर्तियाँ जैसे घुल-मिलकर मेरे चारों ओर तेजी-से चक्कर काट रही थीं। भय और आवेश से मैं चिल्ला उठा। मुझे इतना ही होश है-मेजर वर्मा ने मुझे घसीटकर अपनी मोटर में डाला था। इसके बाद तो मैं बेहोश हो गया।

***

तीन बागी

आठ बजे शाम को एक सैनिक अफसर दो सिपाहियों के साथ बैरक में आया। उसके हाथ में एक कागज़ था, जिसको पढ़ते हुए उसने संतरी से पूछा, "इन तीनों के नाम क्या हैं?"

"जनरल शाहनवाज, जनरल ढिल्लन और लेफ्टिनेण्ट सहगल।" संतरी ने संक्षेप में उत्तर दिया।

अफसर ने अपना चश्मा चढ़ा लिया और हाथ के कागज़ को गौर से पढ़ा। वह भुनभुनाया, "जनरल शाहनवाज-हाँ, यह है तो।"

उसने कागज़ पर अपनी मोटी-भद्दी उँगली रखी, फिर उससे भी अधिक भद्दी आवाज़ में जनरल शाहनवाज को लक्ष्य करके कहा, "तुमको कल सुबह गोली से मारने का हुक्म हुआ है।"

उसने फिर चश्मे से घूर-घूर कर नामों की सूची देखी और फिर कहा, "बाकी इन दोनों को भी यही सजा है।"

"यह नहीं हो सकता।" लेफ्टिनेण्ट सहगल ने गुस्से-भरी आवाज़ में कहा, "आपका मतलब मुझसे नहीं हो सकता।"

अफसर ने अचकचाकर उसकी ओर देखा और कुछ रुकते हुए पूछा, "तुम्हारा क्या नाम है?"

"लेफ्टिनेण्ट सहगल" अफसर ने कागज़ पर नज़र डाली। फिर कहा, "तो तुम्हारा नाम इस सूची में क्यों दर्ज है?"

"लेकिन मैंने किया क्या है, यह भी तो मालूम हो!"

अफसर ने गर्दन मोड़कर अपने साथी सिपाहियों की ओर देखा और फिर लेफ्टिनेण्ट सहगल की ओर देखकर कहा, "क्या तुम लोग बागी नहीं हो?"

"जी नहीं, हम लोगों में कोई बागी नहीं है।"

उसने अचरज से ठुड्डी पर हाथ रखा और कहा, "मुझे तो यही बताया गया था कि यहाँ तीन बागी हैं। खैर, कहीं हों, मुझे ढूँढ़ने की क्या गरज? तुम लोगों को पादरी की जरूरत तो नहीं है?"

तीनों कैदियों ने उसके सवाल का जवाब देना व्यर्थ समझा, और वह कुछ बड़बड़ाता हुआ भारी-भारी कदम रखता हुआ चला गया।

जनरल शाहनवाज ने आँख उठाकर लेफ्टिनेण्ट सहगल की ओर देखा। गोरे और सुकुमार चेहरे पर अभी मसें भीगती थीं। ऐसा प्रतीत हो रहा था-अभी जवानी ने उसे पूरी तौर पर छुआ भी नहीं है। उसके मुँह से बोली नहीं निकल रही थी। उसका चेहरा और हाथ कागज़ के समान सफेद हो चुके थे। वह जमीन पर बैठ गया था और थरथरायी आँखों से फर्श की ओर देख रहा था। उसे देखने से ही मन में उदासी पैदा होती थी।

जनरल शाहनवाज की ओर एकाएक देखकर उसने कहा, "क्या तुमने कभी किसी को गोली मारी है?"

जनरल ने इसका कोई जवाब नहीं दिया। दूसरी ओर दीवार पर जो लैम्प की गोल-गोल परछाई पड़ रही थी, वह उसकी ओर देखने लगा।

परन्तु लेफ्टिनेण्ट सहगल कहता ही चला गया। उसने कहा, "जनाब, अगस्त से लेकर अब तक मैंने छ: आदमियों को गोलियों का निशाना बनाया है।"

दोनों साथियों ने समझ लिया कि उनका तरुण साथी बनावटी लापरवाही दिखा रहा है और अपने को भुलावे में डालना चाहता है।

मेजर जनरल ढिल्लन अब तक चुपचाप दीवार के सहारे कमर लगाये बैठे थे। एक बार उन्होंने जनरल शाहनवाज की ओर देखा, फिर कहा, "यारो, अभी से सिर खपाने से क्या फायदा! सोचने-समझने को सारी रात पड़ी है। अच्छा हो तब तक एक-एक झपकी ले ली जाय। इससे तबीयत कुछ ताजी हो जायेगी।"

जनरल शाहनवाज कुछ नहीं बोले। उसी भाँति लैम्प की परछाईं को ताकते बैठे रहे। लेकिन मेजर जनरल ढिल्लन ने देखा-उनके नवयुवक साथी का चेहरा एकदम जर्द हो चुका था।

:: 2 ::

दरवाजा खुला और दो संतरी भीतर आये। उनके पीछे-पीछे एक लम्बे चेहरे का आदमी था। यह एक लम्बा-भूरा कोट पहने था। उसने मित्र-भाव से कैदियों से मिलाने को हाथ बढ़ाया और यथासाध्य नर्म आवाज़ में कहा, "मैं डाक्टर हूँ।" फिर कुछ रुककर भलमनसाहत से कहा, "मुझे हुक्म है कि हर तरह से जो कुछ भी मदद आपकी हो सके, करूँ।"

जनरल शाहनवाज ने एक बार आँख उठाकर उसकी ओर देख-भर लिया। लेफ्टिनेण्ट सहगल हिला-डुला भी नहीं। लेकिन मेजर जनरल ढिल्लन ने कहा, "आप यहाँ कर ही क्या सकते हैं?"

"मैं यही कर सकता हूँ, कि आखिरी दम तक आपको कम से कम तकलीफ हो, ऐसी कोशिश करूँ।"

जनरल शाहनवाज ने एकाएक सिर उठाकर कुछ चिढ़ कर कहा, "लेकिन आपको सिर्फ हमारी ही इतनी फिक्र क्यों है और भी तो लोग हैं?"

"लेकिन मुझे यहीं भेजा गया है।" उसने नर्मी से कहा। फिर उसने जल्दी से पूछा, "शायद आप लोग सिगरेट पीना पसन्द करेंगे।"

उसने सिगरेट और सिगार निकालकर देना चाहा। परन्तु शाहनवाज ने इनकार कर दिया। ढिल्लन ने मुँह फेर लिया और सहगल ने उधर देखा ही नहीं।

एकाएक जनरल शाहनवाज ने रुखाई से कहा, "मैं आपकी असलियत को जानता हूँ जनाब, आप हमारी मदद करने नहीं आये हैं, मैंने आपको जापानी जनरलों के साथ उस दिन देखा था, जब हमें गिरफ्तार किया गया था।"

उन्होंने उसकी ओर से मुँह फेर लिया और अपनी नज़र लैम्प की परछाई पर जमा दी। उसके दोनों साथी भी उसकी ओर से उदासीन होकर बैठ गये। तीनों न जाने किन-किन विचारों में डूब गये।

उस आदमी ने अपने हाथ हिलाये, सिगरेट जलायी और चुपचाप धुंआ उड़ाता हुआ बाहर चला गया।

प्रात: की सूर्य-किरणें फैल चुकी थीं। तीनों बागी गहरी नींद सोकर अभी उठे ही थे कि संतरी ने आकर उन्हें सैल्यूट किया और एक ओर खड़ा हो गया। मेजर ढिल्लन ने कड़ककर पूछा, "क्या बात है?"

"सर, जेलर साहब ने आपको सलाम बोला है।"

"जेलर से कहो, यहीं आकर मुलाकात करें।"

संतरी सैल्यूट करके चला गया। ढिल्लन ने कहा, "रैस्कल।"

जेलर ने वहीं पहुँचकर उनसे हाथ मिलाया और एक परवाना पढ़कर सुनाते हुए कहा, "चाय-नाश्ता कर लीजिये-उसके बाद तैयार हो जाइये। आप सबको ग्यारह बजे तक हेड क्वार्टर पहुँचकर भारत के लिए जहाज़ पकड़ना है। विशिंग गुडलक।"

***

मुहब्बत

राजा-रईसों के जीवन कितने विलासमय, वासनापूर्ण और अरक्षित होते हैं, और बहुधा वे खतरनाक घटनाओं के शिकार हो जाते हैं-इसका एक तथ्यपूर्ण उदाहरण प्रस्तुत कहानी में है। आचार्य का राजा-रजवाड़ों से गहरा सम्पर्क रहा है, अत: इस कहानी में उसकी अनुभूति की स्पष्ट छाप है।

राजा साहब की आँखें हँस रही थीं। उन्हीं आँखों से उन्होंने मेरी ओर देखा, मुस्कराए और मसनद पर उठंग बैठकर मेरी ओर झुककर धीमे स्वर में कहा-देखी मुहब्बत। मतलब न समझ सकने पर मैंने आँखों में ही प्रश्न किया। राजा साहब ने चार बीड़ा पान मुँह में ठूँसते हुए कहा-आप आँख वाले हैं-देखिए साहब।

राजा साहब बहुत खुश थे। रियासती अदब और शिष्टाचार वातावरण में भर रहा था। कुँवर साहब भी एक कोने में सजे-धजे बैठे थे। जरवफकी शेरवानी, सिर पर मंडील उस पर हीरों की कलगी, गले में पन्ने का भारी कंठा। मगर आँखें नीचे झुकी हुईं। राजा साहब की एक-एक बात पर कहकहे पड़ रहे थे, बीच-बीच में मुखरा बी साहिबा भी फ़िकरा कस देती थीं। जिस पर कहकहा तो लाज़िमी था, मगर क्या मजाल कि कुंवर की मूंछों का बाल भी मुस्करा जाए। महफ़िल में बैठना उनके लिए दरबारी अदब के लिए जितना जरूरी था उससे अधिक महाराज के अदब से आँखें नीची रखना भी जरूरी था। सरंगियों की उंगलियाँ सिसकारी भर रही थीं और तबला तड़प कर हाय-हाय कर रहा था। मुझे यह सब 18वीं शताब्दी का सामंतशाही दृश्य बिल्कुल ही भोंडा जँच रहा था। संगीत के नाम पर वह केवल चीख थी और नृत्य के नाम पर उछल-कूद। मगर लोग थे कि छिन-छिन पर वाह-वाह के नारे लगा रहे थे। कहकहों की धूम मची थी और वेश्याओं पर वाहवाही के साथ इनाम, न्यौछावरी की वर्षा हो रही थी। मुस्कराना तो मुझे भी पड़ रहा था। क्या करूँ, राजा साहब का इतना लिहाज तो जरूरी था। मगर 'वाह' तो मेरे फूटे मुँह से एक बार भी नहीं निकलती थी। अब तो राजा साहब ने मेरी आँखों को एक चुनौती दी तो मैं चश्मे से घर-घूर कर अहमक की तरह इधर-उधर देखने लगा। राजा साहब मेरी बेवकूफी पर रहम खाकर रह गए।

लेकिन कुछ क्षण बाद ही राजा साहब ने हुक्म दिया-मुहब्बत खड़ी हो। और तब मैंने मुहब्बत को देखा, कुछ समझा भी। कम-से-कम राजा साहब का दिल तो समझ ही गया। लम्बा, छरहरा, नपातुला बदन, चमकते सोने का रंग, बड़ी-बड़ी मदभरी आँखें, चाँदी का-सा साफ माथा, भौंरे-सी गुंजनभरी लटें, दूज के चाँद के समान पतली भौहें और बिल्कुल 16 अंगुल की कमर। पैर की ठोकर दी तो घुंघरू बजे; फिर ठोकर दी, फिर दी, ठोकरों की झड़ी

लगाई, घुंघरू बजे छम-छम, छमाछम, छमाछम। छमछमाछम। और फिर देखी वह सोलह अंगुल वाली कमर, बल खाती, इठलाती नागिन-सी लहराती और उस पर तैरता वह अछूता यौवन। मदभरी आँखें, तिरछी भौहें। यहीं पर बस नहीं। कोयल की कुहू। पंचम की तान।

मसनद पर झुककर मैंने राजा साहब के कान के पास मुँह ले जाकर कहा-देखा महाराज; अब देखा।

राजा साहब ने भौहें तरेरकर कहा-अब क्या देखा? खाक। अब तो धुनिए-जुलाहे सब देख चुके। सबकी नज़र पड़ चुकी, जूठी हो चुकी। उन्होंने फिर अपना चाँदी का पानदान खोल चार बीड़े पान के हलक में ठूँस लिए और मेरी तरफ से मुँह फेर लिया।

क्या करूँ। देहाती दहकानी ठहरा। राजा साहब को खुश करने का कोई ढंग ही नहीं नज़र आया। मन मारकर मुहब्बत का नृत्य देखने लगा।

दोनों गालों में पान ठूँसे, उसे पेश करते हँसते हुए एक ने कहा-गज़ल गाओ। बनारस के बबुआ साहब ने एक मुट्ठी इलायचियाँ पेश करते हुए कहा-जी नहीं, कोई ठुमरी। मुंशीजी तड़प कर बोले-नहीं सरकार, कोई पक्की चीज़ होने दीजिए। राजा साहब ने मेरी ओर मुँह करके कहा-आप फ़र्माइश कीजिए। मैंने झेंपते हुए कहा-कोई ऐसी चीज़ सुनाइए जिसमें मुहब्बत का दरिया बह जाए।

राजा साहब खिलखिलाकर हँस पड़े। हँसी का फव्वारा फूट गया। भला राजा साहब हँसें और महफ़िल चुप रह जाए? बी साहिबा ने भी फिकरा जड़ा-तो हुजूर, इस मुहब्बत के दरिया से प्यास किसकी बुझेगी?

मैंने कहा-प्यास पंछियों की बुझेगी, मगर कोई मर्द बच्चा डुबकी लगा बैठे तो अजब नहीं।

राजा साहब दुहत्तड़ जाँघों पर मारकर उछल पड़े-खूब कहा, खूब कहा। मुहब्बत झेंप कर झुक गई। कुछ देर में कहकहों का तूफान थमा और मुहब्बत ने एक गज़ल गाई।

जान बची लाखों पाए। राजा साहब खुश हो गए। मैंने समझा, ठीक मुसाहिबी हुई।

दूसरे दिन रात को राजा साहब ने बुलावा भेजा। जाकर देखा दीवानखाने में राजा साहब और मुहब्बत दोनों ही हैं। पास में राजा साहब के मुँह लगे पेशकार राजा साहब का बड़ा-सा चाँदी का पानदान गोद में लिए बैठे हैं।

मुहब्बत ने आधी ताज़ीम दी और सलाम किया। मैंने कहा-मुबारकबादी देता हूँ। आप एक ही कमाल हैं।

"जी हाँ, कल आप नहीं बना सके, सो अब बनाइए"-मुहब्बत ने टेढ़ी नजरों से देखकर कहा।

"नहीं, नहीं, ऐसा नहीं है, आपका फन ही ऐसा है कि जो देखेगा सिर धुनने लगेगा।"

"आख्खा , तो इसी से हुजूर कल इस कदर सिर धुन रहे थे।' मुहब्बत ने खास तीखा तीर चलाया था। मैंने झेंप मिटाने को कहा-जी मैं दहकानी न सही-सारी महफिल ही सिर धुन रही थी।

"शुक्रिया, तो इस बात के हुजूर एक मातवर गवाह हैं।"

राजा साहब ने नकली गम्भीरता से कहा-वे सब सिर धुनने वाले सही-सलामत तो हैं न?

मुहब्बत ने कहा-एक वे मुन्शीजी तो कल ही मर रहे थे।

राजा साहब पचास को पार कर गए थे। दुबले-पतले, कोई ढाई माशे के लखनवी आदमी थे। रंग पक्का, खोपड़ी गंजी, आँखों में मोटे शीशे का चश्मा, खाने-पीने और कपड़े-लत्तों से असावधान, मगर पक्के पियक्कड़। धुन के पक्के और सनकी।

दो रानियाँ जिन्दा हाज़िर थीं। एक सही मानों में धर्मपत्नी। जो सिर्फ़ महलों में धरी रहती थीं। दूसरी तीखी समालोचक, विदुषी और डिक्टेटर।

मेरे राजा साहब से अनेक नाते थे। मैं उनका चिकित्सक तो था ही, मित्र भी था। वे मेरा विश्वास करते थे, दिल खोलकर बात करते थे। अनेक बार मैंने उनके प्राणों की रक्षा की, प्रतिष्ठा की भी। बहुत बार राजा साहब के आँसू मैंने देखे थे। मेरे सम्मुख राजा साहब वास्तव में एक निरीह व्यक्ति थे। राजा नहीं।

साल में 2-3 दौरे रियासत में लग ही जाते थे। परन्तु इस बार व्यस्त रहने से कुछ देर में जाना हुआ। जाकर देखा, सर्दी से बचने के लिए राजा साहब रजाई में लिपटे हुए अंगीठी ताप रहे हैं-पास बैठी है मुहब्बत। वह मुहब्बत नहीं जो पिछले साल देखी थी-हुजूर कहकर पुकारने वाली, झुककर सलाम करने वाली। यह तो दानी की गुण-गरिमा से पूर्ण स्त्री थी। उसकी आँखों में गर्व और बातचीत में रानीपन की साफ झलक थी। मैं सुन चुका था कि महाराज के आदेश से कुँवर साहबान उसकी ताज़ीम करते हैं, राजवधू उसे अभ्युत्थान देती हैं। सुनकर ही मेरा मन विद्रोह से सुलग उठा। और जब मेरे वहाँ पहुँचने पर उसने मुझे ताज़ीम नहीं दी, उल्टे मुझी से ताज़ीम चाही तो मैंने उस औरत की तरफ से एकबारगी ही मुँह फेर लिया। मैं उसकी ओर बिना ही देखे राजा साहब से बातें करने लगा।

राजा साहब ने देखा। देखकर मुस्कराए। मुस्कराकर कहा-पहचाना नहीं।

मैंने आश्चर्य का नाट्य करते हुए कहा-नहीं महाराज।

"मुहब्बत है"-सरल आँखों से उसकी ओर ताकते हुए उन्होंने कहा।

मैंने कहा-ओफ़, बिलकुल ही सूखकर खुश्क हो गई।

राजा साहब ने आँखें मेरी ओर उठाकर कहा-कौन?

"मुहब्बत महाराज।" मैंने थोड़े दर्द से कहा। महाराज एकदम खिलखिलाकर हँस पड़े, बोले-इतनी मोटी तो हो रही है। आप कहते हैं सूख गई।

मैंने आँखें नीचे करके रूखे स्वर में कहा-महाराज शायद ख़ातून का जिक्र कर रहे हैं? परन्तु मैंने महाराज से मुहब्बत की बाबत अर्ज़ की?

"खूब हैं आप।" राजा साहब हँसकर बोले-मुहब्बत को मुहब्बत से जुदा करते हैं आप। खैर, अब यह देखिए कि इनका मिज़ाज कैसा है? इस बार तो मैंने इन्हीं के लिए आपको कष्ट दिया है।

अपनी अप्रसन्नता को मैंने छिपाया नहीं। थोड़ा रूखे स्वर में मैंने कहा-महाराज ने इतनी-सी बात के लिए नाहक तकलीफ दी। रियासत के डॉक्टर या नर्स क्या इतना भी नहीं कर सकते?

मेरा जवाब राजा साहब को पसन्द नहीं आया। उनका चेहरा उदास हो गया, परन्तु प्रथम इसके वे कुछ कहें मैं उठ खड़ा हुआ। मैंने मुहब्बत से कहा-दूसरे कमरे में चलो देखूँ, क्या बात है।

स्पष्ट था कि वह मेरी भावना को ताड़ गई। उसकी त्यौरियों में बल पड़ गए। जब मैं उसकी परीक्षा कर चुका और चलने लगा तो उसने कहा-कड़वी दवा मत दीजिए। नहीं खा सकूँगी।

मैंने उलटकर देखा। मेरी आँखें जलने लगीं।

मैंने कहा-क्यों?

"मैं कड़वी दवा नहीं खा सकूँगी।"

मैंने जवाब नहीं दिया। गहरी विरक्ति और कुत्सा से मेरा मन भर गया।

"आप स्थानीय डॉक्टर साहब को ज़रा बुला लीजिए, मैं उन्हें समझा दूंगा। इनकी चिकित्सा-व्यवस्था हो जाएगी।"

और इस प्रकार, डॉक्टर साहब का चरण अन्त:पुर में पड़ा। नवयुवक थे। गौर वर्ण था, गोल मुँह और गोल ही आँखें। हर समय हँसकर बातें करना उनका स्वभाव था। जब मेरे ही सामने उन्होंने उस औरत को 'हुजूर' कहकर पुकारा तो उस औरत ने साभिप्राय मेरी ओर ताका। उस ताकने का अभिप्राय यह था देखा, इस तरह बोलना चाहिए।

रियासती व्यवस्था बड़ी विचित्र होती है। अन्त:पुर के उस द्वार पर रात-दिन संगीन का पहरा रहता था। कोई पक्षी भी वहाँ पर नहीं मार सकता था। परन्तु डॉक्टर के लिए रोक न थी। डॉक्टर को देखते ही संतरी बंदूक नीचे करके द्वार छोड़कर हट जाता था और डॉक्टर एक मुस्कान उस पर फेंककर ऊपर चढ़ जाते। कक्ष में अकेली मुहब्बत और राजा साहब। तबीयत दोनों की खराब।

सर्दी के दिन थे। राजा साहब सुबह ही से धूप तापने को तिमंज़िली छत पर आरामकुर्सी पर जा पड़ते। वहाँ से वे पान कचरते रहते। तेल की मालिश होती रहती। कभी-कभी सो भी जाते। मुहब्बत बहुत कम ऊपर चढ़ती थी। टाँगों में दर्द था। सीढ़ियाँ नहीं चढ़ सकती थी। राजा साहब प्राय: दिन-दिन-भर छत पर पड़े रहते और मुहब्बत दिन-दिन-भर अपने कमरे में अकेली।

डॉक्टर नित्य आते। पहले देखते मुहब्बत को, फिर ऊपर जाकर राजा साहब को। नीचे उतरकर फिर मुहब्बत से बात करते। बात किस ढंग पर, किस मज़मून की होती थी, इसका तीसरा साक्षी था शारदीय वातावरण, एकान्त एकाकी मिलन, वेश्या और वेश्या की पुत्री। राजा बूढ़े, शराबी, सनकी और रोगी तथा गैरहाजिर। डॉक्टर को प्रवेश की स्वतन्त्रता, एकान्त सहवास की स्वतन्त्रता, और चाहे जब तक भीतर रहने की स्वतन्त्रता; एक चमड़े का हैंडबैग हाथ में ले जाने और ले आने की स्वतन्त्रता। इन सबने घुल मिल कर उस पेशेपंथी डॉक्टर और उस पेशेवर वेश्या को एक सूत्र में बाँध दिया। पहले प्रेमोदय हुआ, फिर प्रेमालाप।

अब दोनों एक थे, पाप और नमकहरामी से भरपूर। निरीह मालिक से विश्वासघात करने को तैयार। कुछ दिन संकेत वार्ता चली। फिर एक दिन खुलकर बातचीत हुई।

डॉक्टर ने कहा-मुहब्बत, इस तरह कब तक चलेगा?

"यही मैं कहती हूँ।"

"तब?"

"चलो कहीं भाग चलें।"

"एक दिन अवसर पाकर मुहब्बत ने कहा-एक बात कहती हूँ।"

"कहो।"

"किसी से कहोगे तो नहीं?"

"नहीं।"

"जिंदा न रहने पाओगे।"

"तो साथ ही मरेंगे। तुम बात-कहो।"

"वह सेफ़ देख रहे हो?"

"देख रहा हूँ।"

"उसमें नोटों के गदर भरे पड़े हैं।"

"अच्छा, तुमने देखा?"

"देखा।"

"लेकिन खजाना तो नीचे पहरे में है।"

"यह महाराज का प्राइवेट पर्स है।"

"अच्छा, कितना रुपया है?"

"कल गिना था, 5 लाख के नोट हैं।"

"सच।"

"एक मोतियों की माला है, कहते थे एक लाख की है।"

"अच्छा ।"

"एक हीरे की कलगी है, डेढ़ लाख की है।"

"अरे।"

"और मुट्ठी-भर जवाहर-हीरे-मोती हैं।"

"भई राजा का घर है, राजा के घर में मोतियों का अकाल?"

"सुनो।"

"क्या?"

"मैं वह सेफ़ खोल सकती हूँ।"

"अरे। किस तरह?"

"एक तरकीब है। मुझे मालूम है।" उसने इधर-उधर देखा। डॉक्टर ने कहा-"क्या चाबी हथिया ली है।"

"नहीं, हरूफ़ उलट-पलट होते हैं। कल राजा साहब ने मुझे बताए।"

डॉक्टर ने अपने को संयत करके कहा-

"मुहब्बत, तुम जानती हो, मैं तुम्हें कितना चाहता हूँ।"

"खूब जानती हूँ।" मुहब्बत ने मुस्कराकर कहा।

"फिर यह दौलत अपनी होनी चाहिए। अभी उम्र बहुत काटनी है और तुम तो बिल्कुल नौजवान हो। इस मुर्दे राजा के पास जैसे कब्र में दफ़ना दी गई। इस दौलत को हथियाकर तो तुम रानी बन सकती हो, सच्ची रानी।"

"ऐसा करना खतरे से खाली नहीं है।"

"लेकिन इस दौलत को यहीं छोड़ जाओगी।"

"तो क्या जेल काटूँगी?"

"जेल बेवकूफ़ काटते हैं।"

"मैं पक्की बेवकूफ़ हूँ।"

"लेकिन मैं ज़रा भी बेवकूफ़ नहीं।"

"तो तुम यह दौलत लूट लेना चाहते हो?"

"पहले एक बात बताओ।"

"क्या?"

"इस सेफ़ की बात किसी को मालूम है?"

"सेफ़ को तो सभी ने देखा है।"

"नहीं। रकम।"

"न। किसी को नहीं मालूम।"

"क्या कुँवर साहब को भी नहीं?"

"नहीं। उन्हीं से छिपाकर तो यह रकम और जवाहरात रखे गए हैं।"

"किसलिए?"

"हविश। जवाहरात तो सब रानी साहिबा के हैं।"

"उन्हें मालूम है?"

"नहीं।"

"ठीक कहती हो?"

"परसों स्वयं राजा साहब ने कहा था। इस रकम की कभी किसी के सामने चर्चा भी न करना।"

"और तुम्हें उन्होंने ताला खोलना, बन्द करना भी बता दिया?"

"दो-एक बार देखा, मैं समझ गई।"

"क्या राजा जानता है कि तुम इसे खोल सकती हो?"

"नहीं। मैंने कल ज्यों ही मज़ाक से हाथ लगाया था, सेफ़ खुल गया।"

"तो यह हमारा-तुम्हारा भाग्य है, मुहब्बत; मेरे-तुम्हारे बीच ईमान है। मेरी गंगा, तुम्हारा कुरान।"

"कसम खाओ।"

"खाई भई।"

"कल से चारपाई पर पड़ जाओ, मैं रोज़ आऊँगा, खाली बैग लेकर। और जितना उसमें समा सकेगा, भर ले जाऊँगा, राजा साहब कब ऊपर जाते हैं?"

"चाय-पानी पीकर नौ बजे।"

"मैं दस बजे आऊँगा।"

"लेकिन राजा यदि कभी सेफ़ खोले?"

"हमें सिर्फ एक हफ्ता लगेगा।"

"इसी हफ्ते में यदि बात खुल गई?"

डॉक्टर की आँखों में चमक आई और उसने मुहब्बत का हाथ कसकर पकड़ा और कहा- एक हफ्ते में भी नहीं और उसके बाद भी कभी नहीं। एक काम कर सकोगी?

"क्या?"

"चाय के साथ..." डॉक्टर की जबान लड़खड़ाई। मुहब्बत ने घबराकर कहा-न भई, यह काम मुझसे न हो सकेगा।

"बेवकूफ़ी मत करो, मैं डॉक्टर हूँ, अनाड़ी नहीं। शक-शुबा किसी को न होगा। काम ऐसी सफ़ाई से होगा।"

"अरे बाबा, फाँसी पड़ेगी, फाँसी।"

"क्या बातें करती हो, मुहब्बत। सिर्फ दो कतरे चाय में डाल दो। चाय तो तुम्हीं बनाती हो?"

"हाँ, परन्तु उससे क्या होगा? क्या यह ज़हर है।"

"जहर तो है लेकिन राजा इससे मरेंगे नहीं। सिर्फ़ बदहवास हो जाएँगे। उनका दिमाग फेल हो जाएगा।"

"इसके बाद?"

"इसके बाद हमारे लिए अवसर-ही-अवसर है।"

चतुर डॉक्टर ने उस औरत को हिम्मत कायम करने का अवसर दिया और तेजी-से चल दिया। मुहब्बत एकदम मसनद पर से उठ गई।

राजा साहब यों तो हमेशा ही किसी-न-किसी शाही बीमारी से मुब्तिला रहते थे। कभी सर्दी, कभी जुकाम, कभी कुछ, कभी कुछ। मगर यह तो उनकी तंदुरुस्ती के ही अन्तर्गत था। आज एकाएक उनकी तबीयत में परिवर्तन-सा लगा। वे ऊपर जाकर आराम कुर्सी पर बदहवास से पड़ गए।

डॉक्टर आया। महाराज को बारीकी से देखा और कहा-रात ज्यादा ड्रिंक किया गया प्रतीत होता है। आराम फ़र्माने से कल तक सब ठीक हो जाएगा। उन्होंने राजा साहब के लिए नुस्खा लिखा और भी हिदायतें लिखीं। राजा साहब ने जैसे नींद से जागकर कहा-मुहब्बत को भी देखते जाइए, कैसी है।

"देखता जाऊँगा, सरकार।"

वे नीचे उतरे। आँखों ही में बातें हुई। मुहब्बत ने कहा-

"हम मारे जाएँगे, डॉक्टर साहब।"

"फिक्र मत करो, हिम्मत रखो।"

"लेकिन मैं यह काम नहीं कर सकती। आज यह दवा मैं नहीं दूँगी।"

"तो मैं कहूँगा कि मुहब्बत ने राजा साहब को जहर दिया है। जानती हो मैं डॉक्टर हूँ, चाहूँ तो अभी आधे घंटे में हथकड़ियाँ डलवा दूंगा।"

डॉक्टर की आँखों में प्रतिहिंसा व्यक्त हो उठी।

मुहब्बत ने क्रुद्ध होकर कहा-तुम भी नहीं बचोगे डॉक्टर, मैं कहूँगी तुमने ही ज़हर लाकर दिया था।

डॉक्टर ने हँसकर कहा-ऐसा कहते ही यह साबित हो जाएगा कि तुमने ज़हर दिया। अब तुम्हें यह साबित करना रह जाएगा कि डॉक्टर ने दिया। वह तुम कैसे साबित करोगी?

मुहब्बत ने आँखों में आँसू भरकर कहा-डॉक्टर, रहम करो। मैं बदनसीब औरत हूँ।

"तो मैं जो कहता हूँ करो। वह सेफ़ खोलो, जितनी रकम इस बैग में आती है, भर दो। मैं तब तक बाहर देखता हूँ कोई आता तो नहीं। मगर पहले सारी ज्वैलरी बैग में रख दो। डॉक्टर ने बाहर की ओर मुँह फेरा, और मुहब्बत ने काँपते हाथों से सेफ़ को छुआ। लाखों रुपयों की ज्वैलरी और नोट डॉक्टर के बैग में भरकर अब मुहब्बत ने डॉक्टर के हाथ में बैग दिया तो सूखे मुँह से उसकी ओर देखकर कहा-और आप डॉक्टर, मेरे साथ दंगा न करोगे, सब हज़म न कर जाओगे, इसी का क्या भरोसा है?

एक कुटिल हास्य लाकर डॉक्टर ने कहा-इत्मीनान रखो मुहब्बत हमारी-तुम्हारी मुहब्बत इसके बीच में है। एक प्रकार से बैग उसने झपट लिया। मुहब्बत ने कहा-और गंगा और कुरान?

"हाँ, हाँ वह भी। लो आज की खुराक"-डॉक्टर ने एक छोटी-सी पुड़िया उसकी ठंडी बर्फ़-सी उंगलियों में पकड़ा दी। डॉक्टर चला गया और मुहब्बत मूर्छित-सी होकर ज़मीन पर गिर गई।

राजा साहब की हालत बहुत बदतर हो गई। उनमें सर्वथा ज्ञान का लोप हो गया। बदहवासी में वे अंटशंट बकने लगे। होंठ उनके काले और आँखें लाल हो गईं। अपने दोनों हाथों की उँगलियों से कुछ ताने-बाने से बुनने लगे। खाना-पीना समाप्त हो गया। गर्म पानी में घोलकर मीठी शराब देने से उन्हें कुछ चैतन्य आता था। मुहब्बत और डॉक्टर ने राजा साहब की सेवा में दिन-रात एक कर दिया। रियासत-भर में मुहब्बत एक आदर्श सती स्त्री की भाँति प्रशंसित हो गई-कलिकाल में मुसलमान वेश्या होकर ऐसी सेवा-परायणा स्त्री कहाँ मिल सकती है? और डॉक्टर ने तो सतयुग का उदाहरण उपस्थित कर दिया।

रात-रात भर जब सब नौकर-चाकर, परिजन थक जाते, ये दोनों ही राजा की सेवा में जागते रहते-उन्हें निर्विघ्न-सन्देह रहित मृत्यु के द्वार तक अत्यन्त सफलता में पहुँचाते जाते थे।

सेफ़ खाली हो चुका था। और अब मुमूर्ष रोगी के पास आँखों और इंगितों में इन दोनों व्यक्तियों की जो बातचीत होती उसका मूल विषय होता वह धन जो चुरा लिया गया था और अब डॉक्टर के पेट में पहुँच चुका था। मुहब्बत घबराकर सुखे होठों से कहती-देखना, दगा न करना, तुम्हारे विश्वास पर यह सब किया है। डॉक्टर आँखों में ही जवाब देते-इत्मीनान रखो, सब ठीक हो जाएगा।

परन्तु जब राजा साहब की अवस्था सांघातिक रूप धारण कर गई तो डॉक्टर ने कुँवर साहब से कहा-अब तो मेरे बूते की बात रही नहीं है, किसी बड़े डॉक्टर की सहायता की

आवश्यकता है। कल न जाने क्या हो जाए तो मेरा मुँह काला होगा। मैं तो जो करनी थी, कर चुका।

भला डॉक्टर की सेवा में सन्देह किसे था?

राजा साहब को सदर शहर में अस्पताल ले जाया गया। वहाँ अनेक धुरंधर डॉक्टर उनकी देखभाल करने लगे। परन्तु रोग का कारण किसी की समझ में नहीं आ रहा था। रोग बढ़ता जा रहा था। और अब राजा साहब की किसी भी क्षण बेहोशी की हालत में मृत्यु हो सकती थी। काशी की पंडित-मंडली शिव मन्दिर में नवार्णव के सम्पुट से मृत्युंजय मन्त्र का पाठ कर रही थी। देश-देश के ज्योतिषी क्षण-क्षण पर क्रूर ग्रहों की गतिविधि देख रहे थे। गतिविधि ठीक-ठीक नहीं देखी जा सकी थी तो केवल डॉक्टर और मुहब्बत की, जो इस निर्मम हत्या, विश्वासघात और उनके प्रधान अभियुक्त थे।

डॉक्टर हताश हुए तो एक दिन पश्चात् कुँवर साहब ने मेरा ध्यान किया। ज़रा-सी ही बात पर राजा साहब मुझे बुला भेजते थे। अब इतना बड़ा कांड हो गया और मुझे नहीं बुलाया गया। कुँवर साहब के प्रस्ताव का डॉक्टर और मुहब्बत दोनों ने ही विरोध किया। डॉक्टर ने कहा-इतने बड़े चिकित्सक हार बैठे, वे आकर अब क्या करेंगे? कुँवर साहब ने कहा-माना कुछ न करेंगे। होनहार होकर रहेगा। पर अपने मित्र को देख तो लेंगे। मुझे सूचना भेज दी गई।

आकर देखा, अभागा राजा बिछौने पर असहायावस्था में पड़ा है। आँखें आधी बन्द। आक्सीजन गैस से श्वास लेता हुआ दोनों हाथों की उँगलियाँ जैसे किसी सूत के धागे को लपेट रही थीं। आँखों का रंग लाल अंगारा, टेम्प्रेचर बिल्कुल नहीं, गुर्दों का काम बन्द, दिल की धड़कन किसी भी क्षण धोखा देने वाली।

सब कुछ देखकर मैं आश्चर्यचकित रह गया। और जब मैंने सुना कि पूरे ग्यारह दिन से ऐसा है तब तो मेरा मन सन्देह और आशंकाओं से भर गया।

हर दूसरे घंटे पर डॉक्टर रोगी को सम्भाल रहे थे। मेरी अवाई सुनते ही वे दौड़े आए और शुरू से आखिर तक रोग का इतिहास सुनाने लगे। एक-दो सम्बन्धी राजा उपस्थित थे। बहुएँ, पुत्र, परिजन सभी थे। डॉक्टर रोग-विवरण सुना रहा था। बीच-बीच में अनावश्यक हास उनके होठों पर आ जाता था। मेरा सन्देह निश्चय में बदल रहा था। बीच में रोककर मैंने पूछा-ठहरिए, टेम्प्रेचर-चार्ट कहाँ है, देखूँ?

डॉक्टर का मुँह सूख गया। उसने कहा-टेम्प्रेचर-चार्ट तो हमने बनाया ही नहीं।

"क्यों?" मैंने खूब कड़ाई से प्रश्न किया।

डॉक्टर ने हकलाते हुए कहा-टेम्प्रेचर राइज़ ही नहीं हुआ।

"तो बिना ही टेम्प्रेचर के ये डिलीरियम के साघांतिक आसार उत्पन्न हो गए?"

"जी हाँ, जी हाँ",-डॉक्टर ने थूक सटक कर हँसने की कोशिश की।

मैंने कहा-और आपने इधर ध्यान नहीं दिया?

"दिया साहब, मैंने..."

मैं संयत न रह सका। गरज कर मैंने कहा-डॉक्टर, यह सरासर खून का केस है, मुझे मुनासिब है कि पुलिस को इत्तला दूं। मैं तेजी-से कुर्सी छोड़कर उठ खड़ा हुआ। मुहब्बत चीख मारकर बेहोश हो गई। डॉक्टर मुर्दे की भाँति ज़र्द पड़ गया। जुड़ीग्रस्त पुरुष की भाँति वह काँपने लगा।

इसी समय राजा ने आँखें खोलीं। उनकी वह दृष्टि स्वाभाविक थी। मैं लपक कर उनके पास गया। दोनों हाथों में उनका हाथ लेकर कहा-महाराज, साहस मत खोइए, आपकी जो इच्छा हो, कहिए। उन्होंने इधर-उधर आँखें घुमाईं। क्षीण स्वर में कहा-बड़े...

तुरन्त ही बड़े कुँवर ने उनकी गोद में सिर डाल दिया। राजा की आँखों से आँसुओं की धारा बह चली। मैंने नाड़ी, दिल की धड़कन देखी। भीड़ को तुरन्त हटाया। राजा साहब ने मुँह खोल दिया। मैंने कहा-गंगाजल दीजिए। दो तुलसीदल डालकर एक पैंट गंगाजल उनके मुँह में डाल दिया गया। जल कण्ठ में गया और प्राण नश्वर शरीर से पृथक् हुए।

उस रियासत में मेरा काम और मेरे सम्बन्ध सब समाप्त हो चुके थे। फिर भी जिस दिन नए राजा को पगड़ी बँधी मुझे हाज़िर होना पड़ा। नए राजा नवयुवक, भावुक और दुबले-पतले लजीले से थे। सब कृत्य समाप्त होने पर जब मैं एकान्त में मिला तो बातें हुईं। मैंने कहा-

"उस मामले में आपने कुछ किया?"

"क्या आपको कुछ मालूम था?"

"मैं निश्चित रूप से सिद्ध कर सकता हूँ कि यह अत्यन्त सावधानी पूर्वक किया गया खून था।"

"परन्तु किसी भी डॉक्टर ने ऐसा नहीं कहा?"

"कैसे कहा जा सकता था, खूनी डॉक्टर है। सब कार्य बहुत वैज्ञानिक रीति से हुआ। सन्देह की कोई भी गुंजाइश न थी। मुझे तो केवल एक सूत्र मिल गया, नहीं तो मैं भी न जान सकता।"

"पर अब तो उन्होंने सब कुछ बता दिया है।" उनका मतलब मुहब्बत से था।

"सब कुछ?"

"जी, डाके का हाल आप सुन चुके होंगे?"

"नहीं तो, डाका कैसा?"

इस पर नए राजा ने सारा विवरण बताया। मुहब्बत ने राई-रत्ती सब बता दिया था।

मैंने कहा-आपने मामला पुलिस में नहीं दिया?

"कैसे दे सकता था, वे वेश्या अवश्य हैं पर मेरे पिता ने उन्हें मेरी माता के स्थान पर रखा था। उनके विरुद्ध कुछ भी करना मेरे लिए अशक्य था। यह मेरे खानदान की प्रतिष्ठा और मर्यादा का प्रश्न था।"

"किन्तु दस लाख का डाका और राज पुरुष की जान"-मैंने धीरे-से कहा।

युवक राजा ने आँखों की कोर से आँसू पोंछा। बहुत देर हम चुप बैठे रहे। फिर मैंने कहा-रुपया मिलने की कुछ उम्मीद है?

"नहीं।"

"सब क्या डॉक्टर लूट ले गया? मुहब्बत को कुछ नहीं दिया?"

"नहीं।"

"डॉक्टर कहाँ है?"

"छुट्टी ली है, शायद तबादला भी करा रहा है।"

"और मुहब्बत?"

"वे यहीं हैं।"

"क्या मैं मिल सकता हूँ?"

नए राजा ने देखकर कहा-क्षमा कीजिए। वे बाहर नहीं आती हैं। महल में हैं। युवक राजा की शालीनता अद्भुत थी। मैंने कहा-राजा मर गया, आप चिरंजीव रहें।

और मैं उठकर चला गया।

***

दलित कुसुम

शाइस्ता खाँ शाहजहाँ बादशाह का साला था और एक चतुर और उच्च अमीर था। उसकी स्त्री एक ईरानी अमीर की इकलौती बेटी थी। वह बड़ी सती, सच्चरित्र और पवित्रात्मा थी। जैसी अद्वितीय सुन्दरी थी वैसी ही अस्मत वाली भी थी। वह एक नयी उम्र की बड़ी नाज़ुक मिज़ाज, भावुक युवती थी।

शाहजहाँ की उस पर एक अमीर के यहाँ दावत में दृष्टि पड़ी। रिश्तेदार होने के कारण वह बादशाह के सामने आने को विवश की गयी थी। बूढ़े कामुक बादशाह ने अपनी बड़ी बेटी जहाँआरा के द्वारा उसे एक जियाफत देने रंगमहल में बुलवा लिया। बेगम जफरअली उसे फुसलाकर बादशाह के उस रहस्यपूर्ण कमरे में ले गयी, जिसमें अनगिनत सतियों का सतीत्व लूटा जा चुका था। भोली-भाली लड़की जैसे दाँव में फँस गयी और जब वहाँ उसने अपने को बादशाह के चंगुल में फँसकर असहायावस्था में पाया तो छूटने को बहुत हाथ-पैर मारे, बड़ी छटपटायी पर वह अपने को बचा न सकी। बादशाह ने उसका सतीत्व भंग कर दिया। फिर वह बहुत-सी भेंट और नजराने देकर वापस भेज दी गयी।

परन्तु मुगल राज्य में जिस प्रकार की अन्य अमीरों की औरतें होती थीं-वह वैसी न थी। उसने घर आकर सब हाल अपने पति से कह दिया और खाना-पीना तथा वस्त्र बदलना भी छोड़ दिया। इस घटना को पन्द्रह दिन बीत चुके थे। वह कुचली हुई फूलमाला की तरह बिस्तर पर पड़ी रहती थी। तमाम घर-भर में उदासी छायी हुई थी। प्रातःकाल का समय था। उसके नेत्रों में मरने का दृढ़ संकल्प था। उसके पलंग के पास उसका प्यारा पति बैठा था। दोनों खूब रो चुके थे। अब जिस प्रकार एक कठोर संकल्प करने का भाव उस सती के मुख पर था उसी प्रकार बदला लेने का भाव उस युवक अमीर वीर के मुख पर भी था।

उसने कोमलता से पत्नी का हाथ अपने हाथ में थाम कर कम्पित स्वर से कहा, “प्यारी, अपना यह खौफनाक इरादा छोड़ दो; जीती रहो-मेरी नज़र में तुम पाक-साफ हो! मैं उस जालिम बादशाह से ऐसा बदला लूँगा कि दुनिया देखेगी!” बात पूरी करते-करते उसकी आँखों से आग निकलने लगी और काँपने लगा।

बेगम ने पति का हाथ दोनों हाथों में लेकर अपनी छाती पर रखा। वह कुछ देर चुपचाप आँखें बन्द किये पड़ी रही। फिर अपने क्षीण स्वर में कहा, “मेरे प्यारे शौहर, इतने ही दिनों में मैंने तुमसे वह प्यार पाया कि जिन्दगी का सब लुत्फ उठा लिया। अब मेरी जिंदगी में किरकिरी मिल गयी। मैं नापाक कर दी गयी। अब मैं तुम्हारे लायक न रही। प्यारे, मेरे जिस जिस्म को उस नापाक कुत्ते ने छुआ है, मैं उसमें न रहूँगी। और ताकयामत तुम्हारा इंतजार करूँगी!”

"मगर प्यारी बेगम, मैं तुम्हारे बिना कैसे दुनिया में जिन्दा रहूँगा? मेरी जिंदगी तुम हो, मेरी आँखों में सिर्फ तुम्हारी रोशनी है! तुम्हारे बिना दुनिया में मेरा कोई नहीं है।"

युवती की आँखों से आँसू ढरकने लगे। उसने पति के हाथों को प्यार से चूमकर कहा, "रहना पड़ेगा मेरे मालिक; मैं जिंदा नहीं रह सकती, मैं आबोदाना नहीं ले सकती; आह! उस जालिम ने न मालूम मुझ जैसी कितनी बेबस-कमजोर औरतों को बर्बाद किया होगा। मुमकिन है वे सब अस्मतफरोश न हों, लेकिन इस मुगल सल्तनत में एक भी ऐसा बहादुर आदमी नहीं जो हम बेबसों को उस जालिम भेड़िये से बचाये? मेरे प्यारे मालिक, तुम वादा करो कि बदला लोगे।"

"मैं वादा करता हूँ प्यारी, कि जब तक मैं तुम्हारी बेहुर्मती का बदला न ले लूँगा चैन से न बैठूँगा। परवाह नहीं, चाहे जान भी चली जाये।"

"तो प्यारे, फिर मैं बड़ी खुशी से मर सकती हूँ। इसका मुझे बड़ा फख़ है।"

"मगर मेरी प्यारी बेगम, तुम अपने इस इरादे को बदल दो, खुदा के लिए मुझपर रहम करो; मैं तुम्हें उसी तरह आँखों की पुतली बनाकर रखूंगा।"

"नहीं प्यारे, मेरी गैरत यह इजाजत नहीं देती; इस तरह जलील होकर मैं किस तरह जिन्दा रह सकती हूँ! नहीं, नहीं, किसी भी तरह नहीं मालिक। एक मर्द की तरह तुम मुझे विदा करना-हम फिर मिलेंगे-और वैसे ही पाक-साफ जैसे उस दिन थे जबकि हम पहली बार मिले थे!" इतना कहते-कहते, उस बेगम की आँखों से आँसुओं की धार बहने लगी। उसकी सांस ज़ोर-ज़ोर से चलने लगी, और उसका सारा शरीर थर-थर कांपने लगा।

कुछ सुस्ताकर उसने कहा, "प्यारे, तुम्हें वह दिन याद है जब मैंने अपने मेंहदी से रंगे हाथ तुम्हारे सुपुर्द किये थे, तुम्हें अपना बनाया था और तुमने मुझे अपनाकर निहाल किया था। हम लोग कितना हँसते थे, दुनिया कितनी मीठी लगती थी, दिन कैसे सुहावने थे, सूरज कैसा चमकता था, कोयल कैसी कूकती थी, रात कैसे हँसा करती थी, चाँद दूध बखेर कर दुनिया को कैसा बना देता था। हम लोग बातें करते थे, हँसते थे, रूठते थे, प्यार करते थे, लड़ते थे, फिर एक हो जाते थे। आह! इतनी जल्दी वे सब दिन खत्म हो गये!"

शाइश्ता खाँ ने उन्मत्त की तरह अपनी पत्नी को छाती से लगाकर कहा, "नहीं-नहीं, प्यारी, यह दुनिया वैसी ही है! देखो बाहर सूरज है, चाँद है, फूल हैं, उनमें खुशबू है। प्यारी, यह दुनिया वैसी ही मीठी है। आओ, एक बार हम फिर उसी तरह हँसे, लड़ें, रूठे और प्यार करें।"

उसने विह्वल होकर मुमूर्षु पत्नी के अनगिनत चुम्बन ले डाले। फिर वह उसकी छाती पर सिर रखकर फफक-फफककर रोने लगा।

बेगम भी रो रही थी। कुछ देर रो लेने पर जब जी हल्का हो गया तो शाइश्ता खाँ ने कहा, "तो प्यारी, कह दो कि हम लोग जियेंगे।"

"नहीं प्यारे, हमारी जिंदगी में कीड़ा लग गया। अब हम उस तरह नहीं जी सकते। औरत की जिन्दगी उसकी अस्मत है; वह गयी तो जिन्दगी भी गयी मेरे प्यारे शौहर, मुझे जाना होगा-मुझे मरना होगा। मगर ओफ, यह कभी न सोचा था कि इतनी जल्द। ओफ! ओफ!"

***

दुखवा मैं कासे कहूँ मोरी सजनी

यह कहानी सम्भवत: आचार्य की सबसे अधिक प्राचीन कहानी है। और सन् 14 या 15 के लगभग लिखी गई थी। उन दिनों वे चिकित्सक की हैसियत से किसी रियासत में एक राजकुमारी की चिकित्सा करने गए थे। वहाँ जो उन्होंने राजकुमारी का रूप-वैभव और शरीर पर लाखों रुपये मूल्य के हीरे-मोती देखे और राजकुमारी की जो मनोवृत्ति का अध्ययन किया तो उसी से प्रभावित होकर उन्होंने इस कहानी की सृष्टि की थी। तब एक बवंडर यह भी उठा था कि यह कहानी चोरी का माल है। किसी ने उसे गुजराती से, किसी ने मराठी से और किसी ने उर्दू से चुराई हुई बताया था। तब आचार्य ने इन समालोचक पुंगवों को एक संक्षिप्त उत्तर दिया था कि चोरी के जुर्म में वे सूली पर चढ़ने को तैयार हैं, बशर्ते की ये समालोचक गण उनकी विधवा कलम का पाणिग्रहण करने को तैयार हों। अयोग्य समालोचक के मुँह पर यह एक करारा तमाचा था। तब से यह कहानी बहुत प्रसिद्ध हो गई। भारत के भिन्न-भिन्न विश्वविद्यालयों में उसे आज के तरुणों के पिताओं ने पढ़ा। और अब आज के तरुण पढ़ रहे हैं। कहानी में उत्कट मानसिक आघात-प्रतिघातों को मनोवैज्ञानिक विश्लेषण तो है ही, मुगलों के राजसी वैभव के रेखाचित्र भी हैं। और इन चित्रों का इतना सच्चा उतरने का कारण यह था कि उन दिनों आचार्य का राजा-महाराजाओं के अन्त:पुर में बहुत प्रवेश था। और चिकित्सक के नाते उन्हें गुप्त-से-गुप्त बातें भी ज्ञात होती रहती थीं। परन्तु कथा का मूलाधार एक मशहूर किस्सागो के दंत किस्से पर आधारित था। उन दिनों दिल्ली में शाही ज़माने के कुछ किस्सागो जिंदा थे, जो शाही परम्परा में रईसों को किस्से सुनाने का खानदानी पेशा करते आए थे। एक किस्सा सुनाने की उनकी फीस दो रुपये से लेकर पचास रुपये तक होती थी। आचार्य को इन किस्सों से बहुत लगाव था। और कहना चाहिए उनकी कहानी लिखने में प्रवृत्ति किसी साहित्यिक प्रेरणा से नहीं हुई, इन किस्सागो लोगों की ही वाणी से हुई। इस प्रकार यह कहानी यदि चोरी का ही माल है तो किसी साहित्य की चोरी का नहीं, एक किस्सागो के मुँह से चुराया हुआ है। इस कहानी के इतिहास में एक बात यह कहनी और है कि इसकी फीस दो रुपये उन्हें देनी पड़ी थी। और जब यह कहानी प्रथम बार 'सुधा' में छपी तो उन्हें मुबलिग पाँच रुपये पुरस्कार (?) मिले थे।

गर्मी के दिन थे। बादशाह ने उसी फागुन में सलीमा से नई शादी की थी। सल्तनत के झंझटों से दूर रहकर नई दुलहिन के साथ प्रेम और आनन्द की कलोल करने वे सलीमा को लेकर कश्मीर के दौलत खाने में चले आए थे।

रात दूध में नहा रही थी। दूर के पहाड़ों की चोटियाँ, बर्फ से सफेद होकर चाँदनी में बहार दिखा रही थीं। आरामबाग़ के महलों के नीचे पहाड़ी नदी बल खाकर बह रही थी।

मोती महल के एक कमरे में शमा दान जल रहा था, और उनकी खुली खिड़की के पास बैठी सलीमा रात का सौंदर्य निहार रही थी। खुले हुए बाल उसकी फ़ीरोज़ी रंग की ओढ़नी पर

खेल रहे थे। चिकन के काम से सजी और मोतियों से गुंथी हुई उस फ़ीरोज़ी रंग की ओढ़नी पर कसी हुई कमख्वाब की कुरती और पन्नों को कमर पेटी पर अंगूर के बराबर बड़े मोतियों की माला झूम रही थी। सलीमा का रंग भी मोती के समान था। उसकी देह की गठन निराली थी। संगमरमर के समान पैरों में जरी के काम के जूते पड़े थे, जिन पर दो हीरे धक्-धक् चमक रहे थे।

कमरे में एक कीमती ईरानी कालीन का फर्श बिछा हुआ था, जो पैर रखते ही हाथ-भर नीचे धंस जाता था। सुगन्धित मसालों से बने शमा दान जल रहे थे। कमरे में चार पूरे कद के आईने लगे थे। संगमरमर के आधार पर, सोने-चाँदी के फूल दानों में, ताजे फूलों के गुलदस्ते रखे थे। दीवारों और दरवाजों पर चतुराई में गुंथी हुई नागकेसर और चम्पे की मालाएँ झूल रही थीं। जिनकी सुगंध से कमरा महक रहा था। कमरे में अनगिनत बहुमूल्य कारीगरी की देश-विदेश की वस्तुएँ करीने से सजी हुई थीं।

बादशाह दो दिन शिकार को गए थे। इतनी रात होने पर भी नहीं आए थे। सलीमा खिड़की में बैठी प्रतीक्षा कर रही थी। सलीमा ने उकताकर दस्तक दी। एक बाँदी दस्त बस्ता हाज़िर हुई।

बाँदी सुन्दर और कमसिन थी। उसे पास बैठने का हुक्म देकर सलीमा ले कहा-

"साकी, तुझे बीन अच्छी लगती है या बाँसुरी?"

बाँदी ने नम्रता से कहा-हुजूर जिसमें खुश हों।

सलीमा ने कहा-पर तू किसमें खुश है?

बाँदी ने कम्पित स्वर में कहा-सरकार! बाँदियों की खुशी ही क्या।

सलीमा हँसते-हँसते लोट गई। बाँदी ने वंशी लेकर कहा-क्या सुनाऊँ?

बेगम ने कहा-ठहरो, कमरा बहुत गरम मालूम देता है। इसके तमाम दरवाजे और खिड़कियाँ खोल दे। चिराग़ों को बुझा दे, चटखती चाँदनी का लुत्फ़ उठाने दे, और वे फूलमालाएँ मेरे पास रख दे।

बाँदी उठी। सलीमा बोली-सुन पहले एक गिलास शरबत दे, बहुत प्यासी हूँ।

बाँदी ने सोने के गिलास में खुशबूदार शरबत बेगम के सामने ला धरा। बेगम ने कहा-उफ्। यह तो बहुत गर्म है। क्या इसमें गुलाब नहीं दिया?

बाँदी ने नम्रता से कहा-दिया तो है सरकार।

"अच्छा, इसमें थोड़ा-सा इस्तंबोल और मिला।"

साकी गिलास लेकर दूसरे कमरे में चली गई। इस्तंबोल मिलाया और भी एक चीज़ मिलाई। फिर वह सुवासित मदिरा का पात्र बेगम के सामने ला धरा।

एक ही साँस में उसे पीकर बेगम ने कहा-अच्छा, अब सुना। तूने कहा था कि तू मुझे प्यार करती है; कोई प्यार का ही गाना सुना।

इतना कह और गिलास को ग़लीचे पर लुढ़का कर मदमाती सलीमा उस कोमल मखमली मसनद पर खुद भी लुढ़क गई, और रस-भरे नेत्रों से साकी की ओर देखने लगी। साकी ने वंशी का स्वर मिलाकर गाना शुरू किया-

'दुखवा मैं कासे कहूँ मोरी सजनी'

बहुत देर तक साकी की वंशी और कंठ-ध्वनि कमरे में घूम-घूमकर रोती रही। धीरे-धीरे साकी खुद भी रोने लगी। साकी मदिरा और यौवन के नशे में चूर होकर झूमने लगी।

गीत खत्म करके साकी ने देखा, सलीमा बेसुध पड़ी है। शराब की तेजी-से उसके गाल एकदम सुर्ख हो गए हैं, और तांबूल-राग-रंजित होंठ रह-रहकर फड़क रहे हैं। सांस की सुगन्ध से कमरा महक रहा है। जैसे मन्द पवन में कोमल पत्ती काँपने लगती है, उसी प्रकार सलीमा का वक्ष-स्थल धीरे-धीरे काँप रहा है। प्रस्वेद की बंदे ललाट पर दीपक के उज्ज्वल प्रकाश में मोतियों की तरह चमक रही हैं।

वंशी रखकर साकी क्षण-भर बेगम के पास आकर खड़ी हुई। उसका शरीर काँपा, आँखें जलने लगीं, कंठ सूख गया। वह घुटने के बल बैठकर बहुत धीरे-धीरे अपने आंचल से बेगम के मुख का पसीना पोंछने लगी। इसके बाद उसने झुककर बेगम का मुँह चूम लिया।

फिर ज्यों ही उसने अचानक आँख उठाकर देखा, खुद दीन-दुनिया के मालिक शाहजहाँ खड़े उसकी यह करतूत अचरज और क्रोध से देख रहे हैं।

साकी को साँप डस गया। वह हतबुद्धि की तरह बादशाह का मुँह ताकने लगी। बादशाह ने कहा-तू कौन है? और यह क्या कर रही थी?

साकी चुप खड़ी रही। बादशाह ने कहा-जवाब दे।

साकी ने धीमे स्वर में कहा-जहाँपनाह! कनीज़ अगर कुछ जवाब न दे, तो?

बादशाह सन्नाटे में आ गए-बाँदी की इतनी हिम्मत?

उन्होंने फिर कहा-मेरी बात का जवाब नहीं? अच्छा, तुझे नंगी करके कोड़े लगाए जाएंगे।

साकी ने अकंपित स्वर में कहा-मैं मर्द हूँ।

बादशाह की आँखें में सरसों फूल उठी। उन्होंने अग्निमय नेत्रों से सलीमा की ओर देखा। वह बेसुध पड़ी सो रही थी। उसी तरह उसका भरा यौवन खुला पड़ा था। उनके मुँह से निकला-उफ् । फ़ाहशा। और तत्काल उनका हाथ तलवार की मूठ पर गया। फिर उन्होंने कहा-दोजख के कुत्ते! तेरी यह मजाल!

फिर कठोर स्वर में पुकारा-मादूम!

एक भयंकर रूप वाली तातारी औरत बादशाह के सामने अदब से आ खड़ी हुई। बादशाह ने हुक्म दिया-इस मर्दूद को तहख़ाने में डाल दे, ताकि बिना खाए-पिए मर जाए।

मादूम ने अपने कर्कश हाथों में युवक का हाथ पकड़ा और ले चली। थोड़ी देर बाद दोनों एक लोहे के मज़बूत दरवाजे के पास आ खड़े हुए। तातारी बाँदी ने चाबी निकाल दरवाजा खोला, और कैदी को भीतर ढकेल दिया। कोठरी की गच कैदी का बोझ ऊपर पड़ते ही काँपती हुई नीचे धसकने लगी।

प्रभात हुआ। सलीमा की बेहोशी दूर हुई। चौंक कर उठ बैठी। बाल सँवारे, ओढ़नी ठीक की, और चोली के बटन कसने को आईने के सामने जा खड़ी हुई। खिड़कियाँ बन्द थीं। सलीमा ने पुकारा-साकी! प्यारी साकी! बड़ी गर्मी है, ज़रा खिड़की तो खोल दे। निगोड़ी नींद ने तो आज गज़ब ढा दिया। शराब कुछ तेज थी।

किसी ने सलीमा की बात न सुनी। सलीमा ने ज़रा ज़ोर-से पुकारा-साकी।

जवाब न पाकर सलीमा हैरान हुई। वह खुद खिड़की खोलने लगी। मगर खिड़कियाँ बाहर से बन्द थीं। सलीमा ने विस्मय से मन-ही-मन कहा-क्या बात है? लौंडियाँ सब क्या हुईं?

वह द्वार की तरफ चली। देखा, एक तातारी बाँदी नंगी तलवार लिए पहरे पर मुस्तैद खड़ी है। बेगम को देखते ही उसने सिर झुका लिया।

सलीमा ने क्रोध से कहा-तुम लोग यहाँ क्यों हो?

"बादशाह के हुक्म से।"

"क्या बादशाह आ गए?"

"जी हाँ।"

"मुझे इत्तिला क्यों नहीं की?"

"हुक्म नहीं था।"

"बादशाह कहाँ हैं?"

"जीनतमहल के दौलतख़ाने में।"

सलीमा के मन में अभिमान हुआ। उसने कहा-ठीक है, खूबसूरती की हाट में जिनका कारबार है, वे मुहब्बत को क्या समझेंगे? अब तो जीनतमहल की किस्मत खुली?

तातारी स्त्री चुपचाप खड़ी रही। सलीमा फिर बोली-मेरी साकी कहाँ है?

"कैद में!"

"क्यों?"

"जहाँपनाह का हुक्म!"

"उसका कुसूर क्या था?"

"मैं अर्ज़ नहीं कर सकती।"

"कैद खाने की चाबी मुझे दे, मैं अभी उसे छुड़ाती हूँ।"

"आपको अपने कमरे से बाहर जाने का हुक्म नहीं है।"

"तब क्या मैं भी कैद हूँ।"

"जी हाँ।"

सलीमा की आँखों में आँसू भर आए। वह लौटकर मसनद पर गड़ गई, और फूट-फूटकर रोने लगी। कुछ ठहरकर उसने एक ख़त लिखा-

"हुजूर! कुसूर माफ फर्मावें। दिनभर थकी होने से ऐसी बेसुध सो गई कि हुजूर के इस्तकबाल में हाज़िर न रह सकी। और मेरी उस लौंडी की जां बख्शी जाए। उसने हुजूर के दौलत खाने में लौट आने की इत्तिला मुझे वाजिबी तौर पर न देकर बेशक भारी कुसूर किया है। मगर वह नई, कमसिन, गरीब दुखिया है।

-कनीज़, सलीमा"

चिट्ठी बादशाह के पास भेज दी गई। बादशाह ने आगे होकर कहा-क्या लाई है?

बाँदी ने दस्त बस्ता अर्ज़ की-खुदावन्द! सलीमा बीबी की अर्जी है।

बादशाह ने गुस्से से होंठ चबाकर कहा-उससे कह दे कि मर जाए। इसके बाद खत में एक ठोकर मारकर उन्होंने उधर से मुँह फेर लिया।

बाँदी सलीमा के पास लौट आई। बादशाह का जवाब सुनकर सलीमा धरती पर बैठ गई। उसने बाँदी को बाहर जाने का हुक्म दिया, और दरवाजा बन्द करके फूट-फूटकर रोई। घंटों-बीत गए; दिन छिपने लगा। सलीमा ने कहा-हाय! बादशाहों की बेगम होना भी क्या बदनसीबी है। इंतजार करते-करते आँखें फट जाएँ, मिन्नते करते-करते जबान घिस जाए. अदब करते-

करते आँखें फट जाएँ, फिर भी इतनी-सी बात पर कि मैं ज़रा सो गई, उनके आने पर जग न सकी, इतनी सजा। इतनी बेइज्जती। तब मैं बेगम क्या हुई? जीनत और बाँदियाँ सुनेंगी तो क्या कहेंगी? इस बेइज्जती के बाद मुँह दिखाने लायक कहाँ रही? अब तो मरना ही ठीक है। अफ़सोस। मैं किसी गरीब किसान की औरत क्यों न हुई।

धीरे-धीरे स्त्रीत्व का तेज उसकी आत्मा में उदय हुआ। गर्व और दृढ़ प्रतिज्ञा के चिह्न उसके नेत्रों में छा गए। वह सांपिन की तरह चपेट खाकर उठ खड़ी हुई। उसने एक और ख़त लिखा-

"दुनिया के मालिक। आपकी बीवी और कनीज़ होने की वजह से मैं आपके हुक्म को मानकर मरती हूँ। इतनी बेइज्जती पाकर एक मलिका का मरना ही मुनासिब भी है। मगर इतने बड़े बादशाह को औरतों को इस कदर नाचीज तो न समझना चाहिए कि एक अदना-सी बेवकूफ़ी की इतनी कड़ी सजा दी जाए। मेरा कुसूर सिर्फ इतना ही था कि मैं बेख़बर सो गई थी। खैर, सिर्फ एक बार हुजूर को देखने की ख्वाहिश लेकर मरती हूँ। मैं उस परवरदिगार के पास जाकर अर्ज़ करूँगी कि वह मेरे शौहर को सलामत रक्खे।

-सलीमा"

ख़त को इत्र से सुवासित करके ताजे फूलों के एक गुलदस्ते में इस तरह रख दिया कि जिससे किसी की उस पर फौरन ही नज़र पड़ जाए। इसके बाद उसने जवाहरात की अंगूठी निकाली और कुछ देर तक आँखें गड़ा-गड़ा कर उसे देखती रही। फिर उसे चाट गई।

बादशाह शाम की हवाख़ोरी को नज़र-बाग में टहल रहे थे। दो-तीन खोजे घबराए हुए आए, और चिट्ठी पेश करके अर्ज़ की-हुजूर गज़ब हो गया। सलीमा बीबी ने जहर खा लिया है, और वे मर रही हैं।

क्षणभर में बादशाह ने खत पढ़ लिया। झपटे हुए सलीमा के महल पहुंचे। प्यारी दुलहिन जमीन पर पड़ी है। आँखें ललाट पर चढ़ गईं हैं। रंग कोयले के समान हो गया है। बादशाह से न रहा गया। उन्होंने घबराकर कहा-हकीम, हकीम को बुलाओ। कई आदमी दौड़े।

बादशाह का शब्द सुनकर सलीमा ने उनकी तरफ देखा, और धीमे स्वर में कहा-ज़हे किस्मत!

बादशाह ने नज़दीक बैठकर कहा-सलीमा। बादशाह की बेगम होकर क्या तुम्हें यही लाज़िम था?

सलीमा ने कष्ट से कहा-हुजूर। मेरा कुसूर बहुत मामूली था।

बादशाह ने कड़े स्वर में कहा-बदनसीब। शाही जनानख़ाने में मर्द का भेष बदलकर रखना मामूली कुसूर समझती है? कानों पर यकीन कभी न करता, मगर आँखों-देखी को भी झूठ मान लूँ?

तड़प कर सलीमा ने कहा-क्या?

बादशाह डरकर पीछे हट गए। उन्होंने कहा-सच कहो, इस वक्त तुम खुदा की राह पर हो, यह जवान कौन था।

सलीमा ने अचकचाकर पूछा-कौन जवान?

बादशाह ने गुस्से से कहा-जिसे तुमने साकी बनाकर पास रक्खा था।

सलीमा ने घबराकर कहा-हैं क्या वह मर्द है?

बादशाहा-तो क्या तुम सचमुच यह बात नहीं जानतीं?

सलीमा के मुँह से निकला-या खुदा।

फिर उसके नेत्रों से आँसू बहने लगे। वह सब मामला समझ गई। कुछ देर बाद बोली-ख़ाविंद। तब तो कुछ शिकायत ही नहीं; इस कुसूर की तो यही सजा मुनासिब थी। मेरी बदगुमानी माफ फ़र्माई जाए। मैं अल्लाह के नाम पर पड़ी कहती हूँ, मुझे इस बात का कुछ भी पता नहीं है।

बादशाह का गला भर आया। उन्होंने कहा-तो प्यारी सलीमा। तुम बेकुसूर ही चली? बादशाह रोने लगे।

सलीमा ने उनका हाथ पकड़कर अपनी छाती पर रखकर कहा-मालिक मेरे। जिसकी उम्मीद न थी, मरते वक्त वह मजा मिल गया। कहा-सुना माफ हो, और एक अर्ज़ लौंडी की मंजूर हो।

बादशाह ने कहा-जल्दी कहो सलीमा।

सलीमा ने साहस से कहा-उस जवान को माफ कर देना।

इसके बाद सलीमा की आँखों से आँसू बह चले, और थोड़ी ही देर में वह ठंडी हो गई।

बादशाह ने घुटनों के बल बैठकर उसका ललाट चूमा, और फिर बालक की तरह रोने लगे।

गज़ब के अँधेरे और सर्दी में युवक भूखा-प्यासा पड़ा था। एकाएक घोर चीत्कार करके किवाड़ खुले। प्रकाश के साथ ही एक गम्भीर शब्द तहख़ाने में भर गया-बदनसीब नौजवान। क्या होश-हवास में है?

युवक ने तीव्र स्वर में पूछा-कौन?

जवाब मिला-बादशाह।

युवक ने कुछ भी अदब किए बिना कहा-यह जगह बादशाहों के लायक नहीं है। क्यों तशरीफ लाए हैं?

"तुम्हारी कैफियत नहीं सुनी थी, उसे सुनने आया हूँ।"

कुछ देर चुप रहकर युवक ने कहा-सिर्फ सलीमा को झूठी बदनामी से बचाने के लिए कैफियत देता हूँ, सुनिए : सलीमा जब बच्ची थी, मैं उसके बाप का नौकर था। तभी से मैं उसे प्यार करता था। सलीमा भी प्यार करती थी; पर वह बचपन का प्यार था। उम्र होने पर सलीमा पर्दे में रहने लगी, और फिर वह शाहजहाँ की बेगम थी। मगर मैं उसे भूल न सका। पाँच साल तक पागल की तरह भटकता रहा, अन्त में भेष बदलकर बाँदी की नौकरी कर ली। सिर्फ उसे देखते रहने और खिदमत करके दिन गुजारने का इरादा था। उस दिन उज्ज्वल चाँदनी, सुगन्धित पुष्प-राशि, शराब की उत्तेजना और एकान्त ने मुझे बेबस कर दिया। उसके बाद मैंने आंचल से उसके मुख का पसीना पोंछा और मुँह चूम लिया। मैं इतना ही खतावार हूँ। सलीमा इसकी बाबत कुछ नहीं जानती।

बादशाह कुछ देर चुपचाप खड़े रहे। इसके बाद वे कुछ कहे बिना ही दरवाजा बन्द किए धीरे-धीरे चले गए।

सलीमा की मृत्यु को दस दिन बीत गए। बादशाह सलीमा के कमरे में ही दिन-रात रहते हैं। सामने, नदी के उस पार पेड़ों के झुरमुट में सलीमा की सफेद कब्र बनी है। जिस खिड़की के पास सलीमा बैठी उस दिन रात को बादशाह की प्रतीक्षा कर रही थी, उसी खिड़की में, उसी चौकी पर बैठे हुए बादशाह उसी तरह सलीमा की कब्र दिन-रात देखा करते हैं। किसी को पास आने का हुक्म नहीं। जब आधी रात हो जाती है तो उस गम्भीर रात्रि के सन्नाटे में एक मर्मभेदिनी गीत-ध्वनि उठ खड़ी होती है। बादशाह साफ-साफ सुनते हैं, कोई करुण-कोमल स्वर में गा रहा है

"दुखवा मैं कासे कहूँ मोरी सजनी?"

***

चोरी

(लास्य-रूपक : भाव-प्रदर्शन की सर्वश्रेष्ठ शैली पर रचित)

पहला दृश्य

(नव प्रणय)

“तो अब एक चुम्मा!” (ललचाहट से)

“नहीं, यह नहीं होगा।” (ललचाहट से)

“बस, एक!” (व्यग्रता से)

“नहीं-नहीं-नहीं।” (छिटककर)

“नहीं-नहीं-नहीं-नहीं!” (आतुरता से)

“मैंने तुमसे कह दिया है!” (कोप से)

“तो इसमें हर्ज तो बताओ?” (गम्भीरता से)

“बस, तुम यह बात ही न कहो!” (झुंझलाहट से)

“इसमें कुछ भी कष्ट न होगा।” (समझाने के ढंग से)

“हो या न हो।” (नाराजी से)

“समय भी कुछ न लगेगा।” (अनुनय से)

“लगे चाहे न लगे।” (लापरवाही से)

“तुम मेरी इतनी प्रार्थना भी नहीं मनोगी?” (विनय से)

“नहीं।” (हठ से)

“बड़ी निष्ठुर हो!” (हताश स्वर से)

“अच्छा, यों ही सही।” (मान से)

(क्षणिक स्तब्ध रहकर और घुटनों के बल बैठकर)

“देखो, एक! एक में क्या है? दूसरा माँगू तो...।” (बात कट गई)

“तो तुम मुझे खड़ी न रहने दोगे?” (क्रोध से)

"नहीं, नहीं, ऐसा न कहो। देखो...।" (आतुरता से)

"लो, मैं जाती हूँ।" (जाने का आयोजन)

(खड़े होकर)

"हाय! हाय!! बड़ी निष्ठुर हो, बड़ी बेपीर हो।" (सांस खींचकर)

(चलते-चलते खड़ी होकर, पीछे फिरकर रिस, प्रेम और किन्चित् हास्य से देखना)

"तो तुम तंग क्यों करते हो?" (व्याज कोप से)

"तुम मुझे मार डालो, ज़हर दे दो, छुरी घूस दो, हाय!" (दुख और हताश भाव से)

(निकट आकर)

"लो, अब यों बकोगे, मानो कोई हँसी-खुशी की बात ही कहने को नहीं रह गयी।" (ताने से)

(सिसकारी)

"हाय! हाय!!" (विकलता से)

"यह लो बस, हाय-हाय, बात-बात में हाय-हाय।" (सहानुभूति से)

(सिर हिलाकर)

"हाय! हाय! ओफ्!" (मर्मव्यथा से)

"अजी, तो मैंने तुम्हें क्या कहा है?" (आश्वासन से)

"तुम मुझे नहीं चाहतीं? अच्छा, अब तुमसे मिलकर कष्ट न दूंगा।"

(दुख और क्षोभ से)

"हरे! हरे!! आप ही आप बिगड़ते हैं। आखिर कुछ बात भी हो?"

(नर्मी से)

(पल्ला पकड़कर)

"इतने नाराज़ क्यों हो गये?" (दीनता से)

"बस, छोड़ दो, क्यों झूठ-मूठ का प्यार दिखाती हो? मैं इस योग्य भी नहीं था। इतनी-सी प्रार्थना भी अस्वीकार। सिर्फ एक! ओफ् लो, मैं चला।"

(जाने का आयोजन)

(हाथ पकड़कर)

"तो ऐसी जल्दी क्या है? नहीं, वह नहीं, मैं, तुम्हारे हाथ जोड़ें-और जो कहो, सो करूँ, पर वह नहीं।" (कातरता से)

(हाथ छुड़ाकर)

"ओफ्! हाय! मैं चला।"

(प्रस्थान)

दूसरा दृश्य

(मित्र)

"हाय!" (दु:ख से)

"क्यों, क्या हुआ?" (आश्चर्य से)

"ओफ्!" (गहरी सांस खींचकर)

"अरे मामला तो कहो?" (कौतुक से)

"निर्दयी है, निष्ठुर है।" (निराश स्वर में)

"कौन? कौन?" (जल्दी से)

"वही, हाय, वही।" (व्याकुलता से)

"क्या मार ही डाला?" (दिल्लगी से)

"ऐसा करती, तो अच्छा था।" (अनुताप से)

"तो अधमरा कर छोड़ा?" (ज़रा दिल्लगी से)

"अब बनूंगा नहीं।" (निराशा से)

"अच्छा, हुआ क्या? साफ तो कहो।" (सहानुभूति से)

"नहीं देती, निर्दयी नहीं देती (झुंझलाहट से)

"क्या ? रुपया, पैसा, हाथी, घोड़ा ?" (कौतूहल से)

"अरे एक चुम्मा, सिर्फ एक माँगा था।" (अनुराग से)

"सिर्फ एक ?" (मजाक से)

"हाँ, तुम्हारी कसम।" (उतावली से)

"और नहीं दिया!" (नकली आश्चर्य से)

"बिलकुल नहीं, हाथ नहीं धरने दिया।" (निराशा से)

"यह तो बड़ी अद्भुत बात है! भला तुमने किस तरह माँगा था ?"

(बनावटी गम्भीरता से)

"हर तरह, माँगकर, रिरियाकर, मिन्नत करके, समझाकर, रोकर, झींक कर, पैर पकड़कर, नाक रगड़कर।" (उदासी से)

"अन्धेरे में या उजाले में ?" (विनोद से)

"उजाले में। अन्धेरा होता, तो समझता पहचाना न होगा।" (उदासी से)

"हूँ।" (मग्न भाव से)

"अब उससे और क्या आशा करूँ ?" (अफसोस से)

"हूँ।" (गम्भीरता से)

"हूँ क्या ? क्या निराश हो बैठूँ ? तुम कुछ मदद न करोगे ?" (आशा से)

"वही तो, देखो, चुम्बन के दस हज़ार तरीके होते हैं।" (प्रौढ़ता से)

"दस हज़ार ?" (आश्चर्य से)

"हाँ-हाँ, दस हज़ार, वह भी मोट लठ से। बारीक तो पचास हजार हैं।" (निश्चय से)

"प...चा...स...ह...जा...र...??? वाह-वाह!! अरे तो बाबा, सौ-दो सौ तो मुझे बता-मैं तो यही दस-पाँच जानता था-उलट-पलटकर आजमा बैठा।" (उत्सुकता से)

"वही तो। अच्छा, तुम एक काम करो।" (गम्भीरता से)

"काम मैं पचास कर दूँ, पर तरकीब ?" (उतावली से)

"ठहरो, तुम चुम्बन चुरा लो।" (स्थैर्य से)

"चुरा लूँ ?" (आश्चर्य से)

"हाँ, चुरा लो।" (निश्चय से)

"चुम्बन?" (कुछ चकित भाव से)

"चुम्बन।" (दृढ़ता से)

"मैं!" (अचरज से)

"हाँ-हाँ, तुम।" (दृढ़ता से)

"सोते या जागते?" (जिज्ञासा से)

"जागते, सोते हुए चुम्बन की चोरी व्यर्थ है।" (समझाकर)

"सो कैसे दादा? यह चोरी-ठगी कैसे?" (घबराकर)

"ऐसे कि मौका पा, बत्ती बुझा, चुपके से अन्धेरे में दबोच लो और बस गड़प...।" (संकेत से)

"बाप रे, अन्धेरे में? और जो वह चिल्ला उठे?" (भय से)

"उसने क्या भाँग खायी है? बोलो, कर सकोगे?" (आशा से)

"मैं?" (घबराकर)

"और नहीं तो क्या मैं?" (व्यंग्य से)

"हाँ-हाँ, दादा, यह काम तो तुम्हीं कर दो।" (अनुरोध से)

"ऐं, मैं कर दूँ?" (आश्चर्य से)

"हाँ! हाँ! तुम्हारा गुन मानूँगा। देखो, तुम्हारे पैरों पड़ें।" (अनुनय से)

"अरे नहीं, नहीं, ऐसा नहीं।" (घबराकर)

"डरो नहीं दादा, मेरी सूरत बनाकर...।" (गम्भीरता से)

"पागल, यह भी कहीं होता है?" (लापरवाही से)

"तुम्हें मेरी कसम, मेरी जान की कसम।" (आग्रह से)

"पर यह तो असम्भव है!" (स्थिरता से)

"तुम मुझे मरा ही देखो, जो न जाओ।" (आग्रह से)

"पर यह होगा कैसे?" (चिन्ता से)

"जैसे बने।" (व्यग्रता से)

"मैं जाऊँ?" (सन्देह से)

"हाँ-हाँ भैया, मैं बड़े संकट में हूँ।" (अनुनय से)

"और तुम्हारा रूप धर कर?" (घबराहट से)

"हू-ब-हू, भगवान तुम्हारा भला करे।" (विनय से)

"और चुम्बन चुरा लूँ?" (कौतूहल से)

"बेखटके।" (उत्सुकता से)

"और तुम?" (सोचकर)

"मैं द्वार पर खड़ा रहूँगा।" (विनोद से)

"फिर?" (विस्मय से)

"फिर जब तुम चुराकर भागोगे-मैं रोशनी करके उसके सामने आ जाऊँगा।" (गर्व से)

"सामने जाकर क्या कहोगे?" (व्यंग्य से)

"हाँ, यह तुम बताओ, क्या कहूँ?" (गम्भीरता से)

"कहना, वह मैं ही था। कहो, कैसा छकाया?" (कुटिलता से)

"उसके बाद?" (जिज्ञासा से)

"उसके बाद वह स्वयं एक चुम्बन की प्रार्थना करेगी।" (गम्भीरता से)

"अच्छा, तब?" (घबराकर)

"तब तुम चुम्बन लेना।" (मुस्कराकर)

(हँसकर)

"यह मैं बखूबी कर सकूँगा।" (गर्वपूर्ण प्रसन्नता से)

"तो मैं जाऊँ?" (संकोच से)

"हाँ-हाँ. सामने ही कमरे में है।" (बेफिक्री से)

"पर भई...।" (संकल्प-विकल्प से)

"बस देखो, नखरे मत करो।" (उतावली से)

(बत्ती गुल, मित्र का लपकते हुए भीतर जाना)

तीसरा दृश्य

(युग्म)

"हाय-हाय! क्या वह तुम थे?" (अनुराग से)

"हाँ, हम थे।" (मूर्खता से)।

(आगे बढ़कर)

"सच?" (मधुरता से)

"और नहीं क्या झूठ?" (अकड़कर)

(निकट आकर)

"बड़े बुरे हो।" (लालसा-भरे नेत्रों से)

"बुरे ही सही।" (गर्व से)

(और सटकर उन्मुख होकर)

"बड़े छलिया हो।" (हास्यपूर्ण होठों से)

"छलिया ही सही।" (स्तब्ध भाव से)

(आलिंगन करके)

"प्यारे! अब ऐसा न करना!" (कम्पित होठों से)

"जरूर करेंगे।" (दबंगता से)

(मुख के अत्यन्त निकट होंठ ले जाकर)

"देखें भला।" (नेत्रोन्मीलन)

"देख लेना।" (प्रसन्नता से फूलकर)

"नहीं-नहीं, प्यारे!" (भावावेश में प्रलुप्त होकर)

"हाँ-हाँ, यही मजा है।" (हँसकर)

(आँखें खोलकर)

"क्या फिर वैसा ही करोगे?" (निराश भाव से)

"जरूर करेंगे!" (दृढ़ता से)

(मुख से मुख मिलाकर)

"करो फिर ?" (नेत्रोन्मीलन)

(अति साधारण स्पष्ट चुम्बन)

"झूठे!" (क्रोध से)

"सच्चे!" (व्यंग्य से)

"दुष्ट!" (धकेलकर)

"यह क्या ? यह क्या ?" (घबराकर)

"तुम झूठे हो।" (आपे से बाहर होकर)

"मैं!" (आश्चर्य से)

"तुम नामर्द हो।" (घृणा से)

"मैं ?" (रोते हुए स्वर में)

"हाँ, तुम...तुम...तुम!" (सर्पिणी की भाँति फुफकार कर)

"मेरा क्या अपराध था। तुम्हीं ने कहा था।" (अनुनय से)

"भागो यहाँ से कीड़े!" (तिरस्कार से)

"इतना तिरस्कार न करो।" (विनय से)

(पैर छूता है।)

(ठोकर मारकर)

"भागो, भागो, मुर्दार, कीड़े, भागो!" (लानत के स्वर में)

"मुझे क्षमा करो!" (कातर स्वर में)

"कोई है ? इस आदमी को दूर करो।" (तेज और गर्व से)

(प्रस्थान)

चौथा दृश्य

(दंपत्ति)

"तुम पूरे छलिया हो।" (व्यंग्य से)

"प्यारी, भगवान ने भी बली को छला था और कृष्ण ने राधा को।" (प्यारी से)

"तुम मेरे भगवान और कृष्ण हो प्यारे!" (विभोर होकर)

"केवल उस छल के कारण?" (कौतूहल से)

"हाँ, वह छल न था, पुरुषत्व था।" (गम्भीरता से)

"सच? यह मैं नहीं जानता था। क्या चोरी-छल भी पुरुषत्व होता है?" (गम्भीरता से)

"हाँ, प्यारे, संसार में कुछ चीजें माँगकर मिल जाती हैं, कुछ मोल पर, कुछ छल-बल और लूट से मिलती हैं। उनका कोई मूल्य नहीं होता, न उन्हें माँगने वाले कीड़े पा सकते हैं- उन्हें वे ही वीर नर पाते हैं जो यथार्थ में पुरुष हैं।" (ओज से)

"और वे अनोखी वस्तुएँ क्या हैं?" (तीखे ढंग से)

"राज्य और प्यार।" (मुग्ध भाव से)

"प्रिये, मेरा अपराध न था, मेरे मित्र का अनुरोध था।"

(हँसकर)

"अपने उस स्त्रैण मित्र को बधाई दो-वह आ रहा है, वह जनखा।"

(तीव्र व्यंग्य से)

(मित्र का प्रवेश)

"तुम छलिया हो।" (क्रोध से)

"क्या सचमुच?" (हास्य से)

"तुम कुटिल हो।" (दाँत पीसकर)

"सचमुच।" (व्यंग्य से)

"तुम लम्पट हो!" (उबलते हुए)

"नहीं यार, तुम झूठ बोलते हो।" (लापरवाही से)

"मैं तुम्हें मार डालूँगा।" (क्रोध में होकर)

"नहीं, ऐसा न करना।" (व्यंग्य से)

(युवती आगे बढ़ती है।)

"तुम चाहते क्या हो?" (कठोरता से)

"मैं इसे मार डालूँगा।" (कठोरता से)

"किसलिए?" (व्यंग्य से)

"पीछे तुम्हें मालूम हो जाएगा।" (व्यंग्य से)

"सम्भव है, पीछे तुम्हें बोलने का अवसर न मिले।"

"हाय! क्या स्त्री जाति ऐसी है?" (वेदना से)

"कैसी है?" (ताने से)

"तुम मुझे क्या समझती थीं?" (क्रोध से)

"मर्द और मनुष्य।" (क्रोध से)

"क्या मैं मर्द और मनुष्य नहीं!" (भय से)

"नहीं, उस दिन मर्दानगी देखी, आज मनुष्यत्व! चलो प्यारे, इस अभागे को यहीं बिलबिलाने दो।"

(प्रस्थान)

***

टीपू सुलतान

प्रबल प्रतापी हैदरअली मर चुका था और उसका वीर परन्तु अनुभव-शून्य पुत्र टीपू सुलतान अपने पिता के पदचिह्नों पर चलकर विजय किये जाता था। अन्त में उससे अंग्रेज़ी सरकार ने मैत्री स्थापित कर ली। युद्ध बन्द हो गया और अंग्रेज़ी सरकार से सब जीते हुए इलाके उसने वापस कर दिये। अंग्रेज़ सरकार ने भी उसे मैसूर का अधिपति स्वीकार कर लिया और भविष्य में छेड़छाड़ न करने का वचन दिया।

यह वह युग था जब यूरोप का प्रसिद्ध सप्तवर्षीय युद्ध समाप्त हो चुका था। इस युद्ध में इंग्लैण्ड के हाथ से अमेरिका की संयुक्त रियासतें सदा के लिए निकल गयी थीं और स्वाधीन हो गयी थीं। इंग्लैण्ड की शक्ति को काफी बट्टा लगा था। इसीलिए इंग्लैण्ड के शासकों ने अपने देश का यश फिर से कायम करने के लिए भारत में साम्राज्य को बढ़ाने का निश्चय कर लिया था। भारत में साम्राज्य की वृद्धि करके अमेरिका की कमी कैसे पूरी की जाए यह योजना लेकर लार्ड कार्नवालिस भारत के भाग्य विधाता होकर गवर्नर जनरल का मुकुट धारण कर भारत में आ चुके थे।

भारत में हमेशा यह कमी रही है कि यहाँ वीरों और योद्धाओं ने तो हर युग में जन्म लिया पर सेनापति और राजनीतिज्ञों की कमी ही रही। राज्यों के बड़े-बड़े अधिकारी महावीर श्रेष्ठ होते थे, राजनीतिज्ञ और सेनापति नहीं।

टीपू सुलतान एक ऐसा ही पुरुष था। उसके शरीर-बल का सामना करने वाला कोई पुरुष उस युग में पृथ्वी पर न था; परन्तु वह राजनीतिज्ञ और दूरदर्शी न था। उसका सबसे पहला काम पड़ोसी राज्यों से मैत्री स्थापित करना था, जिसके बल पर वह विदेशी जातियों से बच सकता था। परन्तु कुछ सरहदी इलाकों के सम्बन्ध में उसने अपने पड़ोसी मराठों और निजाम दोनों से झगड़े ठान लिये। अगर वह उनसे दबकर भी प्रेम और मैत्री की स्थापना रखता तो अन्त में उसे नष्ट न होना पड़ता।

लार्ड कार्नवालिस ने अपना काम टीपू से ही प्रारम्भ किया। इसके दो कारण थे। टीपू और उसके पिता हैदर ने अंग्रेज़ सरकार को बहुत छकाया था और उन्हें बारम्बार उससे हार खानी पड़ी और अपमानित होना पड़ा। कार्नवालिस टीपू की पड़ोसी राज्यों से विषमता को जान गया था-वह टीपू के अटूट धन-रत्न से भी परिचित था। उसने सबसे पहले निजाम से एक सन्धि की, जिसका मतलब यह था कि निजाम की सबसीडियरी सेना, जो निजाम के खर्चे पर रखी गयी थी, टीपू पर आक्रमण करने के लिए काम में लायी जा सकती है। उसके सिवा निजाम ने उस आक्रमण में और भी मदद अंग्रेजों को देना स्वीकार किया था।

टीपू ने जब यह सुना तो मराठों से सुलह करने लगा। कार्नवालिस इससे बेखबर नहीं था। उसने प्रत्येक सम्भव उपाय से मराठों को भी अपनी तरफ कर लिया। टीपू की एक न चली। मराठों और निजाम दोनों से कार्नवालिस ने यह वादा किया कि जो इलाका टीपू को जीतकर प्राप्त होगा, वह दोनों में बराबर-बराबर बाँट दिया जाएगा। इंग्लैण्ड से कार्नवालिस को इस काम के लिए 5 लाख पौण्ड और कुछ गोरी फौज भी भेज दी गयी थी। इतना ही नहीं, पार्लियामेण्ट ने लार्ड कार्नवालिस को कुछ विशेषाधिकार भी दिये थे, जो दूसरे किसी गवर्नर को प्राप्त न थे। कार्नवालिस के भारत रवाना होने के समय पार्लियामेण्ट ने एक नया कानून बना दिया था, जिसके द्वारा गवर्नर जनरल को अपितु सब गवर्नर को यह अधिकार प्राप्त हो गया था कि वे अपनी कौन्सिलों की राय के विरुद्ध या बिना उनके पूछे ही चाहे जो काम कर सकता था। इसके अलावा कुछ ऐसे कानून बना दिये गये थे जिनसे कम्पनी के डायरेक्टरों के अधिकार कम हो गये थे और भारत का शासन-सूत्र बहुत कुछ पार्लियामेण्ट और ब्रिटिश मन्त्रिमण्डल के हाथों में आ गया था।

:: 2 ::

करने और न करने योग्य प्रत्येक उपाय द्वारा, जो राजनीति में उचित माने जाते हैं, टीपू को पराजय का मुख देखना पड़ा। उसके वे यूरोपियन नौकर जिनके कौशल और वीरता से उसने और उसके पिता ने विजय पर विजय प्राप्त की थी, टीपू के लिए काल बन गये। यही नहीं, उसके वे सरदार भी जिन्हें उसने जागीर और रुतबा दिया था, नमकहराम हो चुके थे।

बंगलौर का पतन हो चुका था और अंग्रेजी सेना धावा मारती हुई रंगपट्टनम की ओर बढ़ी चली आ रही थी। टीपू ने फलों से भरे हुए जो ऊँट सुलह की इच्छा से कार्नवालिस के पास भेजे थे, उन्हें उसने तिरस्कार पूर्वक लौटा दिया था। अब भी रंगपट्टनम के बचने का कोई मार्ग न रह गया था।

सन्धि हुई। टीपू का आधा राज्य कम्पनी, निजाम और मराठों ने परस्पर बाँट लिया। इसके सिवाय टीपू को तीन सालाना किस्तों में 3 करोड़ 30 हज़ार रुपया दण्ड स्वरूप देते रहने का वादा करना पड़ा और इसकी अदायगी तक अपने 10 और 8 साल के दो बेटों को गिरवी रखना पड़ा।

महावीर टीपू का हृदय इस अपमान से फट गया। उस दिन से उसने पलंग और बिस्तर पर सोना छोड़ दिया। वह मोटी खादी के एक टुकड़े को जमीन पर डालकर सो जाता था।

:: 3 ::

उसका आधा राज्य छिन चुका था और बाकी आधा बर्बाद किया जा चुका था। अब आवश्यकता इस बात की थी कि उसके राज्य के तमाम बन्दरगाह और समुद्र-तट अंग्रेजी सरकार के हाथ आ जाएँ। लार्ड वेलेजली ने जब वह माँग की तो फिर एक प्रबल युद्ध का वातावरण बन गया। अंग्रेज़ी सेनाओं ने एकाएक टीपू को घेर लिया। निजाम की पूरी मदद उन्हें प्राप्त थी और सुलतान के प्राय: सभी दरबारी फोड़ लिये गये थे। लगभग 30 हज़ार सेना ने टीपू पर चढ़ायी की थी, पर नमकहराम सलाहकारों ने टीपू को बताया था कि वह सेना 4-5 हज़ार ही है।

पुर्निया जाति का ब्राह्मण था; वह सुलतान का मन्त्री और सेनापति था। सुलतान ने उसे पहले कुछ सेना देकर अंग्रेजों पर चढ़ायी करने को भेजा; परन्तु वह पहले ही से अंग्रेज़ी सेना से मिल चुका था। उसने युद्ध नहीं किया, सिर्फ अंग्रेज़ी सेना के इर्द-गिर्द चक्कर काटता रहा और फिर वह अंग्रेज़ी सेना को धीरे-धीरे राजधानी की ओर बढ़ाते हुए ले आया।

सुलतान ने यह सुना तो स्वयं सेना लेकर लड़ने का इरादा किया। पर सलाहकारों ने उसे फिर धोखा दिया और वे उसे भटका कर दूसरी ओर ले गये। इधर जनरल होरेस एक गुप्त मार्ग से रंगपट्टनम तक पहुँच गये। जब सुलतान को इसका पता चला तो उसने आगे बढ़कर गुलशनाबाद के पास अंग्रेज़ी सेना को आ रोका।

खूब घमासान युद्ध हुआ। थोड़ी ही देर के युद्ध में अंग्रेज़ी सेना के छक्के छूट गये। ठीक अवसर पाकर सुलतान ने सेनापति कमरुद्दीन को सवारों सहित आगे बढ़कर युद्ध करने की आज्ञा दी। परन्तु शोक, वह भी अंग्रेज़ी सेना से मिल चुका था। वह थोड़ा आगे बढ़ा और फिर उलटकर सुलतान की सेना पर ही टूट पड़ा। खेल अंग्रेजों के हाथ रहा।

इसी समय टीपू को खबर लगी की बम्बई से अंग्रेजों की एक सेना सीधी रंगपट्टनम की ओर बढ़ी चली आ रही है। सुलतान कुछ अफसरों को वहाँ छोड़ रंगपट्टनम की रक्षा के लिए चला। अभी तक भी उसे पुर्निया और कमरुद्दीन की नमक हरामी का पता न था।

अंग्रेज़ी सेना ने रंगपट्टनम पहुँचते ही नगर और किले पर आग बरसाना प्रारम्भ कर दिया। सुलतान ने दोनों नमक हराम सेनापतियों के अधीन सेना किले के बाहर भेज दी। वह सेना अंग्रेज़ी सेना के दायें-बायें चक्कर लगाती रही। सिपाही लड़ने की आज्ञा माँगते थे पर सेनापति आज्ञा नहीं देते थे। सैनिक निराश हो हाथ मल रहे थे। सरदार भीतर ही भीतर सुलतान को नष्ट करने का सरंजाम कर रहे थे। उसका प्रधान सलाहकार दीवान मीर सादिक उसे क्षण-क्षण में गुमराह कर रहा था। यहाँ तक कि किले की दीवारों के भंग होने तक की खबर उसे नहीं दी गयी। पुर्निया और कमरुद्दीन ने उसके चारों ओर नमक हराम मुखबिर और सलाहकार

पैदा कर रखे थे। अन्त में उसे इन नमक हरामों के विश्वासघात का पता लग गया। उसने अपने हाथ से विश्वासघातियों की सूची बनायी और उसे मीर मुईनुद्दीन के हाथ में देकर कहा कि आज ही रात में इन नमक हरामों को कत्ल कर देना। परन्तु दुर्भाग्य की बात देखिए कि जब मुईनुद्दीन उस सूची को खोलकर पढ़ रहा था, तो महल के एक फर्राश ने उसके पीछे से मीर सादिक का नाम सबसे ऊपर पढ़ लिया और उसे खबर भी दे दी-जिससे वे सब सावधान हो गये।

:: 4 ::

सुलतान स्वयं युद्ध के लिए सन्नद्ध हो गया। ज्योतिषियों ने कहा, "आज का दिन दोपहर में सात घड़ी बाद तक आपके लिए शुभ नहीं है।" उसने इनकी सलाह से स्नान कर हवन-जाप किया। दो हाथी-जिन पर काली झूले पड़ी थीं और उनके चारों कोनों में सोना, चाँदी, मोती और जवाहरात बंधे थे-एक ब्राह्मण को दान दिये। उसने और भी खैरात दी। वह भोजन करने बैठा था कि तभी उसे सूचना मिली कि विश्वासघातियों ने सुलतान के विश्वासी अनुचर सैयद गफ्फार को, जो इस समय किले का प्रधान रक्षक था, कत्ल कर डाला है। उसके लिए कौर हराम हो गया। वह दस्तरखान छोड़ उठ खड़ा हुआ। सैयद गफ्फार किले का प्रधान रक्षक था। उसका स्थान स्वयं लेने के लिए वह खास-खास सरदारों सहित पीछे की ओर से किले में घुस गया।

परन्तु विश्वासघातियों ने सैयद गफ्फार को कत्ल करते ही दीवार पर चढ़ सफेद रूमाल दिखाकर अंग्रेज़ी सेना को इशारा कर दिया था और वह टीपू के पहुँचने के पहले ही टूटी दीवारों की राह रंगपट्टनम के किले में घुस आयी थी।

दीवान मीर सादिक ने जब सुना कि सुलतान खुद किले में सेना एकत्र कर रहा है तो उसने किले के फाटक बन्द करवा दिये। इससे सुलतान के बाहर आने के सब रास्ते बन्द हो गये। वह पहरेदारों को दरवाजा न खोलने की हिदायतें दे ही रहा था कि एक वीर सिपाही ने ललकार कर कहा, "कमबख्त, मलऊन, ख़ुदातर्स, सुलतान को दुश्मनों के हवाले करके तू जान बचाकर भागना चाहता है? ले अपनी सजा!" उसने उसी दम उसके टुकड़े-टुकड़े कर डाले।

परन्तु सुलतान के लिए अब कुछ न रह गया था। किला शत्रु के हाथों चला गया था। उसने मुट्ठी-भर सिपाही इकट्ठे किये और शत्रुओं पर टूट पड़ा-जो टूटी हुई दीवारों से टिड्डी दल की भाँति किले में धंसे चले आ रहे थे। उसने चिल्लाकर कहा-

"बहादुरो, हर एक को सिर्फ एक बार ही मरना है।"

उसने गोलियाँ चलानी शुरू की। कई अंग्रेज़ी अफसर मरकर गिर गये। अन्त में एक गोली उसकी छाती में बायीं तरफ आकर लगी। पर उसने न बन्दूक छोड़ी, न पीछे मुड़ा। इतने में एक और गोली उसकी छाती में दाहिनी ओर पार हो गयी। उसका घोड़ा भी मरकर गिर गया। उसकी पगड़ी धरती पर गिर गयी। दुश्मन उसके नज़दीक आ गये। वह घिर गया। अन्त में पैदल, जख्मी सुलतान नंगे सिर बन्दूक फेंक तलवार घुमाने लगा। उसकी छाती से खून की फुहारें निकल रही थीं।

यह देख उसके कुछ सेवकों ने उसे पालकी में बैठा दिया और पालकी एक मेहराब के नीचे रख दी गयी। उसे सलाह दी गयी कि अब आप अपने को अंग्रेजों की दया पर छोड़ दीजिए। पर उसने न माना। इतने में कुछ अंग्रेज़ सिपाही पालकी के पास आ गये। एक ने खींचकर उसकी कमर से जड़ाऊ पेटी उतारनी चाही। अभी भी उसके हाथ में तलवार थी। उसने एक ही वार में उसका घुटना उड़ा दिया। इतने में एक गोली उसकी कनपटी में आ लगी और क्षण-भर में उस वीर नर की खोपड़ी चूर-चूर हो गयी। अब भी उसके दाहिने हाथ का पंजा तलवार के कब्जे पर कसा हुआ था।

***

www.ingramcontent.com/pod-product-compliance
Ingram Content Group UK Ltd.
Pitfield, Milton Keynes, MK11 3LW, UK
UKHW021700190726
13853UKWH00001B/371

9 789390 287963